알 카포네의 수상한 구둣방

알 카포네의 수상한 구둣방

제니퍼 촐덴코 지음

김영욱 옮김

21세기북스

알 카포네의
수상한 구둣방

연병장
우리가 야구하는 곳

파이퍼네 집

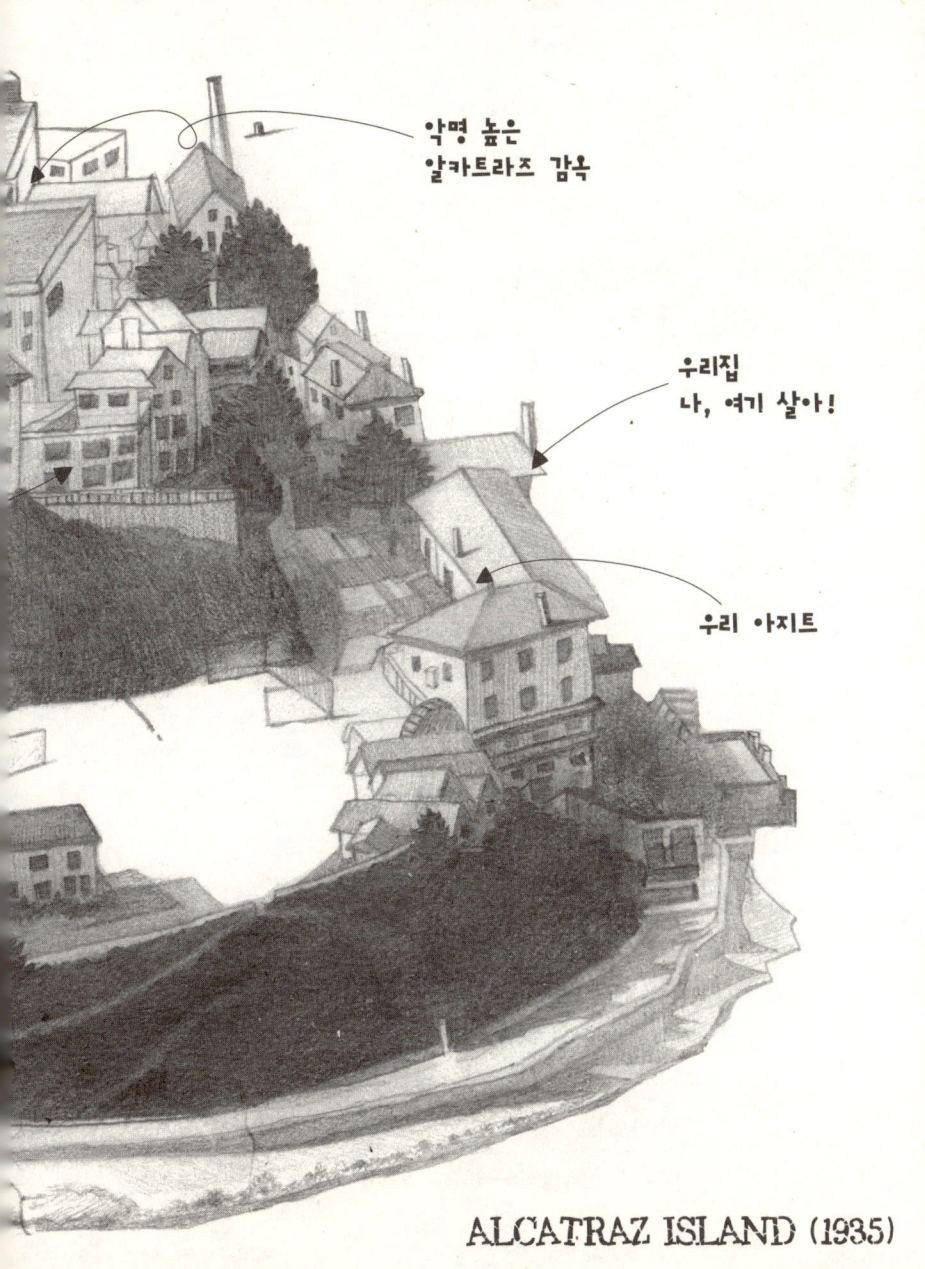

차례

001
알짜 범죄자

1935년 8월 5일, 월요일

엄청나게 많은 새들과 엄청나게 많은 새똥과 수십 자루의 소총, 기관총, 자동 권총과 미국 최악의 범죄자 278명이 모여 있는 섬에서 살다보면 제대로 되는 거라곤 아무것도 없다. 재소자들 중 어느 흉악범이 즐겨 쓰는 '알짜 범죄자'라는 표현처럼, 알카트라즈의 죄수들은 속속들이 악질에다 머리는 맛이 갔고 자동차 윤활유에 뱀장어들이 미끄러지듯 요리조리 잘도 빠져나가 잡기도 어렵다.

그리고 나 무스 플라내건은 스물네 명의 다른 애들과 또 다른 애 하나와 마찬가지로 얼마 전부터 알카트라즈에서 살고 있다. 아빠는 교도관이자 전기 기사로 교도소 꼭대기에서 일한다. 나는 여기 일반 주민 대다수가 그렇듯 알카트라즈의 동쪽 부둣가에 있는 64동 건물에 산다. 말하자면 조직폭력배 알 카포네의 안타가 날아든 곳에서.

이런 식으로 말할 줄 아는 열두 살짜리 남자애들은 그리 많지 않다. 변기가 꽉 막혔을 때 도와달라고 도끼 살인범인 세븐 핑거스를 부를 줄 아는 애들도 많지 않다. 하긴 여기서는 단순한 일마저도 엉망진창에 뒤죽박죽이다. 예컨대 내 양말 세탁이 그렇다. 하지만 어쨌든 수요일마다 '플라내건'이라고 이름이 적힌 흰 포대에 더러워진 빨랫감을 담아 내놓으면, 월요일에는 풀을 먹여 다림질한 옷들로 잘 개어져 돌아오는데, 마른 풀 냄새에다 비누 냄새까지 난다. 마치 엄마가 세탁해준 것처럼.

물론 엄마가 그렇게 해주진 않는다. 내 빨래는 알카트라즈 85번 죄수인 알 카포네 담당이다. 당연한 일이지만 그에게는 도우미도 있다. 기관총 켈리가 옆에 붙어서는 서른 명의 이름 모를 청부살인업자와 사기꾼과 미친개 같은 살인자들과 몇몇 은행털이범들과 함께 빨래방에서 일하고 있다.

그들은 우리뿐 아니라 섬에 사는 거의 모든 사람들의 옷을 훌륭하게 세탁해준다. 가끔씩은 약간의 추가적인 일도 하지만 말이다.

죄수들이 트릭슬 교도관을 좋아하지 않아서인지 그의 세탁물은 다른 사람들 것과는 다른 모습으로 돌아온다. 셔츠의 단추는 떨어져나가고, 속옷은 풀질로 뻣뻣하거나 분홍빛 물이 들고, 접어 올린 바짓단 한쪽이 뜯겨서 풀려 있거나 지퍼 가리개가 쨍쨍하게 꿰매져 있어서 꼬맹이 여자아이들처럼 바지를 내리지 않고서는 오줌을 눌 수도 없다.

죄수들이 트릭슬 교도관에 대해 잘못 알고 있다고는 말할 수 없다. 다비 트릭슬 씨가 어떤 사람이냐 하면, 자기 부인만이 좋아해주는 부류로, 그나마 많이 좋아하는 것도 아니다. 지난주 토요일에 나의 가장 친한 친구 지미 마타만과 나는 지미의 파리 동물원으로 쓸 통을 구하기 위해 돌아다녔는데, 다비 씨의 일곱 살 난 딸 자넷이 하필이면 우리가 알카트라즈 범인 호송차인 블랙 마리아 옆을 지나가고 있는 걸 보았다. 우리가 한 일이라곤 그 옆을 지나간 게 전부였지만, 타이어에 펑크가 난 걸 알게 된 다비 씨가 누구 탓을 했을지는 여러분도 알 것이다.

이 정도만 해두기로 하자.

다비 씨는 차를 몰고 못을 밟고 지나간 적도, 지나갔을 리도 없으니, 이럴 수가, 틀림없이 우리 짓이라는 게다. 그래서 우리는 샌프란시스코까지 따라가 반 네스 거리부터 새 타이어를 가지고 내려와 부두로, 그 다음에는 지그재그 오르막 도로를 따라 블랙 마리아를 세워놓은 꼭대기로 올라갔다. 다비 씨는 우리가 길바닥 위에서 타이어를 굴리지도 못하게 했다. 더러워지는 게 싫단다. 타이어인데! 도대체 보통 때는 타이어가 어디를 굴러다닌다고 생각하기에?

아빠도 다비 씨 일로 우리를 도와주려 하지 않았다. "암, 나도 너희들이 타이어 펑크와 아무 관련도 없다는 건 알고 있다만, 무스, 다비 아저씨를 좀 도와준다고 감정 상할 일은 아니잖니." 오히려 이렇게 말했다.

처음 이곳에 왔을 때만 해도, 나쁜 녀석들은 모두 창살의 한쪽에 있고, 좋은 사람들은 모두 그 반대쪽에 있을 거라고 생각했다. 그런데 최근에는 갇혀 있지 않은 쪽의 교도관들 중에도 철창 안에 가둬야 마땅한 사람이 적어도 한 명 이상은 있을 거고, 재소자들 중에도 사람들이 흔히 나쁘다고 말하는 정도의 절반에도 못 미치는 죄수도 있을 거라고 생각하기 시작했다. 그러면서 난 알 카포네를 생각한다. 우리 머릿속에 가장 악질로 각인된 미국에서 가장 악명 높은 갱스터를. 어떻게 그런 그가 나에게 친절을 베푼 일이 가능했는지를.

이해가 안 되고말고. 하지만 알 카포네는 나탈리 누나를 이미 두 번이나 입학을 거절했던 에스더 P. 마리노프라는 학교에 들어가게 해주었다. 그곳은 말하자면 다른 사람들과 의사소통이 안 되는 아이들을 위한 기숙학교이다. 학교이지만 학교가 아닌, 다시 말해, 정상인으로 만들어주는 곳이다.

우리를 도와준 사람이 알 카포네인지 확실히는 모르겠다. 그러니까 내 말은 그 사람은 전화나, 단어 하나하나 검열을 거치지 않고선 편지조차 허락되지 않는, 1.2평 감방에 갇혀 있는 신세라는 것이다. 그러니까 설령 도와주고 싶었다고 해도, 그가 우리에게 도움이 될 만한 무언가를 할 수 있다는 것부터가 불가능해 보인다.

하지만 난 자포자기하는 심정으로 알 카포네에게 도움을 요청하는 편지를 보냈고 나탈리는 입학 허가를 받았다. 그런 뒤 새로 세탁된 셔츠 주머니 속에 들어 있는 쪽지를 보았다. 거기엔 '완수'라고 씌어 있었다.

나는 아무에게도 이 일에 대해 말하지 않았다. 나부터도 생각하지 않으려고 애쓰는 것이지만 나탈리 누나가 드디어 학교로 떠나가는 날인 오늘은 아주 세세한 것들에 대해서까지 생각을 곱씹지 않을 수 없었다.

'어째서'였을까 생각할수록 당황스러웠다. 난 알 카포네를 만난 적도 없는데, 어째서 그는 날 도우려 했을까?

* * *

난 거실 바닥에 앉아서 우리 책을 하나하나 꼼꼼히 살펴보는 나탈리를 지켜봤다. 오늘 아침에는 입이 점점 오른쪽으로, 오른쪽으로, 또 오른쪽으로 씰룩거리지 않아서인지, 어깨가 정상적인 높이보다 축 처져 있었는데도 거의 평범한 열여섯 살로 보였다. 나탈리는 책 한 권을 펼쳐 낱장을 떠들쳐가며 얼굴에 바람을 쐰 뒤 책꽂이 선반의 제자리에 도로 꽂아두었다. 이렇게 선반 하나를 다 끝낸 다음, 두 번째 선반의 책들을 꺼내 보았다.

여느 때 같으면 엄마는 그런 나탈리를 내버려두지 않았겠지만, 오늘은 엄마도 아예 나탈리가 기분 나빠질 수 있는 계기를 만들고 싶어하지 않았다.

"갈 준비 됐니, 나탈리?"

엄마가 물었다.

나탈리는 좀 더 빠르게 손을 놀렸다. 어찌나 빨리 책장을 넘기는지, 어떤 책에서든 잰 소리가 똑같이 들렸다. '프르르르트.' 내가 앞 창문 바깥으로 부두를 내려다보고 있는 동안에도 들리는 소리라곤 '프르르르트 프르르르트 프르르르트'뿐이었다. 아니나 다를까 부두에는 트릭슬 교도관이 나와 있었다. 오늘은 비번이라지만, 트릭슬 씨는 우리 일에 참견하지 않고는 배길 수 없는 게다. 트릭슬 씨는 교도소장 딸 파이퍼에 버금갈 정도로 골칫거리인데, 파이퍼는 예쁘기라도 하지만 트릭슬 씨는 볼품이 없다. 파이퍼 같은 미모라면, 사람들이 수많은 것들을 용서해준다지만, 기분 나빠하지 말자. 솔직히 말해서 내 생각에 파이퍼란 애는 좀 당혹스럽다.

아빠가 화장실에서 나왔고 변기는 다시 물이 잘 내려갔다. 64동 건물 배관 시설은 풍선껌들이 뭉친 데다 작년 치 오트밀까지 굳어서 꽉 막혀 있었지만, 천만다행으로, 우리의 친구인 배관공 세븐 핑거스가 공짜로 고쳐주었다. 우리는 매번 수고한 대가로 그에게 초콜릿 바를 주었지만, 아무도 모르게 했다.

"나탈리, 갈 시간 됐다."

엄마가 말했다.

오늘 나탈리는 노란 색깔의 새 옷을 입고 있다. 마름질은 엄마가 했지만, 재봉질은 양복점의 죄수들이 했는데, 솜씨가 아주 그럴싸했다. 단 한 가지, 나탈리는 허리띠가 성가신지, 잡아당기며 고리 모양으로 말았다 풀었다 하기를 반복했다. 말았다 풀었다, 말았다 풀었다 하는 사이, 입술이 한쪽으로 일그러졌다.

"무스 학교, 나탈리 집."

나탈리가 말했다.

"오늘은 아냐."

엄마가 환한 목소리로 말했다.

"오늘은 너한테 중요한 날이야. 오늘부터 학교 가는 거야."

"오늘은 아냐. 오늘은 아냐. 오늘은 아냐."

나탈리가 말했다.

이 상황에서 난 웃지 않을 수 없었다. 나탈리는 사람들 말을 따라 하는 걸 좋아한다. 지금도 나탈리는 엄마가 했던 말을 그대로 따라 하지만, 엄마의 말뜻과는 전혀 상관없이, 오히려 자신이 표현하고 싶은 것을 드러내는 말이 되게끔 억양을 바꿔서 말했다. 난 이렇게 나탈리가 엄마보다 똑똑할 때가 좋다. 가끔씩 나탈리는 우리보다도 똑똑하지만, 다른 때에는 낫 놓고 기역 자도 모른다. 그게 나탈리의 문제다. 아무도 나탈리가 어느 쪽으로 행동할지 전혀 알 수가 없으므로.

처음 나탈리가 에스더 P. 마리노프 학교에 갔을 때에는 엄청나게 큰 소리로 고함을 질러대며 발작을 일으켜서 쫓겨났지만 내 생각에 이번에는 그런 일이 일어나진 않을 것 같다. 나탈리는 자신만의 별난 방식으로 점점 나아지고 있다. 예전엔 나도 나탈리가 인간적 구석이라곤 없는 인간 계산기 같다고 말했는데, 요사이엔 나탈리도 하루하루가 다르게 평범한 사람다운 모습을 보이고 있다. 그럴 때면 마치 두 달을 줄기차게 내린 비가 그치고 해님이 나온 것 같은 기분이 든다.

"알려주렴, 무스. 얼마나 멋질지 네가 좀 말해주렴."

엄마가 말했다.

"알려주렴, 무스. 얼마나 멋질지 네가 좀 말해주렴."

나탈리가 단추상자를 집어 들어 가슴께에 꼭 끌어안으며 따라 했다.

"엄마가 그러는데, 나탈리 누나, 이번엔 단추들을 가져가도 된대."

난 이 말을 하고 나서 나탈리의 미소를 보았다는 생각이 들었다. 그 어느 때도 보기 힘든 활짝 핀 미소를. 나탈리는 자신의 소중한 단추들이 정확히 있어야 할 곳에 있는지를 확인하려고 단추상자 안을 들여다보았다.

우리 가족이 부두로 내려갈 때 계단을 딛는 엄마의 발걸음은 가벼웠다. 엄마는 에스더 P. 마리노프 학교가 나탈리를 고쳐줄 바로 그런 곳이라고 철석같이 믿고 있었다. 아빠의 발걸음은 아일랜드 지그 박자에 맞춰 움직였다. 나탈리는 계단을 밟을 때마다 오래도록 기억될 인상을 남겨놓고 싶기라도 한 듯, 한 걸음 한 걸음을 조심스럽고 꼼꼼하게 내딛었다.

물가로 내려왔을 때 나는 확성기를 손에 든 트릭슬 씨가 부두를 가로질러 걸어가는 모습을 보았다.

"108미터 뒤쪽으로 가십시오! 모든 배들은 해안에서 180미터 안쪽으로 들어와서는 안 됩니다!"

트릭슬 교도관 아저씨는 섬에 너무 가까이 다가온 유람선을 향해 확성기에 대고 쩌렁쩌렁 울리는 목소리로 외쳐댔다.

"전에도 경고를 했는데, 저 배 선장 놈 말일세. 총으로 한 방 날려줘야겠어. 본때를 보여줘야지."

트릭슬 씨가 아빠에게 말했다.

나탈리는 시끄러운 소리를 싫어한다. 언젠가 바닷속으로 경고탄을 쏘았을 때 우리는 아파트에 있었는데, 놀란 나탈리는 거실 한가운데에서 몸을 공처럼 동그랗게 말고 오후 내 일어서려고도 하지 않았다. 그런데 또 언젠가 3미터 거리에서 발사된 총소리에는 아랑곳도 하지 않았으니 나탈리가 어떻게 행동할지 예상하는 건 불가능하다.

"다비, 이보게 다비. 제발 오늘만은…… 들어주는 걸세, 자네?"

아빠가 살살 달랬다.

"행실을 똑바로 고치려면 배워야겠지."

다비 씨가 중얼거렸다.

"돌아오면, 그건……."

다비 씨의 눈이 물어보고 싶어 안달이 난 호기심으로 반짝였다.

경비 탑 보초의 사정거리 안에 들어오기 전에 배가 우현으로 키를 돌려 다시 도시를 향해 부리나케 달아나자, 떨리던 엄마의 뺨 근육이 풀어졌다.

트릭슬 교도관 아저씨는 흐뭇한지 껑충껑충 발걸음을 떼었다. 그러고는 경비 탑을 향해 손을 흔들어대자, 경비 탑 보초가 마치 머릿속에서 폭죽들이 터지는 것처럼 요란스럽게 부둣가 상공에다 으스대듯 빗발 같은 화력을 퍼부어댔다.

나탈리는 탈출 경고음처럼 높고 날카로운 소리를 질러댔다. 두 눈을 감고, 두 팔로 머리를 감싼 채, 온몸을 흔들어대기 시작했다.

총알들이 근처까지 가진 않았지만, 유람선은 전속력을 내기 위해 선미를 낮추고 요란한 소리를 내며 앞으로 질주했다.

"나탈리, 이제 됐어. 모두 끝났어. 더 이상 총 안 쏠 거야. 알았지? 더 이상 총소리 안 날 거야."

내가 나탈리를 안심시키는 동안, 엄마는 만약을 위해 가방을 뒤지며 레몬 케이크 조각을 찾고 있었다.

"배는 이미 떠났는데, 정말 불필요한 짓이었어요."

엄마가 아빠에게 속삭였다.

"그 사람은 자기 일을 했을 뿐이오, 여보."

대답은 이렇게 했지만, 아빠의 얼굴은 너무 꽉 조이는 벨트를 했을 때처럼 일그러졌다.

나탈리는 양팔로 붕대처럼 머리를 감싼 채로 있었다. 그러면서도 여전히 작게 소리를 지르면서 양쪽 발을 번갈아 떼며 몸을 흔들었다.

트릭슬 씨가 바지를 추어올리고 우리 쪽으로 걸어와 나탈리를 쳐다봤다.

"캠, 뭔 문제라도 있나?"

"별일 없네. 우리가 알아서 잘하고 있어."

아빠의 목소리에서 보이스카우트 대장 같은 자신감과 위엄이 느껴졌다. 그러자 트릭슬 씨가 입술을 빨며 말했다.

"내 눈엔 그렇게 안 보이는데."

"저 애가 좀 놀랐을 뿐이라네."

아빠의 설명을 들은 트릭슬 씨는 목청을 가다듬었다.

"이 일에 대해 사건 보고를 해야 되는데, 캠. 교도소장 명령일세."

아빠는 얼굴을 찡그리고 비밀스러운 일에 트릭슬 씨를 끼워주기라도 하는 것처럼 목소리를 낮추었다.

"여기는 걱정할 게 없네, 다비."

트릭슬 씨는 입안에 고인 침으로 끈적끈적한 소리를 내며 말했다.

"특이한 사항은 뭐든지 보고해야 하네."

엄마는 나탈리의 관심을 딴 데로 돌리고 트릭슬 씨에게서 벗어나기 위해 나탈리의 가방을 들고 말했다.

"가자, 나탈리."

"지미랑 테레사는 어떻게 해요?"

내가 물었다.

"그 애들이 작별 인사를 하고 싶어할 텐데. 좀 기다려주면 안 돼요? 제가 달려가서 데려올게요. 잠깐이면 돼요."

테레사는 지미의 여동생인데 나탈리에게 정말 잘해준다.

엄마는 고개를 가로저었다. 이제 나탈리의 비명 소리도 진정되어, 차라리 걷잡을 수 없이 웅웅거리는 라디오의 잡음같이 들렸다. 그러나 엄마에게는 나탈리를 여기서 벗어나게 해주고 싶은 마음이 간절했다.

나탈리가 가리라고는 생각 못 했는데, 나탈리는 여전히 웅얼거리며, 여전히 머리를 부여잡은 채 엄마 뒤를 졸졸 따라갔다. 진짜로 가다니.

"잘 가, 나탈리."

나는 뻣뻣하게 손을 흔들었다.

"무스, 빠이빠이. 무스, 빠이빠이."

나탈리는 발뒤꿈치를 들고 조심조심 건널 판자 위를 건너며 인사했다.

난 몇 발자국 앞으로 걸어가다, 문득 포옹하려고 애쓰지 않는 게 좋을 것 같다는 생각이 들었다. 나탈리는 사람들이 자기 몸을 만지는 걸 싫어한다. 하지만 난 최소한 마타만 남매만이라도 데려오고 싶었다. 일전에 나탈리가 언제 떠날지 알려주겠다며 약속한 것도 있고.

아빠가 한 손을 내 팔에 얹었다.

"나탈리가 더 이상 시끌벅적한 건 감당할 수 없잖니."

아빠는 하급자와 이야기하는 데 깊이 빠져 있는 다비 트릭슬 씨를 쳐다보면서 내게 작은 소리로 말했다.

의자 밑에 나탈리의 가방을 급히 내려놓고 엄마는 배의 우현 쪽에서 아빠와 나에게 손을 흔들었다. 나탈리는 자신의 허벅지를 내려다보며 앉아 있었다. 시동이 걸린 모터가 윙윙거리더니 프랭크 M. 콕스 호는 휘휘 휘저어진 갈색의 바닷물에 하얀 흔적을 새기며 빠르게 출항했다.

아빠와 나는 배가 내 야구 글러브 손가락 자리에 들어맞을 만큼 작아지고도 시야에서 사라질 때까지 계속 쳐다봤다.

002
비밀 통로

1935년 8월 5일, 월요일 – 이어서 씀

생각하기도 싫은 일들에 신경 쓰고 싶지 않을 때는 야구만 한 게 없다. 야구 글러브의 냄새며, 공의 촉감이며, 방망이를 휘둘러서 야구장 밖으로 공을 날릴 때며…… 이런 것들은 언제든지 나쁜 기분들을 충분히 날려버려준다. 오늘은 야구하는 날, 오후에는 학교 친구 스카우트가 알카트라즈에 온다. 자기 팀도 있고 야구 실력도 엄청난 스카우트는 별명이 미스터 베이스볼이다.

나는 비어 있는 아파트 1D에서 카코니 씨네가 사는 1E로 이어지는 64동 건물 밑 좁은 공간에서 지미에게 이 이야기를 전부 해주었다. 우리는 이 좁은 공간을 차이나타운이라고 부르는데, 샌프란시스코 차이나타운의 골목처럼 생겼기 때문이다. 평소에는 이 좁은 공간이 잠겨 있지만, 지난주에 지미가 문의 경첩 부분 나사들이 헐거워져 있는 것을 발견했다. 지미가 경첩을 뜯어내고 우리는 함께 문을 열어보았다. 나올 때는 마치 아무도 들어가보지 않은 것처럼 보이게끔 경첩을 도로 제자리에 달고 문을 꼭 닫아두었다.

단 한 가지 문제라면 너무 어둡다는 건데, 안은 온통 2센티미터 두께의 먼지로 뒤덮여 있었다. 게다가 개미구멍들을 피하고, 들보에 머리를 찧지 않기 위해 조심하면서 손바닥과 무릎으로 기어 다녀야만 한다. 거미줄로도 충분히 죽을 수 있다. 거미줄이 내려앉아 거즈처럼 입을 막게 되면, 숨을 들이쉬다가 목구멍 안쪽으로 거미가 딸려 들어가지 않았기만을 바라는 수밖에 없다. 그럼에도 불구하고 이런저런 이야기를 하기에는 딱 좋은 곳이다. 이 통로에서는 다른 곳에서라면 입 밖으로 꺼내지 않을 말들을 이러니저러니 나눈다. 나는 지미와 나 말고는 아무도 이 장소를 모른다는 사실이 맘에 든다.

뿐만 아니라 카코니 씨네 아파트 아래보다 더 좋은 곳은 생각할 수도 없다. 섬에 사는 아주머니들은 아이들이 연병장으로 가는 것처럼 카코니 아줌마 집에 모인다. 내 생각에 아이가 없는 카코니 아줌마 집이 엄마들한테는 아이들로부터 벗어나 쉴 수 있는 곳 같다. 말하자면 학교에 있는 선생님 휴게실 같은 곳이랄까.

지난주에는 카코니 아줌마와 트릭슬 교도관 아저씨의 부인인 비 아줌마가 귓구멍에서 털이 비어져 나올 만큼 자란다고 이야기하는 걸 엿들은 날이 최고였다. 비 아줌마가 매주 깎아야 한다는 말을 했을 때, 우리는 터져 나오려는 웃음을 간신히 참았다.

이 밑에서 조심해야 할 것 한 가지가 '소리'인데, 아주 조용히 하지 않으면 우리는 머리 위에 있는 아파트에서 우리가 내는 소리를 들을 수 있다는 점을 잘 알고 있었다.

"지미, 너 오늘 일하니?"

카코니 아줌마네에 아무도 없다는 판단이 들자마자 내가 물었다.

지미는 비 트릭슬 아줌마를 도와드렸는데, 아줌마는 섬에서 매점을 운영했다. 지미는 일한 몫을 돈으로 받지는 않았지만, 비 트릭슬 아줌마는 지미가 일을 할 때면 지미의 엄마가 무엇을 사든 값을 깎아주었다. 가끔씩은 테레사도 일을 도왔지만, 자넷 트릭슬이 옆에 없을 때뿐이었다. 테레사는 자넷과 동갑인데, 둘은 서로가 못마땅해서 견디질 못했다. 테레사 말에 따르면 자넷은 이곳 규칙들과 그녀의 요정 감옥에 필요한 것들을 모으는 데에만 관심이 있다고 한다.

"2시에 끝나는데, 스카우트 데려와서 파리들 보여줄 거니?"

지미가 물었다.

지미는 파리를 진짜로 좋아했다. 게다가 파리에 관한 특이한 사실들도 아주 많이 알고 있었다. 파리는 내려앉을 때 먹은 것들을 토한다. 또한 파리는 발로 맛을 본다. 파리가 토하는 건 눈으로도 볼 수 있는데, 발끝으로 토사물을 죄다 핥아서 맛을 본다고 했다.

"물론이지. 근데 스카우트는 야구하고 싶어할 거야."

지난 몇 주 사이에 야구를 끔찍하게 싫어하는데도 불구하고 지미는 알카트라즈에서 나의 가장 친한 친구가 되었다. 만일 어찌어찌해서 야구공이 지미의 야구 글러브에 날아 들어간다면 어쩔 줄 몰라할 게 뻔하다. 어쩌면 이를 닦을 때 쓴다거나, 땅에 심어놓고 커다란 야구공 나무로 오래오래 키우려 할지도 모를 만큼, 녀석은 아무것도 모른다.

지미는 고개를 들고 콧구멍을 벌렁거렸다. 아아 아취. 콧물이 내게 튀었고 지미의 안경이 떨어졌다. 나는 팔뚝을 닦으며 말했다.

"고마워, 지미."

아아 아취. 지미는 다시 재채기를 했다. 이번에는 고개를 돌려서 했기 때문에 나 대신에 개미들이 콧물 벼락을 맞았다.

"야구, 나랑도 하고 싶어?"

지미가 물었다.

"물론이지. 언제나 하고 싶은걸."

지미는 내 말을 못 믿겠다는 듯 고개를 꺄웃했다.

"근데 스카우트는 항상 하잖아. 그 애 잘하지, 그치?"

"별로, 그냥 그럭저럭."

지미가 씩 웃었다.

"음, 그렇군. 나도 그저 그렇잖아."

난 이런 때 무슨 말을 해야 할지 모르겠다. 우리의 비밀 장소에서라지만, 스카우트가 별로라는 것은 지미가 그저 그렇다는 말에 비하면, 둘을 비교하는 것이 온당하지 않을 정도로 훨씬 나은 거라고 지미에게는 말하지 않는 편이 좋을 것 같기는 했다.

"이만 나가자. 스카우트가 도착하기 전에 애니를 찾아서 준비운동으로 팔을 좀 풀어둬야겠어."

내가 말했다.

지미는 천천히 조심스럽게 길을 골라 엉금엉금 기어가다가 멈출 때마다 질문을 했다.

"스카우트가 내 파리 프로젝트를 좋아할까?"

지미의 가장 최근의 프로젝트는 파리들에게 묘기를 가르치는 것이다. 지미는 입장료를 받는 서커스를 열고 싶어한다.

"물론이지."

내가 대답했다.

지미는 앞으로 나아가다 말고, 또다시 멈췄다.

"스카우트가 날 좋아할까?"

"물론이지. 너에 대해서 샅샅이 말해뒀어."

지미는 자신의 생각을 말하기 시작했다.

"좋아, 새로운 아이디어가 생겼는데, 내 생각엔 숫자가 문제 같아. 나한 테는 파리가 충분히 많지 않거든."

지미가 번식 계획에 대한 기술적인 설명을 시작하려고 해서, 나는 바닥에 주저앉았다. 지미 마타만은 파리에 대한 이야기를 할 때는 쉬지도 않기 때문이다.

마침내 지미가 문 앞까지 갔을 때, 나는 세 배나 빠른 속도로 지미를 따라 잡았다.

"너 정말 빠르다."

지미가 말했다.

"네가 느린 거지."

내가 대답했다. 그런 뒤에 우리는 이상한 소리가 들리는 건 아닌지 문틀에 귀를 갖다 댔다. 사방이 조용했다. 우리는 끼이익 소리를 내며 문을 몇 센티미터 정도 열었다. 여전히 아무 소리도 들리지 않았다. 다시 문을 밀어 좀 더 열고 몸집이 작은 지미가 고개를 쏙 내밀었다.

"위험물 없음."

지미의 작은 소리에 우리 둘은 살짝 뛰어내렸다.

지미가 경첩의 나사를 본래대로 해놓기 무섭게 오래된 시멘트 계단통을 울리는 발소리가 들렸다.

"어, 어."

반짝이는 검정 교도관 구두가 계단을 내려오는 것을 보면서 내가 속삭였다.

"지미, 너 아침에 일하는 걸로 알고 있는데?"

다비 아저씨가 언제나 갖고 다니는 확성기에 대고 외쳐댔다.

"할 겁니다."

지미가 대답했다.

다비 아저씨는 철책 너머를 유심히 살폈다. 하지만 저장실 한 곳에 숨겨 둔 야구 장비를 가지러 간 나를 보지는 못했다.

"그 아래서 뭐 하는 거지?"

다비 아저씨가 지미에게 물었다.

"아무것도 안 하는데요."

지미가 대답했다.

"아무것도 안 한다니? 네 눈엔 내가 어수룩하게 보이나, 지미?"

다비 아저씨가 물었다.

"아닙니다."

지미가 계단 위로 서둘러 올라가며 대답했다. 지미는 나에 대해서는 아무 말도 안 했다. 다비 아저씨가 날 보지 못하는 편이 좋다는 건 지미도 잘 알고 있다. 다비 아저씨는 나탈리 남동생이라는 이유로 날 싫어한다. 아저씨한테 나탈리는 진짜 눈엣가시다.

난 조용히 서서 그 둘이 떠날 때까지 기다렸다. 그러고는 그 둘이 사라졌을 때 나와서 애니 보미니가 사는 아파트 3H로 올라갔다. 애니는 섬 전체를 통틀어 유일하게 야구를 좀 할 줄 아는 애다. 여자애라는 게 유감스럽지만.

나는 망 문을 통해 애니네 거실에 있는 나무 탁자를 중심으로 실내를 들여다봤다. 그 탁자는 애니네 아빠가 운영하는 가구점에서 죄수들이 만든 것이다. 애니네 집에는 나무로 만든 것들이 아주 많을뿐더러, 바늘로 수를 놓은 것들도 여기저기에 있었다. 자수 베개, 식탁보, 휴지걸이, 변기 커버 등등. 애니네 엄마는 월요일부터 일요일까지 쓰는 날이 정해져 있는 자수 변기 커버를 갖고 있다. 월요일이라고 해서 월요일 변기 커버가 왜 필요한지 모르겠지만 말이다. 여하튼 볼일을 보는 중에도 무슨 요일인지 아는 게 중요하단 걸까?

"애니, 나와봐."

애니네 엄마가 주변에 없기를 바라면서 애니를 불렀다. 애니네 엄마는 말하자면 여자 한 명이서 혼자 떠들어대는 축음기다. 일단 아줌마가 상대에게 관심을 보이기 시작하고 이야기를 시작하면 말을 끝내기도 전에 그 상대는 심장 발작을 일으켜 들것에 실려 갈 게 틀림없다.

애니는 피부색이 창백하고, 머리칼도 거의 흰색에 가까운 노란색이다. 열두 살, 제 나이로 보이다가도 마흔두 살 정도로 나이가 들어 보이기도 한다. 애니는 머리끝부터 발끝까지 네모지다. 조물주가 그 애를 만들 때 T자를 사용했나 싶을 만큼 네모지다.

애니가 맨발로 나와 망 문을 열고 기대섰다.

"무스."

숨을 헐떡거리는 커다랗고 납작한 얼굴이 오늘따라 초췌해 보였다.

"무슨 일이 있었는지 안 믿길 거야."

어라, 공 던지기를 안 하겠다고 하면 어쩌지? 이런 게 여자애들과의 골칫거리인데, 여자애들이란 뭐든 정말로 하고 싶어야만 한다.

"무슨 일이 있었는데?"

내가 물었다.

"세탁물이 잘못 배달됐어. 우리 집에 너희 집 것이 왔어."

애니는 작은 소리로 말했다.

세탁물이라니…… 이거야말로 지금은 내가 듣고 싶지 않은 바로 그 단어이다. 알 카포네한테서 쪽지를 받고 난 뒤부터 나는 혹시라도 알 카포네가 다른 쪽지를 보내기로 마음먹은 경우에 대비하고자 내 세탁물들은 내가 가장 먼저 받을 수 있도록 꽤나 신경을 써왔다. 엄마도 내 변화를 눈치 채고는, "아니, 무스. 요즘 들어서 네 빨래에 꽤 신경을 쓰는구나. 음, 좋은데." 하고 말했다.

"그게 뭐? 그냥 돌려주면 되잖아."

나는 당혹스러운 내 기분이 목소리에 묻어나지 않도록 신경을 쓰며 대답했다.

"나도 네 세탁물인 줄은 몰랐어. 치우려고 하는데, 글쎄 무스, 네 셔츠 주머니 속에 쪽지가 들어 있는 거야."

"쪽지라니?"

그만 여자애들처럼 높은 목소리가 튀어나왔다.

애니가 두 번 접힌 종잇조각을 주었을 때 내 손은 바르르 떨렸고, 마음속에서는 생각하기 싫은 것들이 넘쳐흘렀다. 알 카포네, 교도소장의 집무실, 학교에서 내쳐진 나탈리.

쪽지에는 지난번과 똑같은 종이에 똑같은 필체로 '네 차례다'라고 씌어 있었다. 얼굴이 화끈 달아오르며 땀이 나다가, 이내 차갑게 식으며 축축해졌다. 나는 혹시라도 다른 말이 씌어 있는지 종이 뒤쪽을 보고 다시 앞쪽 면을 살펴본 다음, 주머니 속에다 쪽지를 쑤셔 넣었다.

애니의 푸른색 눈알이 툭 튀어나왔다.

"네 차례라니? 뭘 하는데 네 차례란 거니, 무스?"

"나도 몰라."

나는 웅얼거리며 대답했지만, 무슨 뜻일지 헤아려보려는 마음은 온통 뒤죽박죽이 되었다.

애니는 내게서 눈을 떼지 않았다. 내가 말한 것 이상의 것들이 있으리라는 낌새를 챈 표정이었다.

"누가 보낸 거야?"

애니는 방금 딱딱한 사탕을 꿀꺽 삼킨 듯이 고통스러운 얼굴 표정을 지으며 물었다.

나는 고집스럽게 애니를 피하려 했다.

"누군가 실수한 거 같아."

대답은 했지만, 가슴속에 있는 어느 굴에서 나온 말소리처럼 까마득하게 느껴졌다.

"실수라니? 그리고 그딴 건 세탁소 죄수들이 지퍼 가리개를 꿰매놓았을 때 다비 트릭슬 씨가 하는 말이잖아."

애니가 말했다.

"그건 실수가 아니지만 이건 말이야……."

뜻하지도 않은 큰 목소리가 튀어나왔다.

"그러니까 내 말은 우리 세탁물을 네가 받게 된 일 따위가 실수라는 거야."

꽤나 합리적으로 이렇게 연관을 지을 줄 아는 내 자신이 뿌듯하게 느껴졌다.

"다른 사람한테도 말했어?"

애니가 입술을 깨물며 나를 쳐다볼 때, 물어보았다.

"다른 사람들한테는 말할 시간도 없었어. 좀 전에 일어난 일이야."

애니의 대답에 나는 큰 안도의 한숨을 내쉬었다.

"다른 사람들한테도 알릴 거니?"

"그럴 수도 있고 안 할 수도 있어. 근데 너, 나한테 다 털어놓을 거지?"

애니가 실눈을 뜨고 날 쳐다보며 되물었다.

"이 일에 대해선 나도 그렇게 많이 몰라."

내 대답은, 떠다니지 않도록 문진이라도 필요한 것처럼 어딘지 엉성했다.

애니는 계속 나를 뚫어져라 쳐다봤다.

"난 우리가 단짝인 줄 알았는데."

나도 끈질긴 애니의 푸른 눈을 빤히 쳐다봤다.

"우린 단짝이야."

애니는 질기니까, 적당히 넘어가려 하지 않을 것이다.

나는 입술을 깨물었다.

"그럼 너 맹세하고, 맹세하고, 거짓말하면 기꺼이 죽겠노라고 두 배로 맹세하기다."

"알았어, 무스. 너도 내가 언제나 약속은 철석같이 지키는 거 알잖아."

애니의 말마따나 그 애는 언제나 약속을 잘 지킨다. 하지만 이건 전혀 별개의 것이다. 처들리 부교도소장이 비 트릭슬 아줌마의 피클 통 속에다 오줌을 누는 걸 목격하고서도 발설하지 않은 것과도 성질이 다르다. 이 일 때문에 내가 섬에서 쫓겨날 수도 있다. 하지만 무슨 일인지 설명해주지 않으면, 보나마나 애니가 다른 사람들에게 말할 거다. 이런 경우에 내게는 선택의 여지가 많지 않다.

"내가 카포네에게 나탈리가 에스더 P. 마리노프 학교에 들어갈 수 있게 해달라고 부탁했는데, 나탈리는 학교에 들어갔고 나는 '완수'라고 적힌 쪽지를 받게 된 거야."

나는 제대로 다음 말을 잇지 못했다.

"네가 뭘 했다고?"

방금 전에 내가 한 말에 놀란 나머지 턱을 쭉 빼고 있던 애니가 딱딱거리며 물었다.

이번에는 좀 더 천천히 다시 설명해주었다.

"그런 다음에는 어떻게 됐는데? 그쪽지 다음에는?"

애니가 따져 물었다.

"쪽지 이후론 아무 일도 없었어."

"그러니까 나탈리 언니는 카포네가 넣어주어서 오늘 학교에 가게 된 거고, 넌 그 뒤로 아무한테도 말하지 않았는데 '네 차례다'라고 적힌 쪽지를 받았다 이거지. 진짜야? 맹세할 수 있어?"

"조금 알고 있는 다른 사람이 있다는 것만 빼곤 사실이야. 파이퍼. 그 앤 내가 카포네에게 편지를 보낸 걸 알고 있어. 나탈리가 학교에 가게 되자, 파이퍼가 내게 어떻게 된 일인지 물어보더라고. 난 에스더 P. 마리노프가 나이 많은 어린이들을 위한 학교를 열었다고 말했어. 에스더 P. 마리노프 쪽 사람들이 우리 부모님께 말한 대로지. 우리 부모님도 그래서 나탈리가 그 학교에 들어가게 된 거라고 알고 계셔."

그렇지 않기를 바라지만 파이퍼가 알고 있는 것은 그것만이 아니다. 파이퍼는 나탈리가 105번 죄수와 친구로 지내게 된 것도 알고 있다.

멀쩡하지 않은 누나가 무시무시한 범죄를 저질러 유죄 판결을 받은 성인 남자와 친구로 지낸다는 건 생각만으로도 결코 유쾌하지 않다. 사실 그런 일이 다시 일어날 바에는 차라리 내가 옷을 홀러덩 벗고서 캘리포니아 거리를 뛰어 내려가고 싶은 심정이다. 하지만 그건 내가 절대로 말하고 싶지 않은 전혀 다른 이야기이다. 알카트라즈 105번, '양파'라고도 알려진 그는 터미널 아일랜드로 이송되어 거기에서 풀려났다고 하니까, 이제 알카트라즈에 없다. 그러니까 내가 다시는 그 작자 때문에 걱정할 필요는 없는 것이다.

"하지만 알 카포네의 쪽지에 대해서는 아무도 모르는 거지?"

"그래."

"너, 그 사람이 원하는 게 뭔지 알겠지? 보답하는 거 말이야."

애니가 작은 소리로 속삭였다.

"하지만 그 작자가 무슨 수로 나탈리가 오늘 떠난 걸 알게 되었을까?"

기운 없이 내가 물었다.

그러자 애니는 인상을 찌푸렸다.

"너도 알다시피 죄수들은 이 섬에서 일어나는 일들을 죄다 안다잖아."

"그래, 하지만 왜 자신이 원하는 게 뭔지는 말하지 않았을까? 만일 나라면 너트 없이 초콜릿이 두 배로 들어간 브라우니에다 잡지의 스포츠 면과만화란, 그리고 바닐라 맛 사탕과 프렌치프라이, 치즈버거, 그리고 베이브루스에 대한 책을 요구했을 텐데. 그 작자는 아무것도 요구하지 않았다고, 애니."

"그 사람은 네가 진땀 빼기를 원하는 거야. 말하자면 그는 고양이고 넌쥐인 셈이지. 오마하에 살았을 때 우리 헛간에 고양이가 있었는데, 그 고양이는 쥐를 잡아서 몇 시간이고 가지고 놀았지. 그런 다음 어두운 구석에 던져놓고 댕강, 머리를 먹는 거야."

애니가 말했다.

"그렇게 말해주니 정말 고맙다."

내가 으르렁거리듯이 말했다.

애니는 빈정대는 나를 무시하며 고개를 끄덕였다.

"진짜야. 너도 알잖아. 근데 너, 이 쪽지가 딱 두 번째인 거 확실하지?"

"그렇대도."

나는 애니에게 짜증을 냈다.

이제 애니의 푸른 눈에 조심스러운 기미가 비쳤다.

"이건 심각한 거야, 무스."

"내가 그걸 모를 것 같아?"

"이젠 어쩔 생각이니? 그러니까 내 말은 누군가 네가 알 카포네에게 부탁한 사실을 알아낸다면, 너희 아빠는 해고……."

애니는 손가락으로 딱 소리를 내며 말을 이었다.

"……비슷한 게 될 수도 있다는 거야."

"그리고 너 그거 알아? 카포네가 나탈리를 에스더 P. 마리노프 학교에 넣어주었다면, 퇴학당하게 할 수도 있다는 거."

그러면서 애니는 팔짱을 끼고 계속 말했다.

"무스 넌 이러나저러나 그 사람 마음대로 되는 거지."

"고맙다, 애니. 그 말 들으니까 아주 기분 좋아지는걸."

나는 작은 소리로 말했다.

애니는 어깨를 으쓱했다.

"글쎄, 사실이 그렇잖아."

"야, 애니. 이건 좋은 소식인데, 뭐냐면 그 작자가 실제로 요구한 건 아무 것도 없었다는 거야."

난 내 말에 자신이 있다는 느낌이 전달되는 목소리로 이야기하려고 애를 썼다.

하지만 애니는 고개를 저었다.

"바보같이 굴지 마, 무스. 넌 진작 말했어야 했어. 그러니까 이제라도 우리는 말해야 해. 전혀 의심의 여지가 없게, 틀림없게 말이야."

"너 좀 전에 네 입으로 그 작자가 나탈리를 학교에 넣어주었다면 퇴학당하게 할 수도 있다고 했지. 우리는 나탈리의 인생에 대해 이야기하고 있는 거야. 그 학교는 나탈리에겐 기회라고."

나는 진짜로 고함을 지르고 있었다.

"알 카포네를 도와주면 넌 미친 거야."

"도와주지 않을 거야."

내 말에 애니는 한숨을 쉬고 아랫입술을 깨물었다.

"아무 말도 안 할 거라는 약속은 하지 말았어야 했는데."

"하지만 넌 분명 약속했어."

애니가 눈을 부라리며 날 째려봤다.

"나도 알아, 됐지?"

"봐봐, 이 일은 네 일이 아니잖아. 그러니까 넌 그냥 쪽지를 못 본 척할
수 있지 않을까?"

이제 난 애니에게 빌다시피 했다.

"난 척하는 덴 소질 없어."

"애니, 너 맹세까지 했잖아."

"안다고!"

애니도 으르렁거렸다.

손안에 있는 야구공의 실밥들이 느껴지면서, 1년 전 산타 모니카에서 살
던 시절이 생각났다. 할머니가 나탈리를 도와주시던 그때는 사정이 좋았
다. 여기서 엄마, 아빠하고만 사는 건 너무 힘겹다.

"그럼 우리 공 던지러 갈래?"

내가 작은 소리로 물었다.

애니는 눈을 흘겼다.

"맙소사, 무스. 넌 이런 일이 벌어졌는데도 야구 생각밖에 안 나니?"

"응, 그래."

내가 대답했다.

OO3
외팔이 윌리

1935년 8월 5일, 월요일 - 이어서 씀

알카트라즈 섬은 3단으로 된 결혼식 케이크처럼 생겼다. 섬에는 수많은 오솔길과 계단, 그리고 한 단에서 다른 단으로 이어지는 지그재그식 도로들이 있었다. 우리가 야구를 하는 연병장은 섬의 중간 단 가운데 있는, 크고 평평한 주차장 크기의 시멘트 지역에 있다. 바람만 없다면 완벽하게 좋은 구장이지만, 야구공을 쳤을 때 바람 때문에 파울볼이 되면 얼마나 짜증이 나는지는 이루 말할 수 없다.

지금 난 애니와 캐치볼을 하고 있다. 덕분에 나는 알 카포네 생각에서 벗어났는데 애니는 조금도 벗어날 수 없는 것 같다. 애니는 공을 던지고 나서는 내게 다가와 작은 소리로 매번 새로운 제안을 했다. 내 빨래는 내가 해야지 알 카포네가 나에게 말을 건넬 방법이 없을 거라는 둥, 에스더 P. 마리노프 쪽 사람들에게 알려야 한다는 둥, 신부님은 당연히 어찌해야 할지 알고 계실 테니까 함께 성당에 가자는 둥.

"난 가톨릭 신자도 아닌걸."

내가 애니에게 이야기를 하는 동안 파이퍼가 롤러스케이트를 타고 경사진 구불구불한 길을 쏜살같이 내려왔다. 긴 머리칼이 등 뒤로 휘날리고, 치맛자락도 뒤쪽으로 휘날리는 바람에 몸매를 볼 수도 있었지만(뭘 볼 수 있는지 신경 꺼주시길!), 어찌나 빠른지 롤러스케이트에서는 불꽃이 튀었다. 파이퍼는 길의 갈라진 틈 위를 펄쩍 뛰어넘고는 우아하게 덜커덕 소리를 내면서 땅에 착지했다.

누구라도 구불구불한 길 아래로 질주해서는 안 되었지만, 대부분의 어른들은 교도소장의 딸인 파이퍼가 규칙을 어길 때는 못 본 체했다. 또한 아무도 파이퍼와 경주하지 않았는데, 정정당당하게든 다른 방법으로든 언제나 파이퍼가 이기기 마련이었기 때문이다. 엄마는 파이퍼가 열두 살에서 바로 열여덟 살이 될 거라고 말하는데, 물론 착실한 열여덟 살이 된다는 건 아니다.

파이퍼는 우리에게 영화배우 같은 미소를 지어 보이며 멈춰 섰다.

그런 다음, 손으로 머리칼을 쓸면서 애니에게 작은 소리로 인사했다.

"안녕."

애니와 나는 공을 몇 번 던지고 받았다. 나는 세게 던지고, 애니는 살살 던졌다. 화가 난 애니는 제대로 집중하지도 않았다.

탈출한 죄수들이 없는지 재소자의 수를 확인하기 위해 매시 정각에 울리는 종이 울렸지만 아무도 신경 쓰지 않았다. 언제나 꾸룩꾸룩 투덜대는 갈매기들이나 뿌뿌, 하며 안개를 주의하라는 고동 소리처럼 대수롭지 않게 여겼다. 이런 것들이야말로 알카트라즈의 소리인데, 아시겠지만, 늘 재깍거리는 우리 섬의 시계랄 수 있다.

"야, 너희 둘 무슨 일이야?"

파이퍼가 먼저 나를, 그런 다음 애니를, 다시 나를 쳐다보며 물었다.

"서로 헐뜯고 있는 건 아닌 거 같고."

"아니야."

애니와 내가 동시에 대답했다.

파이퍼는 중간에 서서 우리를 앞뒤로 돌아봤다.

"아니다? 진짜?"

"아무 일도 없대도."

이번엔 애니가 큰 소리로 외쳤다.

그러자 파이퍼가 웃었다.

"애니, 너 정말 거짓말쟁이다."

파이퍼 말이 맞다. 애니는 엄청난 거짓말쟁이다. 5분밖에 안 되었건만 파이퍼는 그새 뭔가 있었다는 낌새를 챘다. 그렇다고 내 기분이 나아진 건 아니지만.

"그만해."

파이퍼가 검지를 흔들어 보였다.

"둘이서 뽀뽀하고 화해해."

애니가 콧방귀를 뀌었다.

"난 쟤랑 뽀뽀 안 해. 그런 건 너나 하는 거잖아, 파이퍼?"

그러면서 애니는 이번만큼은 공을 세게 던졌다. 양쪽 볼이 달아올랐다.

"웃겨, 난 네가 100달러, 아니 1,000달러, 아니 100만 달러를 준다고 해도 무스랑은 뽀뽀 안 해."

파이퍼는 롤러스케이트를 타고 내 곁을 지나가며 말했다.

"물론 그러시겠지."

애니가 진짜로 내 손에 물집이 생길 만큼 세게 공을 던지며 웅얼거렸다.

"그럴 일 없어. 넌 무스랑 뽀뽀하는 거 상상이 되니? 백파이프에 뽀뽀하는 거 같을걸."

파이퍼는 우겨댔다.

"백파이프? 대단히 고맙군."

내가 말했다.

"무스, 근데 너 파이퍼네 집에서 죄수들한테 일 시키는 거 알고 있니?"

애니가 내게 물었다.

"알고 있어, 애니."

눈알을 굴리며 대답했다.

"맞아, 진짜야."

파이퍼는 좀 전에 아빠가 새 강아지라도 사준 것처럼 환하게 웃었다.

"버디 보이는 신용 사기꾼인데, 죄수 화가이기도 해. 우리 집 하인이지. 그리고 외팔이 윌리는 도둑인데, 우리 집 요리사야."

나는 애니의 플라이볼을 잡으려 몸을 쭉 펴고 야구 글러브로 막아낸 다음, 몸을 돌려 파이퍼 앞에 바짝 버티고 섰다.

"너 뭐야, 미쳤어?"

"쟤네 엄마 도와줄 사람이 필요하대. 임신하셨다더라."

애니가 설명했다.

"꼭 그걸 말해야 돼?"

파이퍼가 불쑥 끼어들었다.

"비밀도 아닌걸. 누구든 알 수 있는 거잖아. 그리고 너희 아빠는 우주 전체에 대고 이야기하시는걸."

"쥐뿔도 모르면 입 다물어줄래, 애니?"

파이퍼는 성깔을 부렸다.

"잠깐, 파이퍼네 엄마가 도둑한테서 별도의 도움을 받아야 한다고?"

내가 물었다.

"그 사람은 아무것도 훔치지 않을 거야."

파이퍼가 코웃음을 쳤다.

"문지기가 이 섬 전체에서 가장 좋은 재소자 직업인데, 뭐한다고 그 사람이 목숨 걸고 일자리 놓칠 짓을 해?"

나는 고개를 저었다.

"왜 사람들이 법을 어기고 평생 감옥살이를 할까? 네 생각엔 그런 사람들이 사리 판단을 제대로 할 것 같니?"

파이퍼가 가슴을 볼록하게 내밀었다.

"죄수들은 교도소장에게 함부로 하지 않아. 감히 그러지 못해."

"그럼, 너희 엄마는 아기를 외팔이 녀석에게 건네주고? 손들어."

나는 권총을 겨누는 시늉을 하며 말했다.

"여기 기저귀가 장전돼 있다."

파이퍼가 웃었다. 난 그 웃음소리가 좋았다. 불가항력적으로 좋았다.

"자장자장 우리 아기, 감옥소 꼭대기에서."

나는 자장가를 부르기 시작했다.

"바람이 불어오면 요람도 흔들흔들. 죄수들이 쉬게 되면, 요람은 떨어지겠지만, 우리 아기도 떨어지겠지만, 수갑도 떨어지겠지만, 자장자장 우리 아기."

그런 다음에는 한 팔을 등 뒤로 밀어 넣고 한 손으로 쟁반을 드는 시늉을 했다.

"외팔이 윌리의 다른 팔은 어디 있게? 그 친구가 저녁 식탁을 차려준 다음에 생각해봐."

파이퍼가 이번엔 두 배나 크게 웃었다.

난 상상의 기타를 치면서 노래를 불렀다.

"어디로, 오 어디로, 잃어버린 팔이 간 걸까? 어디로, 오 어디로."

"무스, 그만해. 알았어? 우리 이야기해야 되잖아."

애니가 고함을 질렀다.

"어라, 쟤 심각한데."

파이퍼는 머리채를 흔들며 애니를 흉내 냈다.

애니가 파이퍼를 노려보고 나서 내게 눈짓을 했다.

"그럼 어쨌든 이야기를 하자."

파이퍼가 상당히 비아냥거리는 목소리로 말했다.

"이야기할 필요 없잖아."

내가 이렇게 말하자, 애니는 날 쏘아보았다.

"있어."

파이퍼는 다시 거칠게 웃었다.

"너희들 꼭 다비 아저씨가 결혼기념일을 잊어버렸을 때 아저씨하고 비아줌마 같아. 아줌마가 아파트 문을 걸어 잠가서 아저씨가 독신자 숙소에서 신세졌던 거 기억나지?"

애니와 나는 파이퍼를 무시하며 서로 노려보았다.

파이퍼가 어깨를 으쓱했다.

"알았어, 좋아, 난 관심 없으니까 무슨 일인지 말하지 마."

파이퍼는 우리가 자신을 끼워주길 기다리 것처럼 말을 멈추고 가만히 있었다.

애니와 나는 서로를 계속 노려보았다. 눈을 깜박거리면 점수를 잃는 눈싸움이라도 하듯이.

파이퍼는 롤러스케이터로 시멘트 바닥을 톡톡 찼다.

"비밀인가본데, 그럼 계속 그렇게 해."

파이퍼가 말하는 동안, 연병장 건너편에서 확성기 소리가 들렸다.

"무스 플라내건!"

어, 이번엔 트릭슬 씨가 아니었다. 아저씨는 자넷을 데려왔다.

자넷은 자기 확성기를 들고 다니는데 크기는 작지만 제대로 작동했다. 두 사람 모두 확성기를 놓는 법이 없다. 아마 저녁 식탁에서도 사용할 것이다.

이를테면 "감자 좀 이리 주세요!" 하면서 말이다.

나는 야구 글러브 안에 공을 꾹 움켜쥐고 연병장을 가로질러 갔다.

"네!"

자넷의 머리는 너무 촘촘히 땋아서 바라보자니 머리가 아팠다. 자넷은 확성기를 당장 사용할 수 있게 쥐고서 자기 아빠 뒤에 서 있었다. 테레사의 말에 따르면, 자넷은 함께 놀 때 마음에 들지 않는 게 있으면 확성기에 대고 소리를 질러대고, 그러면 부모님이 달려온다고 했다.

"오늘 방문하는 친구 있나?"

트릭슬 씨가 물었다.

"네, 그렇습니다."

"친구 이름은?"

"스카우트 맥일비입니다."

트릭슬 씨가 손수건을 꺼내 코를 풀었다. 재킷이 너무 작아서 근육이 불룩 튀어나오고 어깨가 꽉 조일 정도로 등판 쪽이 꽉 끼었다. 아저씨는 손수건을 도로 주머니에 넣고 클립보드를 내려다봤다.

"1시 배를 타기로 되어 있었군. 방문자가 정확히 해당 배를 타기 위해서는 서명 받은 허가서를 갖고 있어야 된다는 걸 알고 있나?"

"네, 그렇습니다."

"방문자가 타고 온 배를 맞이하러 나가봐야 한다는 것도?"

"네, 그렇습니다."

"언제나 방문자와 함께 다녀야 한다는 것도?"

"네, 그렇습니다."

"당최 누가 타도록 허락한 건지 알 수 없군."

"누가 타도록 허락하다니 무슨 뜻인가요? 그 친구가 여기 있나요?"

내가 물었다.

"지금은 없다. 서류가 정확하지 않아서 되돌려 보냈어."

"되돌려 보내셨다고요?"

자넷은 이제 웃음을 숨길 수 없는지, 얼굴 가득 웃음이 쫙 퍼졌다. 하긴 이런 일을 재미 삼아 사는 애니까.

"10시 배가 아니었잖아. 좀 전에 내가 뭐라고 설명했나?"

"트릭슬 아저씨, 제발요…… 스카우트 지금 여기 있나요, 돌아갔나요?"

아저씨는 우스꽝스러운 머리를 끄덕였다.

"제대로 된 서명이 없으면 나도 별 도리가 없다."

나는 구불구불한 길 아래로 날아가다시피 달렸다. 오죽했으면 발이 거의 땅에 닿지도 않았다. 하지만 그리 멀리 갈 필요도 없이 우리의 페리인 콕스 호가 샌프란시스코로 돌아가는 것을 보았다.

배는 다시 출항하기까지 20분을 내리 부두에 정박해 있었다. 나를 찾아 데려가려고 트릭슬 아저씨는 닻을 올릴 때까지 기다렸던 것이다. 보나마나 그랬을 것이다.

004
살인자들과 미치광이들

1935년 8월 5일, 월요일 – 이어서 씀

　나는 다음 배를 타고 샌프란시스코로 갔지만 스카우트는 포트 메이슨에서 나를 기다려주지 않았다. 트릭슬 아저씨가 시간에 착오가 있었다는 말조차 해주지 않았던 게 뻔하다. 장담컨대 아저씨는 스카우트가 방문 허가증을 갖고 있지 않았다고만 말했을 것이다.

　스카우트네는 전화가 없어서 마리나에 있는 그 애 집으로 마냥 걸어가야 했다. 스카우트를 만났을 때, 그 애는 내가 페리 시간표를 적어준 편지를 꺼내 보고 있었다. 1과 쌍점 사이에 생긴 잉크 반점이 마치 0처럼 보였다. 그래서 스카우트가 1:00을 10:00로 생각했던 것이다.

　다행히 아직 스카우트는 갈 수 있었다. 솔직히 이 친구는 알카트라즈를 보러 간다는 사실에 너무 들떠 있어서, 우리는 페리까지 거의 내처 달렸다. 하긴 뭐든 빨리 하는 스카우트다웠다. 같이 있으면 나 역시 빠르게 움직이게 된다.

　섬에 도착하자마자 곧장 애니의 아파트로 가서 야구방망이로 문을 두드렸다. 이미 스카우트에 대해 죄다 이야기해두었기 때문에 난 애니가 함께 놀고 싶어 죽을 지경일 거라고 생각했다. 스카우트는 〈날 야구장으로 데려가줘요〉를 콧노래로 부르고 있었고, 현관문이 끼익 소리를 내며 열렸다.

"애니, 스카우트 왔어. 자, 나가자."

난 손으로 빠르게 원을 그려댔다. 하지만 애니의 커다란 얼굴은 단단히 굳어 있었다.

"못 가."

애니가 말했다.

"왜?"

"왜인 줄 알잖아."

그러면서 내게 들어오라는 몸짓을 하며 작은 소리로 말했다.

"몰라."

"아니, 넌 알고 있어."

애니는 날 쏘아보았다.

난 앓는 소리를 냈다.

"스카우트, 잠시만, 괜찮지?"

스카우트는 고개를 끄덕끄덕했고, 난 애니네 아파트 안으로 슬그머니 들어가며 부드럽게 문을 닫았다.

"뭐?"

한쪽 팔로 다른 팔을 감싸, 애니는 마치 자기 몸을 안은 것처럼 보였다. 난 애니가 이러지 않길 바랐다. 나탈리도 화가 났을 때 이러는데, 지금은 나탈리 생각을 하고 싶지 않았다.

"말해줄 때까지는 너랑 못 놀아."

애니가 말했다.

"쪽지 말이야?"

애니가 두 눈을 굴렸다.

"그럼 뭐겠니, 무스? 당연히 쪽지에 대한 이야기지."

"100번을 부탁해도 난 못 해. 애니."

애니는 자기 팔을 더 세게 감싸 안았다.

"그렇담 나도 안 놀래."

"안 놀다니?"

애니는 인상을 찡그리며 어깨를 으쓱했지만, 아픈 것처럼 아주 조금만 들어올렸다.

"하지만, 애니, 나탈리를 위해서 일을 죄다 망치면 안 된다는 건 모르겠니? 나탈리는 내 누나야."

나는 작은 소리로 말했다.

애니는 머리채를 흔들었다.

"카포네는 폭력배야. 갱단 두목이라고. 널 죽일 수도 있어. 너 총 맞고 싶니? 이런, 무스, 내가 너한테 하나하나 설명해줘야 하는 거야?"

"첫째, 그는 날 쏠 수 없어. 갇혀 있잖아. 그리고 둘째,"

"바보야, 그 사람이 직접 하니? 고릴라처럼 덩치 큰 부하들 중에서 한 놈이 대신 하지."

"둘째, 이미 좀 늦었어."

계속 난 힘있게 밀어붙였다.

"난 도와달라고 했고, 그 사람은 이미 내 부탁을 들어줬어."

"너무 늦은 건 아니지. 넌 전부 설명할 수 있어. 전부를 설명할 수 있다고."

"교도소장한테?"

나는 코웃음을 쳤다.

"봐, 애니. 카포네는 아무것도 요구한 게 없어."

"하지만 할 거야. 너도 그 작자가 할 거란 거 알잖아."

"그리고 난 안 할 거야."

"그래, 그럼 뭘 할 건데?"

갑자기 아파트 안이 덥고 갑갑하게 느껴졌다.

"잘 들어, 애니. 이거 네 문제 아니지, 그치?"

머릿속에서 압력이 높아져 눈알을 해골 밖으로 밀어내는지 애니의 푸른 눈이 더 커졌다.

"난 네가 나랑 비슷할 줄 알았어. 나처럼 너도 곤란해지는 일을 원치 않을 거라 생각했어."

"난 너랑 비슷해. 하지만 우리 가족이야, 알겠어? 나탈리를 위해서 난 이 일을 망치고 싶지 않다고. 네가 내 입장이라면 너도 그럴 거야."

지금까지 이 모든 일을 어떻게 해야 할지 결심하지 못하고 있었는데, 갑자기 한결 더 분명해졌다.

애니는 커다랗고 각진 머리를 흔들어댔다.

"우리 엄마가 그러는데 어느 학교도 나탈리를 정상으로 만들 수 없대. 모두들 그렇게 알고 있대. 너만 빼고……."

"애니, 그 주둥아리 좀 닥쳐. 입 다물란 말이야!"

나는 현관문을 박차고 나와 망 문도 거칠게 닫았다. '쾅' 닫히는 큰 소리를 기대했지만, 고작 '팅팅' 하고 양철 부딪치는 소리만 약하게 들렸다.

스카우트가 눈을 가늘게 뜨고 나를 바라봤다. 나는 애니네 집에서 벗어나려고 최대한 보폭을 넓게 하고 빨리 걸었다.

"안 한대."

나는 계단통 쪽으로 가면서 작은 소리로 말했다.

스카우트는 한 발로 깡충 뛰며 신발을 벗더니 꺼칠꺼칠한 모래들을 털어냈다.

"어쨌든 그 여자애가 잘할 거라는 생각은 안 드는데."

"괜찮게 잘해. 널 삼진 아웃 시킬 수 있을 만큼."

"말 다 했어? 어떤 여자애도 날 삼진 아웃 시키진 못해."

스카우트가 야구방망이로 내 옆구리를 찔렀다.

애니가 우리 뒤에서 문을 밀쳐 열고 나왔다.

"이 여자애는 할 수 있지."

우리 등 뒤에다 소리를 질렀다.

"그럼 증명해봐. 그리고 여자 친구, 네가 한 말에 야구 글러브 거는 거야."

스카우트도 뒤를 돌아보며 소리를 질렀다.

"내가 못 하면 무스 탓이니까, 무스한테 책임지라고 해."

애니는 우리가 계단통의 모퉁이를 돌 때 소리를 쳤다.

스카우트는 코웃음을 쳤다.

"여자들이란 똑같다니까. 아무것도 자기네 잘못은 아니래."

화가 나 있었지만 난 이 말에 웃지 않을 수 없었다. 스카우트의 말투가 누구 아빠 같았다.

"사실, 세상에는 세 부류의 여자애들이 있어."

스카우트는 내 기분을 나아지게 한 자신이 자랑스러운지 슬쩍 미소를 지으며 말했다.

"매력녀, 그저 그런 애, 그리고 아줌마. 매력녀는 예쁘고, 그저 그런 애는 예쁘지는 않지만 못생긴 것도 아니야. 하지만 아줌마는 영 다른 애들이야, 저 애니 인형도 아줌마 과네."

비록 애니에게 잔뜩 화가 나 있었지만 나는 스카우트가 애니에 대해 이런 식으로 말하게 내버려둘 수는 없었다.

"애니는 달라. 그 앤 야구를 할 줄 안다고. 맹세하건대 정말로 할 줄 알아."

"친구, 네가 뭐라고 말하든, 저 애는 한 번만 척 봐도 아줌마 과야."

"아니야, 그저 그런 애 정도는 돼."

앞쪽에 연병장이 보이자 스카우트가 속도를 냈다. 우리가 노는 곳이라고 말한 적도 없는데, 녀석은 벌써 알고 있는 듯했다.

"아줌마야."

그러면서 스카우트는 야구방망이를 내려놓았다.

"그저 그런 애래도."

나는 공중으로 공을 던졌다. 스카우트는 왼손으로 공을 잡았다. 우리는 공을 주거니 받거니 했다. 야구 글러브도 끼지 않은 채 서로 왼손으로만.

"내야 플라이."

내가 외치는 소리에 스카우트는 섬의 최상단에 자리 잡고 있는 교도소장 집의 지하실 높이만큼 높게 던졌다. 물론 난 당연히 공을 잡았다.

화가 난 채로 스카우트 옆에 있는 건 불가능하다.

"애니는 왜 우리랑 같은 학교에 안 다녀?"

스카우트가 물었다.

"그 앤 세인트 브리지트라는 가톨릭 학교에 다녀."

"근데 여기 파이퍼 말고 다른 애들은 없니? 야구할 수 있는 애 없어? 또 누가 있다고 네가 말했던 거 같은데. 아니면 있잖아. 빠져나온 살인자라든가."

스카우트의 두 눈이 반짝였다.

"그러니까 피를 가진 부류 말이야."

"누구나 피는 있어, 스카우트."

"내 말은, 손에 묻힌."

"지금쯤이면 아마 씻어냈을걸. 피 묻은 채로 법정까지 가는 건 그다지 좋은 생각 같지 않은데."

이렇게 말하고 나서 나는 간절히 부탁하는 시늉을 하며 손을 올렸다.

"전 죄가 없어요, 재판관님. 이 피 따위는 무시해주세요."

스카우트가 웃었다. 하지만 콧방귀도 슬쩍 끼었다. 스카우트는 내게 공을 빠르게 던졌다.

"게다가 피 때문에 제 공이 더럽혀질 거예요."

난 간절한 척하며 스카우트에게 말했다.

"미끄럽기도 하지."

스카우트가 받아쳤다.

죄수들의 야구공이 알카트라즈 섬에서는 수집품이다. 죄수들은 놀이터 구역에서 야구를 하는데, 그러다 담장 밖으로 공을 쳐 넘기면 자동적으로 '아웃'이 된다. 그러니까 야구공은 아주 드물다.

"파이퍼가 너한테 죄수 야구공 하나 준 거 기억나? 그거 어쨌어?"

"뜻있게 쓰려고 뒀는데, 너도 나한테 하나 줄 수 없나?"

스카우트는 민망한 표정을 지어 보였다.

"여자애도 줬는데……."

나는 코웃음을 쳤다.

"파이퍼가 네게 준 공은 실은 내가 준 거야. 그리고 안 돼. 혹시라도 우리가 죄수를 만나게 된다면 모를까, 너한테 다른 공은 구해줄 수 없어."

"됐다."

스카우트가 포기했다.

"쓰레기를 줍거나 세탁물 나르는 날이 아니니까 그렇게 보고 싶은 죄수는 만날 수 없을 거야."

내가 말했다.

"알 카포네가 네 쓰레기도 주워줬어?"

"아니, 그 작자는 본 적도 없어."

알 카포네한테서 쪽지를 받은 이야기를 해주면 스카우트가 감명을 받으리라는 건 알고 있었다. 하지만 그러면 학교에 있는 모든 사람들한테 이야기를 하고 다닐 것이다. 그건 내가 바라는 게 아니다.

"파이퍼네 집에는 일을 해주는 도둑과 사기꾼이 있어. 가서 인사나 하자."

나는 마치 매일 이러는 것처럼 말했다.

스카우트는 낮고 길게 휘파람을 불었다.

"사기꾼과 도둑과 매력녀라…… 당장 가자."

"파이퍼는 매력녀가 아냐."

내가 무뚝뚝하게 말했다.

그러자 스카우트는 입을 한쪽으로 비틀며 씨익 웃었다.

"지금은 괜한 것에 신경 쓰지 말자, 무스. 난 단지 그 애가 매력녀라고 했을 뿐, 관심 있다고는 안 했다. 자, 됐냐?"

"관심이 없으면, 매력녀인지는 어떻게 아냐?"

"야, 무스."

스카우트가 한숨을 쉬었다.

"너 지나치게 넘겨짚었어."

우리가 구불구불한 길을 올라가 안에 죄수들이 있는 축구장만 한 크기의 3층짜리 시멘트 빌딩인 감옥소의 그늘로 들어갈 즈음 스카우트가 분명하게 말했다. 보통 때 같으면 세상에서 가장 빨리 걷는 스카우트가 속도를 늦췄다.

"저곳이 그들을 가둬두는 곳이니?"

스카우트가 칙칙한 요새를 가리키며 속삭였다.

"그래, 저기가 감옥소야."

스카우트는 지붕 꼭대기에서 저격수가 나타나기라도 바라는 것처럼, 주변을 둘러봤다.

"너희는 여길 이렇게 걸어 다니니?"

"뛰지 않을 땐."

스카우트는 웃지 않았다. 이젠 꽤나 진지했다.

"사기꾼과 도둑을 만나면 뭐라고 하지? 그러니까, 악수라도 해야 되느냔 말이야."

"잘린 팔은 흔들지 마. 그러는 건 예의가 아니니까."

스카우트는 작은 소리로 말하려고 몸을 숙이며 주변을 두리번거렸다.

"무기가 필요할까?"

"음, 거기 가면 바로 문 앞에서 기관총을 나눠줘."

"좋아, 무스."

하지만 우리가 감옥소 바로 맞은편의 방이 스물두 개나 되는 교도소장의 호화 주택 정문 계단에 이르렀을 때는 스카우트의 빈정거림도 수그러들었다. 반년이나 여기서 산 나도 감옥소를 보면 오싹오싹 소름이 돋는다. 그건 철창과, 내가 가끔 듣는 소리들 때문이다. 고함 소리와 욕설과 철제 컵이 철창에 부딪히는 소리들. 원칙적으로 죄수들은 고함은커녕 말을 해서도 안 되지만 이따금씩 아수라장이 된다. 바로 그럴 때가 무시무시하다. 우리는 한참 파이퍼의 집을 쳐다보고 있었다. 마치 샌프란시스코의 어느 호화로운 거리에 있는 듯한 느낌을 받으면서.

알카트라즈에서 천국은 지옥 맞은편에 있다.

스카우트는 허리띠를 바짝 졸라맸다. 그런 다음 진짜로 무기가 있는 것처럼 오른손을 주머니에 쑤셔 넣었다. 내가 초인종을 누르면 총을 뽑을 태세였지만, 막상 우리를 맞이하러 나온 사람은 임신 중인 파이퍼네 엄마였다.

윌리엄스 부인은 둥근 얼굴에 눈은 오래된 데님 색깔이었고 눈 밑에는 어두운 그늘이 져 있었지만 입술은 파이퍼처럼 도톰했다. 임신한 배는 마치 스웨터 밑에 농구공을 넣어둔 것처럼 둥글고 탱탱하게 튀어나와 있었다. 나는 부인의 배를 보지 않으려고 노력했지만, 어떻게 해서 저렇게 되었을지 생각하지 않는 건 어려웠다.

"윌리엄스 아주머니, 우리와 같은 학교를 다니는 제 친구 스카우트 맥일비예요."

"아, 스카우트. 정말 뜻밖이구나. 반갑다."

윌리엄스 부인은 스카우트와 악수했다.

옅은 미소를 지으며 스카우트는 눈을 반짝였다.

"파이퍼, 애야, 내려와보렴, 귀염둥이야."

윌리엄스 부인은 중앙의 큰 계단 위쪽을 향해 외쳤다. 머리 위로는 열두 개의 반짝반짝 빛나는 프리즘이 달린 웅장한 샹들리에가 매달려 있고, 축음기 위에서는 래그타임 음반이 돌고 있었다.

파이퍼네 거실은 우리 아파트 전체를 합친 것보다 컸다. 길이도 두 배, 넓이도 두 배, 높이도 두 배였다.

피아노 옆에는 카키색 바지와 깃에 단추가 달린 흰색 셔츠에다 폭이 좁은 검은색 넥타이를 맨 남자가 깃털 먼지떨이를 들고 서 있었다. 금빛의 짧은 머리칼은 탱탱하게 곱슬곱슬했고 대학 교수들이나 철자를 틀리지 않게 쓰는 사람들이 쓰고 다니는 거북이 등껍데기 테 안경을 끼고 있었다.

"버디 보이, 이쪽은 스카우트 맥일비."

윌리엄스 부인은 스카우트를 대할 때와 다름없이 버디에게도 따뜻하게 대했다. 나로서는 어쩌다 파이퍼가 쇳소리로 갈라지는 목소리를 갖게 된 건지 확실히 알 수 없지만, 윌리엄스 부인으로부터 물려받은 것은 아닌 듯했다.

버디 보이는 미끄러지듯 카펫을 가로질러 와서 스카우트에서 손을 내밀었지만, 눈길은 내 쪽으로 던졌다. 스카우트는 크게 숨을 들이쉬곤 떨리는 손으로 버디 보이의 손을 잡고 흔들었다. 스카우트와 여기에 있기 때문에 내가 긴장하고 있다는 것은 쉽게 알 수 있었다. 내가 손을 내밀자 버디 보이는 힘을 주어 천천히 악수했다. 안경 너머 커 보이는 두 눈은 날카로웠고 물속 돌멩이들처럼 회색 빛깔이었다. 그는 날 보고 웃어준 뒤에도 자신은 온갖 미소를 다 지녔으며 그걸 내가 하나하나 보는 걸 확인하고 싶다는 듯 다시 웃었다.

파이퍼가 중안 계단 위쪽에서 나타났다. 뒤로 올려 하나로 묶은 머리에 커다란 녹색 리본을 달았다.

"스카우트."

파이퍼는 계단을 절반쯤 뛰어 내려오며 말했다.

"여긴 어쩐 일이야?"

"마침내 만나게 되어 기쁘네요."

버디 보이가 낮은 목소리로 말했다. 흘낏 보고는 스카우트에게 하는 말이라 생각했는데, 그게 아니었다.

"네, 그렇습니다."

대답을 하고는 스카우트가 이 말은 듣지 않았기를 바랐다. 죄수를 높임말로 불러야 하는지 아닌지 모르겠지만, 스카우트한테는 죄수들 앞에서 멍청이처럼 구는 내 모습을 보이기 싫었다. 내가 뭘 하고 있는지 알고 있는 사람으로 보여야 하니까.

"이제야 생각이 나는데, 스카우트, 내가 네 어머니를 만난 적이 있구나. 마벨 맥일비 부인이시지?"

"예, 아주머니."

스카우트는 파이퍼와 윌리엄스 부인 가까이로 움직였다.

"성 마르크 교회 합창단에 나가시지 않니?"

"무스, 너와 네 누나에 대한 칭찬 많이 들었다."

버디의 목소리는 잘못된 음정으로 그르렁거리는 고양이처럼 낮았다. 등허리의 털들까지 그 소리에 감전되어 찌릿찌릿했다.

"감사합니다, 음…… 보이 씨."

나는 살금살금 스카우트와 파이퍼 그리고 윌리엄스 부인 쪽으로 다가갔다.

"뭐랄까, 정말 아름다운 목소리야. 종소리처럼 맑은. 내 안부 좀 전해다오, 알겠지?"

윌리엄스 부인은 피곤한 얼굴에 정중한 미소를 지었다.

"그럼, 애들아, 난 오후에 할 일이 태산처럼 많단다. 너희들끼리 부엌에 가서 브라우니를 먹으렴. 그리고 버디는 윌리에게 내가 하나 이상 먹어도 된다고 말했다고 전해. 그 사람은 브라우니에는 인색하잖아."

윌리엄스 부인이 말했다.

"그 친구는 미신을 믿어요, 윌리엄스 마님. 남아 있는 브라우니가 잘못

된 숫자여서는 안 된다나요."

"말도 안 돼. 어리석게 굴지 않도록 가르쳐, 버디. 무슨 말인지 알지?"

윌리엄스 부인은 버디가 사촌이라도 되는 양 편안한 태도로 미소 짓고 다시 복도 안으로 들어갔다.

버디는 내 눈길을 끌었다. 출랑거리며 피아노 쪽으로 걷는 그는 입에 이쑤시개 세 개를 물고 한꺼번에 질겅질겅 씹었다.

"이봐, 무스, 스위트피."

버디가 고개를 돌려 나와 보이지도 않는 나탈리 누나에게 온화한 미소를 지으며 손짓을 했다. 나탈리는 여기 없다. 게다가 무슨 수로 우리 아빠가 나탈리를 스위트피라고 부르는 걸 알아낸 걸까? 서서히 의심이 드는데, 버디가 아빠 흉내를 냈다. 그것도 꽤 그럴싸하게.

"우리 아빠죠, 그렇죠?"

내가 물었다.

그러자 버디는 자신이 만족스러운 듯 미소를 지었다. 주목받는 걸 즐기는 게 역력했다.

"파이퍼?"

나는 뒤에서 파이퍼를 불렀다. 파이퍼와 스카우트는 벌써 부엌으로 가고 있었다.

"너도 봤어? 버디가 우리 아빠 흉내를 잘 내내."

"응, 나도 봤어. 버디는 누구 흉내든 다 낼 수 있어. 정말 잘하지."

우리는 모두 파이퍼의 엄마를 따라 현관문 쪽으로 가서 난간 청소에 대한 지시사항을 차분하게 듣고 있는 버디 보이를 뒤돌아보았다. 아빠를 떠올리게 하는 미소, 이쑤시개, 팔을 저어 인사하는 것 등 모든 것들이 사라지고 없었다. 버디는 우리가 자신을 바라보고 있는 것을 눈치 채곤 아빠처럼 윙크를 했다.

스카우트와 파이퍼는 머리를 가까이 하고 걸어가고 있었다.

"잠깐만…… 난 뭐라고 불러야 하지?"

"외팔이 윌리."

"외팔이 윌리라고 부르라고?"

"어때, 외팔이 윌리 씨보다는 낫잖아?"

파이퍼는 막 식당으로 들어가고 있엇다.

부엌은 내 기억보다 컸는데, 얼음이 필요 없어 보이는 최신 전기 아이스박스가 있었다. 그뿐 아니라 시어즈 백화점(본래 'Sears, Roebuck and Company' 이지만 보통은 간단히 'Sears'로 부름. 20세기 후반부터 싼 물건을 파는 대형 할인매장으로 바뀜) 카탈로그 사진에서 본 것 같은 광택이 나는 레인지도 있었다.

부엌 한구석에서는 작지만 강단 있어 보이는 남자가 버디 보이와 똑같은 옷을 입고서 건장한 한쪽 팔로 밀가루 반죽을 굴리고 있었다. 다른 쪽 옷소매는 속이 빈 채 홀쭉하게 밑으로 축 처져 있었다.

"외팔이 윌리, 이 애들은 스카우트와 무스야. 스카우트와 무스, 이쪽은 외팔이 윌리야."

파이퍼는 진짜 좋은 수집용 야구 카드를 뽐내듯이 조금은 오만한 미소를 띠고 소개했다.

외팔이 윌리가 말짱한 한쪽 팔로 손짓하더니, 잘린 팔을 움직여 텅 빈 소매를 허공에서 흔들었다. 하지만 내 눈길을 끈 건 그의 셔츠 주머니였다. 뭔가가 그 안에서 움직였다. 살아 있는 무엇인가가!

"외팔이 윌리는 소매 속임수도 할 수 있는데, 볼래?"

파이퍼가 물었다.

외팔이 윌리가 어깨를 중심점으로 움직이며 소매를 뱅글뱅글 돌려 원을 그리기 시작했다. 그렇게 점점 더 빠르게 돌리다 다른 한 손으로 텅 빈 소매를 붙잡더니 천천히 멈추었다.

"와, 끝내준다."

스카우트가 감탄했다.

하지만 내 눈은 셔츠 주머니에 꽂혀 있었다. 도대체 저 안에 들어 있는 건 뭘까?

외팔이 윌리는 가볍게 고개를 숙여 인사했다. 그런 뒤에는 멀쩡한 손을 셔츠 주머니에 찔러 넣었다. 손을 꺼내자 절반쯤 태운 시거 크기의 쥐새끼가 손가락 위에 얹혀 있었다. 쥐새끼는 연기에 그을린 갈색에 더러운 귀는 잘려나간 것처럼 보였고 분홍색 코를 까닥까닥 움직였다. 외팔이 윌리는 쥐새끼를 얼굴 가까이 갖다 대고, 비밀 이야기라도 하듯이 속삭였다.

"몰리, 이쪽은 무스와 스카우트야."

파이퍼가 손을 몰리에게 가져가자, 몰리는 외팔이 윌리의 주머니 속으로 도로 들어갔다. 털이 벗겨진 꼬리만 보였다. 그러자 외팔이 윌리가 살살 달래어 다시 나오게 한 뒤 누런 손톱으로 머리를 긁어주기 시작했다. 몰리가 좋아하는 게 역력했다.

"어디서 난 쥐예요?"

내가 물었다.

"내가 널 마당에서 봤지, 그치?"

외팔이 윌리가 찍찍거리는 목소리로 쥐새끼에게 말했다.

그러고는 몰리를 자기 어깨에 기어 올라가게 내버려두고, 브라우니 구이판에서 기름종이를 뜯어내어 우리에게 하나씩 주었다.

"윌리, 엄마가 두 개씩 먹어도 된댔어."

외팔이 윌리가 입술을 씰룩였다.

"월요일에 열다섯은 불길해."

윌리는 쥐새끼처럼 찍찍 쉿소리를 내며 중얼거렸다. 그는 버터 칼을 꺼내 브라우니 세 개를 절반으로 잘랐다.

"자."

나는 칼을 들고 있는 그를 쳐다봤다. 죄수한테 칼을 쓰게 하다니 믿을 수가 없었다. 버터용 칼이라도, 칼은 칼인데.

스카우트가 브라우니 두 개를 집어 들고, 외팔이 윌리로부터 제법 멀찍이 서서 발을 신경질적으로 툭툭 쳤다. 내 몫을 집으려고 손을 뻗자, 윌리가 몰리에게 속닥거렸다.

"무스 것에는 호두를 뺐지."

등 밑으로 징그러운 것이 기어가는 느낌이 들어 오싹해진 나는 말까지 더듬거렸다.

"내가 견과류를 안 좋아하는 건 어떻게 알았어?"

"파이퍼가 알려줬지."

외팔이 윌리가 대답했다.

"네가 알려줬어?"

내 질문에 파이퍼는 눈을 흘겼다.

"이런, 무스, 당연하지. 안 그러면 무슨 수로 알겠니?"

스카우트는 한 입 베어 먹고 싶어서 어쩔 줄 모르는 표정으로 브라우니를 바라보았다. 다만 먹어도 안전한지 확신이 들지 않는지, 내게 멋쩍은 미소를 지어 보였다.

"독이야. 독이 든 브라우니니까 네 건 내게 주는 게 좋겠어."

나는 속닥거리며, 즉시 스카우트의 손에서 브라우니를 낚아챘다.

스카우트는 웃으며 도로 가져가 한 입 베어 물었다.

"먹을 때는 참 귀여워."

파이퍼가 스카우트에게 눈길을 주며 말했다.

"하긴 먹고 있지 않을 때도 귀여워."

"이런 이런, 고마워, 예쁜이 인형."

스카우트가 옅은 미소를 띠며 말했다.

파이퍼가 스카우트에게 한 발짝 가까이 다가섰다.

"넌 나한테 비밀을 숨기지 않을 거지, 그치?"

"난 비밀 같은 거 없는데. 뭐, 어쨌든 뭐든 알아내면 제일 먼저 예쁜이 인형 너한테 말해줄게."

스카우트가 몸을 돌려 나를 봤다.

"자, 지미 녀석을 찾아내 공 던지며 놀자."

구불구불한 길을 번개처럼 내려오는데 등 뒤에서 파이퍼의 웃음소리가 들렸다.

"정말 고맙다, 스카우트."

내가 말했다.

"뭐가?"

쿵쿵 울리는 우리의 발소리 위로 스카우트가 묻는 말이 들렸다.

"너 그 애랑 꼭 그렇게 다정한 척을 해야 했냐?"

"그 애 집엔 살인자와 미친놈이 살잖아. 난 그 애가 듣고 싶어하는 거라면 뭐든지 말해줄 거야."

속도를 줄였지만 스카우트는 헉헉거렸다.

"그 작자들이 거기에 사는 건 아니야."

"됐어, 무스, 됐으니까 그만 해."

005
애니 아줌마의 복수

1935년 8월 5일, 월요일 – 이어서 씀

스카우트와 나는 곧장 마타만 씨네 아파트로 향했는데, 집 안에서는 따뜻한 계피 향이 났고, 거실에서 테레사와 지미의 방으로 걸어갈 땐 빅 밴드의 연주곡이 라디오에서 들려왔다. 지미는 병뚜껑으로 만든 커튼으로 방을 반으로 나눴다. 지미는 병뚜껑을 셀 수도 없이 모아, 뚜껑에 구멍을 뚫고 실을 꿰어 엮었다. 하지만 방의 경계선이 없다고 해도, 어느 쪽이 지미가 사용하는 곳이고 어느 쪽이 테레사의 공간인지는 쉽게 알 수 있다. 지미 쪽은 퀘이커 오트밀 상자로 만든 광석 라디오 수신기에서 떼어낸 별도의 부품들과 모두 접힌 채 가지런히 하나로 쌓아놓은 커다란 종이비행기 꾸러미와 아직 완전히 만들지 않은 투석기 따위가 쌓여 있었다.

테레사 쪽에는 사격 지역에서 날아든 총알에 여기저기 구멍이 난, 실물 크기의 종이로 만든 남자 둘과 알 카포네, 보니와 클라이드, 베이비 페이스 넬슨에 관한 신문 기사들과 혹시라도 교도소장이 마음을 바꿔 고양이를 기를 수 있다고 말해줄 때를 대비해 뜨개실로 짜놓은 고양이 장난감들이 있었다. 테레사는 분주하게 공책에 죄수들에게 일어난 이상한 일들을 적고 있었다. 테레사는 의심쩍은 것들을 목록으로 만들어왔다. 이상한 것들에 대한 목록 역시 쭉 적어왔는데, 이를테면 보름달이 그렇다. 하지만 보름달이 장소와 상관없이 뜬다는 사실을 테레사에게 이해시키는 것은 불가능해 보인다.

테레사는 상상력이 대단하다.

"어이."

지미가 우리를 올려다보며 미소 지었다.

"파리를 최고로 잘 키우는 방법을 알고 싶니?"

"물론이지."

스카우트가 대답했다.

"녀석들은 쓰레기, 배설물, 사체, 죽은 동물을 좋아하지."

지미가 뻐겨댔다.

"사체라니? 사체가 뭐지?"

스카우트가 물었다.

"죽은 사람 몸."

내가 설명해주었다.

스카우트는 곁눈질로 날 쳐다봤다.

"여기에선 죽은 사람들은 어디에 보관해두니?"

스카우트가 속삭이듯 물었다.

"없어. 시체 안치소가 있기는 한데, 비어 있어. 미안하다, 스카우트."

난 불쾌한 표정을 지어 보였다.

하지만 스카우트는 활짝 웃으면서 손가락으로 딱 소리를 냈다.

"젠장."

지미는 웃지 않고, 안경을 고쳐 썼다.

"파리가 더 필요해. 왜냐, 많은 녀석들이 훈련에서 살아남지 못하거든."

지미가 설명했다.

"파리 훈련?"

스카우트는 못 믿겠다는 듯이 되물었다.

"어."

지미의 눈이 반짝였지만, 설명을 시작하기도 전에 스카우트가 여느 때처럼 넘치는 열정을 주체하지 못하고 벌떡 일어났다.

"너 야구할 줄 알지, 그치, 지미? 그럼, 애들아, 가자."

지미가 이마를 덮은 덥수룩한 검은 곱슬머리를 뒤로 넘겼다. 그러면서 내가 자신에게 구명구라도 던져줄 것을 기대하고 있다는 듯이 날 쳐다봤다.

"지미, 너 야구하고 싶니?"

내가 질문을 던지자, 스카우트가 입술을 찌푸렸다.

"왜 안 하고 싶겠어?"

하지만 지미는 이 말을 무시하고 물었다.

"애니는 어디 있어?"

"화가 나 있어."

내가 말했다.

테레사가 공책에서 고개를 들고, 병뚜껑 커튼 뒤에서 질문을 던졌다.

"애니 언니가 왜 화가 났어?"

스카우트는 테레사 쪽을 바라보고 고개를 끄덕였다.

"그 앤 야구하지? 내가 우리 누나들을 가르쳤는데, 잘하더라고. 유사시에는 외야도 볼 수 있고. 왜, 있잖아. 야구할 녀석들이 별로 없을 때 말이야."

테레사는 달가닥거리며 조랑말 뛰는 소리가 나는 병뚜껑들 사이로 머리를 쏙 내밀었다. 그러고는 수업 시간에 발표하겠다며 손을 들 때처럼 팔을 흔들었다.

"나도 할 수 있어? 난 어때?"

스카우트가 테레사를 좀 더 잘 살펴보기 위해 커튼을 갈랐다.

"몇 살이니?"

"여덟 살."

"저 앤 일곱 살이야."

내가 말해줬다.

테레사는 턱을 내밀었다.

"곧 여덟 살이야. 며칠만 지나면."

지미가 눈을 굴렸다.

"너한텐 100일이 며칠이냐?"

스카우트는 지미의 말을 무시하며 테레사에게 물었다.

"우리가 시키는 대로 할 수 있겠어?"

테레사는 입술을 꽉 누르며 심각하게 생각하는 자세를 취했다.

"애니 언니 데려올게."

결국 테레사가 결심했다.

난 이 말에 기뻤다. 다른 누구도 아니고 테레사라면 애니에게 놀자고 꾈 수 있으니까.

"좋았어, 제발 그래줘."

내가 말했다.

그동안 지미와 스카우트와 나는 연병장에 갔다. 애니와 테레사가 벌써

와 있었다. 애니는 야구 장비까지 갖고서!

"야구할래."

애니가 발표했다.

"앗싸!"

난 진짜로 소리를 질렀다. 왜 마음을 바꿨는지 알 턱이 없었지만, 그렇다고 내가 여자애들의 이상한 논리 따위를 묻는 건 절대 아니다.

"넌 선수 대기석에서 기다려."

애니는 내 손에서 야구 글러브를 낚아채 내 가슴팍을 찔러댔다.

"내가?"

애니가 설마 나를, 그럴 리가 없다.

"그래, 너! 그럭저럭 씨!"

작지만, 부싯돌에 성냥을 긋는 듯한 목소리로 애니가 말했다.

"네가 뭔데…… 제정신이야? 당연히 나도 할 거야."

애니는 한쪽 팔을 반대쪽 어깨 위로 올리며 근육을 풀었다.

"아니, 넌 빠져. 험프티 덤프티(루이스 캐럴의 《거울나라의 앨리스》에 나오는 달걀). 그럼 돼."

"험프티 덤프티라니. 저 애가 널 부르는 별명이니?"

스카우트는 웃지 않으려고 입술을 오물거렸다.

"시도는 좋았어. 하지만 스카우트는 내 친구야. 나랑 하려고 온 거라고."

야구 글러브로 가슴을 두드리며 내가 말했다.

스카우트가 목소리를 가다듬었다.

'저 녀석이 내 편을 들어줄 거야. 당연히 그래야지. 날 빼고 하지는 않을걸. 그럼 애니도 어쩔 수 없겠지.'

"무스도 해야지."

스카우트가 말했다.

'진짜 저 뻔뻔한 계집애는 내가 만든 야구 게임에서 날 뺄 수 있다고 생각하는 건가?'

"하지만 몇 번 투구해볼 동안 거기 좀 앉아 있어줄래? 저 애가 날 삼진 아웃 시킬 수 있는지 좀 봐야겠으니까. 무스, 알겠지?"

스카우트가 작은 소리로 말했다.

"지미, 너 1루수야, 포수야?"

스카우트가 소리쳤다.

이 상황을 믿을 수 없어 난 입이 쫙 벌어졌다.

"1루수."

애니가 지미 대신 대답했다.

"야, 그건 내 포지션이야."

애니가 날 노려봤다.

"지미도 괜찮게 해. 약간만 연습하면."

애니가 쏘아보며 말했다.

"날 써야지. 나 빼면 선수가 모자라잖아."

난 스카우트에게 말했다.

애니가 공을 던지고 스카우트가 잡았다. 계속해서 던지고 잡고, 던지고 잡았다.

'차라리 시멘트 바닥의 갈라진 틈이 되어버리는 게 낫지.'

난 사람들이 벤치라고 부르는 나무 상자 위로 올라갔다.

'얼마 안 걸릴 거야. 스카우트가 안타를 치면 그땐 나도 하는 거야.'

나는 혼잣말을 했다.

"1루만 있으면 돼. 테레사, 너부터 때려."

애니가 명령했다.

"잠깐. 스카우트부터 해야 돼."

내가 주장했다.

"아니, 스카우트는 2번이야. 난 워밍업 좀 해야겠어."

"말도 안 돼, 애니. 내가 여기서 죽치고 앉아 있을 거 같아?"

"어이, 친구. 저 애도 워밍업을 해야 돼. 안 그랬다간 공평하지 않다고 할 테니까."

'이건 뭐람? 얼마 동안이나 여기 앉아서 구경만 하고 있어야 하는 거지?'

테레사가 선두 타자이다. 테레사는 다른 방향을 쳐다보고 손은 십자 모양을 해서 야구방망이를 잡았다. 잠시 멈추자고 말하고 나서 스카우트는 코치를 하러 테레사에게 달려갔다.

스카우트가 설명을 끝내자, 애니가 공을 던졌다. 스트라이크같이 보였지만, 볼이었다.

"원 볼."

나는 소리를 쳤다. 벤치에 있는 게 맞겠지만, 꽤나 자신 있게 심판을 보러 갔다.

애니는 내가 오심이라도 한 것처럼 눈을 가늘게 뜨고 날 쳐다봤다. 그리고는 공을 감아올리고 다시 던졌다. '쩍' 갈라지는 소리와 함께 테레사가 안타를 쳤다. 야구방망이를 엇갈려 잡았던 조금 전을 떠올릴 때 현실적으로 불가능한 일이다. 터무니없이 잘못 친 공이 엉뚱하게 지미 쪽으로 날아갔다. 지미는 자신의 의무처럼 날아가는 공을 쳐다봤다.

"지미, 쫓아가!"

스카우트가 고함을 질렀다.

지미가 공을 쫓아 뛰기 시작했다.

나라면 대충 해서라도 공을 잡았을 것이다. 하지만 애니 탓에 난 지금 벤치 신세다.

"됐지, 애니? 이만하면 고소하지? 이제 나도 하자."

내가 이 말을 하는데, 지미가 공을 굴려 애니에게 도로 보냈다.

"뭐야?"

스카우트가 지미에게 물었다.

"거기서부터 다시 해."

스카우트가 지미에게 공을 건네줬지만, 공을 잡은 지미는 흐느적거리는 태도로 다시 던졌다. 스카우트는 입을 쫙 벌리며 어안이 벙벙한 표정을 짓더니, 금세 입을 앙다물었다.

"마타만, 넌 계집애처럼 던지는구나. 아무짝에도 쓸모없는 애처럼."

스카우트가 머리를 내저었다.

"테레사, 네가 1루 맡아."

스카우트는 고함까지 쳤다.

"야, 누가 너보고 코치 하래?"

애니도 고함을 질렀다.

"그냥 나도 끼워주면 이런 문제 없잖아."

나도 고래고래 소리를 질렀다.

하지만 스카우트와 애니는 날 무시했다. 그 둘은 서로 상대의 눈길을 먼저 꺾기 위해 노려보고 있었다. 둘 사이에는 불꽃 튀는 싸움이 진행 중이었다. 지미는 가버렸다. 지미는 지금쯤 64동 건물 근처까지 가서 잔뜩 찌푸린 채 멀리서 보고 있을 것이다. 테레사는 입가에 교활한 미소를 지으며 1루에 있다. 이런 식으로 오빠의 인기를 가로채는 경우는 흔하지 않으니까.

"인마, 넌 어려울 거야."

애니가 우렁차게 외쳤다.

"보나마나 넌 삼진 아웃이야."

"예쁜이 인형, 네 꿈에서나 그러겠지."

스카우트도 큰 소리로 되받아쳤다.

"내가 인형이야? 잊어버렸나본데, 난 아줌마야."

애니가 되쏘아주었다.

"그 말을 듣지 말았어야지. 그런 말은 예민한 귀에는 어울리지 않거든."

스카우트가 말했다.

"예민? 네 생각엔 내가 예민한 거 같아?"

애니는 이를 가는 사람처럼 턱을 움직였다. 그러면서 공 던지기에 딱 좋은 자리를 잡기 위해 발을 조금씩 움직였다.

"이번 공은 널 위한 거야, 지미!"

애니는 이제 죄수들이 우리를 위해 만들어준 놀이터 미끄럼틀 옆에 서 있는 지미를 향해 글러브를 흔들어댔다.

스카우트가 야구방망이를 집어 들었다.

"그렇지 않을걸, 예쁜이 인형. 어쨌든 최선을 다해보시기나 하셔."

스카우트는 껌을 쪽쪽, 찍찍, 질겅질겅 씹어대며 바지에다 손바닥을 문지른 다음, 다시 방망이를 감싸 쥐었다.

다음 볼은 스트라이크 존 구석으로 들어왔다.

"스트라이크."

내가 외쳤다.

"어떤 공이든 칠 수 있다며."

애니가 소리를 질렀다.

스카우트는 내 탓이란 듯이 날 노려봤다.

"운이 좋았겠지."

스카우트가 중얼거렸다. 애니가 다시 공을 던졌다. 이번엔 확실하게 스트라이크 존이었다. 하지만 스카우트는 타이밍을 놓쳤다. 스윙은 했지만 빗맞고 말았다.

얼굴에 웃음을 드러내지 않으려는 애니의 입술이 떨렸다. 이제 와인드업을 할 때 애니는 자신이 있었다. 있는 힘껏 공을 던졌다. 훌륭했다. 하지만 스카우트는 화가 났는지 인정사정없이 때렸다. 어찌나 세게 때렸는지 64동 건물 위로 날아가 지붕 위로 튀며 탕탕, 깡통 소리를 내더니, 부둣가로 날아가버렸다. 지금까지 내가 본 스카우트 최고의 강타였다.

나는 공을 쫓아갔다. 이거야말로 분명 내가 제격이었다. 어쨌든 그건 내 공이다. 이런 젠장. 또 글렀나! 만 쪽으로 굴러가잖아!

스카우트 역시 뛰었다. 내가 헐떡헐떡, 부두 방향의 64동 빌딩 계단을 뛰어 내려가는 동안, 1루를 찍고 되돌아왔다. 나는 죄수들이 방금 심어놓은 정원 텃밭을 굴러가는 공을 보았다. 속도까지 붙은 공은 데굴데굴 잘도 굴렀다. 내가 공에서 눈을 떼지 않고 번개같이 따라가는 동안 공은 어느 쪽으로 가야 좋을지 결정하느라 고민하는 것 같았다. 공 근처까지 따라잡았을 때, 나는 세븐 핑거스와 트릭슬 씨와 마주쳤다. 세븐 핑거스는 빡빡 민 대머리다. 군살 없이 늘씬하지만 힘이 세고 키가 컸다. 트릭슬 씨는 한참 작지만 훨씬 다부지고, 몸속 여기저기에 불이 붙어 열이 활활 나는지 근육들이 울룩불룩 튀어나왔다.

세븐 핑거스가 세 손가락만 있는 손으로 공을 낚아챘다. 순간 난 세 손가락으로 공을 던지면 어떤 느낌일지 궁금했다. 난 세븐 핑거스가 별로 힘들이지 않고 던진 공을 맨손으로 잡았다.

"너희 꼬마들은 여기서 공놀이하면 안 된다. 알고 있겠지?"

트릭슬 씨가 짖어댔다.

"우린 안 했습니다. 전 아닙니다. 스카우트가 멋지게 친 공이 건물을 넘긴 겁니다."

내가 설명했다.

트릭슬 씨는 고개를 끄덕였지만 나를 믿지 않는 눈빛이었다. 이 아저씨는 타고난 의심쟁이다.

"무스, 너희 집에 가는 길에 보니 64동 건물 배관에 심각한 문제가 생겨 주민들이 고생깨나 하던데, 대단하더군."

"알겠습니다. 죄송합니다."

나는 웅얼거렸다.

세븐 핑거스가 비웃었다.

"똥이 변기통보다 크면 어쩔 수 없는 거지."

"누가 너한테 물어봤나?"

트릭슬 씨가 으르렁거린 후, 내게로 몸을 돌렸다.

"테레사도 함께 있나?"

아저씨가 64동 건물에서 가장 큰 자기 집을 올려다보며 물었다.

"네, 그렇습니다."

"우리 자넷은?"

"없습니다."

"어째서 자넷을 부르지 않는 건가?"

"어, 네에? 테레사도 부른 적 없습니다. 그 애가 그냥 온 겁니다."

아저씨는 눈을 가늘게 뜨고는 씹는 담배를 쩍쩍 소리 나게 씹어댔다.

"네 친구 녀석이 집에 갈 시간이 다 되었다."

"아닙니다."

"너, 말대꾸하는 거냐?"

"아닙니다, 그런 게 아닙니다. 그 친구는 저희 집에서 저녁을 함께 먹기로 했습니다."

"녀석은 집에 가는 3시 반 배를 탄다고 했다. 그렇게 보고 받았다. 그럼, 장비들을 챙겨 서둘러 내려가보도록."

"그 앤 고작 1시부터 여기 있었는데요. 그렇지 않을 거예요."

"내가 만든 규칙이 아니니, 그냥 따르도록 해. 녀석의 서류에 3시 반이라고 씌어 있다."

"알겠습니다."

나는 속으로 이를 갈며 툴툴거렸다.

나는 다시 64동 계단 위로 갔다. 연병장으로 가는 지름길로. 스카우트가 어디쯤인가부터 나를 따라왔다.

"야."

거의 따라잡았을 때 스카우트가 나를 불렀다.

"너한테 말 건 그 사람, 죄수냐? 공 던져준 사람 말이야."

"그래, 그 사람이 세븐 핑거스야."

내가 설명해주었다.

"손가락이 일곱 개라고? 나머지 세 개는 어떻게 된 건데?"

애니와 테레사가 기다리고 있는 곳으로 다시 올라갈 때 스카우트가 내게 물었다. 그곳에는 지미도 있었다. 아까보다는 가까웠지만 여전히 어느 정도 거리를 두고서.

"정말 알다가도 모르겠어."

내가 말했다.

"언제 우리 집 변기가 꽉 막혀버릴지 정말 궁금하단 말이야."

"잘하면 손가락 하나가 다시 쑥 떠오르겠는걸. 근데 그 사람은 무슨 짓을 했대?"

스카우트가 작은 소리로 물었다.

"도끼 살인."

스카우트는 숨을 들이쉬려 애썼다.

"우리 아빠한테 물어볼 때까지 기다려봐."

"근데, 잠깐! 세븐 핑거스가 만졌잖아! 그럼 이 공도 이젠 죄수 공이지?"

감탄에 들뜬 스카우트의 눈이 휘둥그레졌다.

나는 어깨를 으쓱했다.

"그렇겠지."

"내가 가져도 돼? 가져도 돼?"

스카우트가 내게 물었다.

애니와 테레사도 주변으로 모여들었다.

"넌 내 거 가져. 서로 교환하면 되잖아."

난 스카우트의 공 느낌이 마음에 들지 않았다. 실밥이 너무 불거져 나왔다. 난 어깨를 으쓱해 보였다.

"그래도 될 것 같네."

"뭐야, 네 공을 쟤한테 준다고?"

지미가 시멘트 바닥에 시선을 내리깔고서 웅얼거렸다.

난 이런 경우 뭐라고 말해야 할지 모르겠다.

"내 친구잖아."

"단짝이지."

스카우트가 끼어들었다.

"그럼 난 뭐야?"

지미가 물었다.

"너도 내 단짝이지. 근데 지미, 넌 여기 살잖아. 언제든 원할 때 세븐 핑거스한테 공을 던져달라고 부탁하기만 하면 되잖아."

내가 말했다.

"게다가 넌 이미 하나 갖고 있는 것 같기도 하고."

"어디서 그런 말을 주워들었어?"

"몰라."

"어쨌든 진짜 죄수 공은 아니야. 죄수들이 놀이터 마당 벽 너머로 넘긴 공을 찾아내야지."

지미가 야구공을 가리키며 말했다.

"그거나 이거나."

난 어깨를 으쓱했다.

"하여간, 스카우트, 트릭슬 씨가 그러는데 넌 돌아가야 한대. 미안해."

애니의 어깨가 한층 떨어졌고 테레사는 발을 굴렀다.

"내가 아저씨한테 따끔하게 한마디 해야겠어."

"안 돼. 너도 알겠지만, 트릭슬 씨와 말썽이 나면 안 돼."

애니가 테레사에게 말했다.

스카우트가 고개를 끄덕였다.

"트릭슬 씨라면 아침에 나한테 잔소리한 그 울퉁불퉁 근육질 교도관? 옆에 꼬맹이 여자애 하나가 따라다니던?"

"그래, 맞아."

내가 대답했다.

스카우트는 야구 글러브 안에 든 공을 조심스럽게 쥐면서 고개를 끄덕였다. 그러고는 애니를 슬그머니 쳐다봤다.

"날 삼진 아웃 시키지는 못했지만, 너 꽤 잘하더라."

"여자애치고?"

애니가 물었다.

스카우트는 생각하고 나서 대답했다.

"투수치고."

애니는 슬며시 미소를 지으며, 기쁨은 꼭꼭 감추었다. 그러더니 깊이 숨을 들이쉬었다.

"너희 팀에서 뛸 만큼 잘해?"

스카우트는 이마에 주름을 지으며 어떻게 대처해야 할지를 생각했다. 껌까지 시끄럽게 쫙쫙 소리 내어 씹어댔다.

"물론이지, 예쁜이 인형. 당연하고말고!"

006
알 카포네의 요구 사항

1935년 8월 12일, 월요일

엄마는 오늘 나탈리를 만나러 샌프란시스코에 갔다. 집으로 돌아올 때 엄마의 발걸음은 가볍고 희망찼다.

"잘 지내요."

엄마가 모자를 벗으며 말했다.

"우리 나탈리는 평생 거기에서 지냈던 것처럼 행동했어요. 제대로 적응했네요. 고참 여선생님의 친구인 사디라는 몸집이 작은 여자분과도 사귀었더라고요."

아빠가 엄마의 어깨에 팔을 두르자, 엄마는 무릎을 굽혀 바짝 다가갔다. 엄마는 신발을 신지 않고서도 아빠보다 크다. 굽 높은 신발을 신으면 훨씬 크다.

"여보, 나탈리는 괜찮을 거예요."

엄마의 목소리가 약간 쉰 듯했다. 엄마는 주머니를 두드리며 손수건을 찾았다.

"우린 이 일을 위해 몇 번이나 세상을 돌아다녔지. 하지만, 여보, 우리가 해냈어. 우리가 했다고."

아빠가 중얼거렸다.

엄마는 미소를 지었다. 그런 다음 무릎이 풀어지면서 소파 위로 쓰러졌다. 한 발자국도 뗄 수 없는 것처럼.

"당신 지쳐 보여. 그러지 말고 좀 눕지그래."

아빠가 말했다.

엄마는 고개를 끄덕이고 방으로 들어갔다.

아빠는 다트 화살을 집어 들었다.

"넌 아빠랑 하는 걸 좋아하지 않을 거 같은데, 어떠냐?"

"져준다고 약속하실 거죠?"

"내가? 너야말로 살살 해야 할 걸. 아빠는 이제 예전 같지가 않아."

아빠는 약한 척하며 화살을 날렸다.

3미터 떨어진 곳에서도 과녁에 명중했다.

"오늘은 좋은 날이다, 무스. 기억할 만한 날이자 잘못될 게 없는 날이지. 세븐 핑거스도 배관 일을 하고 갔단다. 너도 알지?"

"지금까지는요."

"우리 배관에 뭐가 문제인지 모르겠다만, 트릭슬 씨는 너라고 생각하는구나. 아니?"

아빠가 내 가슴팍을 찔렀다.

"저요?"

나도 내 가슴을 찔렀다.

"어째서 저 때문이라고 생각하신대요?"

아빠는 헝클어진 다트 화살을 매만지며 웃었다.

"아빠는 어쩌자고 트릭슬 아저씨가 한 말을 죄다 믿는 거예요?"

"이런, 무스, 설마 너 아직까지 타이어 일로 나한테 화가 나 있는 건 아니겠지?"

"트릭슬 아저씨는 스카우트가 페리를 잘못 탔다며 집으로 돌려보냈다고요."

아빠는 머리를 이리저리로 흔든 뒤 연필로 점수판을 그렸다. 그런 다음 내 점수를 가리키는 쪽에 사슴뿔 모양의 M자를 적어 넣었다.

"트릭슬 씨는 규칙을 중요하게 생각한다."

"좋아요. 저도 스카우트 일은 이해해요. 하지만 나탈리 일은요? 아저씨는 경비 탑에서 총을 쏘면 나탈리가 발작할 걸 알고 있었어요."

"그랬을지도."

아빠는 내 말을 인정했다. 그러고는 꼼꼼하고 조심스럽게 다트판을 조준하고 세게 던졌다. 과녁에 명중.

"사람들한테서 장점을 찾아보는 게 좋겠지."

"죄수들은요? 아빠는 죄수들한테서도 좋은 점을 봐요?"

아빠가 어깨를 으쓱하며 감옥소 쪽으로 고개를 돌리고 끄덕였다.

"다 큰 어린애들이지. 하나같이 바보 멍청이들."

"그래요. 그런데도 아빠는 그 사람들이 착한 사람이라고 믿어요?"

"아니, 절대 그럴 리는 없지."

나는 과녁 중앙에 정신을 집중했다. 손가락 사이에서 다트 화살의 질감이 느껴졌다.

"그렇다고 내가 그 사람들을 함부로 대한다는 말은 아니다. 누군가를 개처럼 대하면, 그 사람은 꼭 개처럼 행동하지. 하지만 누군가를 정중하게 대하면, 그 사람도 기억해둔단다. 하지만 내가 그 사람들을 믿느냐? 그건 결코 그렇지 않다."

"파이퍼네 집의 그 합격자들은요?"

나는 질문하며 화살을 날렸다. 화살은 과녁 중앙에서 두 번째 바깥고리에 꽂혔다.

"소장님은 그 사람들을 신뢰해야겠지, 아니냐?"

아빠는 내가 화살을 날리지는 않고 앞뒤로만 움직이는 모습을 지켜봤다.

"너, 쏠 거냐, 아님 만지작거리기만 할 거냐?"

"재촉하지 좀 마세요."

나는 깊게 숨을 들이쉬고선 윙 하고 바람을 가르는 소리가 나도록 화살을 던졌다. 이번에는 과녁 중앙에서 세 번째 고리에 꽂혔다.

"괜찮아."

아빠는 다트와의 정확한 각도를 생각하는지 조심스럽게 쳐다보면서, 고개를 끄덕였다.

"우리끼리의 비밀을 지켜준다면, 지금 진실을 말해주마. 지킬 수 있지?"

아빠가 날 쳐다보며 반응을 살폈다.

"물론이죠."

나는 등을 꼿꼿하게 펴면서 대답했다.

아빠는 양손에 화살을 하나씩 쥐었다.

"소장은 월급을 안 줘도 풀타임으로 일해주는 그 두 하인을 원했다. 누군들 그러고 싶지 않겠니?"

아빠는 화살 하나를 먼저 던지고, 나머지 것도 던졌다.

"그 둘은 석방될 날이 몇 달 남지 않았으니 탈출을 시도할 리도 없고. 게다가 자신을 골탕 먹이지 않을 거라고 소장은 생각하고 있다. 소장이니까 자기 마음대로라는 거지. 하지만 난 그렇게 생각하지 않는다. 뭐든 공짜는 없다고 생각한다."

아빠는 선을 살피면서 화살들을 뽑았다.

"한편으로 생각해보면 그 사람은 교도소 일에는 잔뼈가 굵은 사람이다. 산 쿠엔틴 교도소에서도 10년을 있었다지. 난, 글쎄다, 교도소 일을 한 게 여덟 달 됐나?"

아빠가 어깨를 으쓱했다.

"무스, 난 이 일과 관련해서는 앞으로 입을 다물고 있을 거다."

난 이 일에 대해 생각을 좀 했다.

"그러니까 저도 죄수들을 믿지는 말되, 정중하게 대해야 한다는 거네요."

"난 너희 아이들이 죄수들과 만날 기회가 많다고 생각하지 않는다. 하지만 그래야 되겠지. 그게 보편적이 생각이니까."

"알았어요, 아빠. 그런데 다른 질문이 있는데요, 아빠는 타당한 이유를 위해서 나쁜 짓 해본 적 있어요?"

아빠는 동작을 멈추고 날 쳐다봤다.

"왜 묻는 거니?"

"그냥 궁금해서요."

아빠가 고개를 끄덕였다.

"다시 게임할까?"

"이번에는 아빠가 지는 거죠?"

"당연하지."

아빠는 화살을 집었다.

"너희 엄마 처음 만났을 적 이야기 했던가?"

아빠가 미소 지었다.

"네 엄마는 그때 내 사촌 해럴드와 사귀고 있었다. 난 딱 한 번 봤는데, 맙소사, 결혼할 여자다 싶더구나. 해럴드, 아니 해럴드는 안 돼! 자랑은 아니지만, 있잖니, 이 지구의 어떤 여자랑도 네 엄마는 바꾸지 않을 거다."

이 이야기는 벌써 들었던 것이라 기분이 별로 나아지지 않았다. 다시 말해 아빠는 엄마를 사랑했다. 하지만 서른아홉 인생에서 번번이 들춰낼 일치고는 꽝이다.

마침 때맞춰 엄마가 활기찬 표정으로 방에서 나왔다. 놀랍게도 엄마는 다트판을 보고 고개를 끄덕이며 내게 환한 웃음을 지어 보였다.

"네가 지고 있구나."

"잘 못하는 척하세요."

내가 엄마에게 말했다.

"조심해라. 아빠가 낡은 속임수를 쓸 게다."

엄마는 낱장 악보를 챙기며 말했다.

"피아노 교습 있어요?"

내 질문에 엄마는 볼을 붉혔다.

"나도 좀 칠까 해서."

아빠와 나는 서로를 쳐다봤다. 엄마는 피아노를 가르치지만, 혼자서는 거의 치지 않는다. 여기서는 집에 피아노도 없다. 연주를 하려면 교도관 클럽까지 걸어가야 한다.

"집에 피아노를 갖다 놓는 걸 알아봐야겠지?"

아빠가 제안했다.

"그러면야 좋죠."

엄마는 여학생처럼 얼굴 가득 환하게 웃었다.

밤에 침대에 누웠을 때에는 오랫동안 처음으로 기분이 진짜 좋았다. 엄마, 아빠도 행복하고 누나는 기회를 잡았다. 지미와 화해할 필요가 있지만, 스카우트가 알카트라즈에 그리 자주 오지는 못할 것이다. 그러니까 큰 문제가 될 리 없다. 그리고 애니는 생각을 바꿀 것이다. 야구하는 걸 좋아해서 오래 끌지 않을 것이다.

나는 머리를 베개에 파묻었다. 상체가 매트리스를 서서히 눌렀다. 어느새 나는 이 삐걱거리는 낡은 침대와 현관을 비추는 빛에도 익숙해졌다. '인생은 멋진 거야.' 베개 밑에 팔을 넣어 머리를 높이며 생각했다. 손가락에 베개 꼬리표가 만져졌다. '이상하다. 늘 베고 자던 건데.' 지금까지는 꼬리표가 있는지도 몰랐다. 베개를 뒤집었다. 녹색 줄이 쳐진 종이 한 장이 펄럭였다. 목까지 꽉 조이면서 산소 공급도 안 됐다.

'또 다른 쪽지일 리 없어.'

하지만 또 쪽지였다.

쪽지를 펼치자 눈에 익은 손글씨로 이렇게 씌어 있었다.

내 아내 매이는 노란 장미를 좋아함.

일요일 2시 방문 예정임.

그럼 우린 셈이 끝남.

007
여기저기 다 가려워

1935년 8월 13일, 화요일

꿈에 나탈리는 얼음에 둘러싸여 있었다. 차갑다 못해 말할 수 없이 뜨겁고, 적도에서 가장 뜨거운 지역보다 뜨겁고, 그전 어느 때보다도 뜨겁지만, 얼음은 녹지 않았다. 나탈리는 사각 얼음 속에서 딱딱하게 얼어붙었지만 나는 어떻게 하면 얼음을 녹일 수 있는지 전혀 몰랐다. 하늘에서는 애니의 커다란 얼굴이 우리를 엿보고 있었다.

"내가 말했지, 그렇게 될 거라고, 그렇게, 그렇게……."

밤새 나는 뒤척거렸다. 어떻게 해도 편안해지지 않았다. 움직일 때마다 이불보가 피부를 스쳤고, 난 긁어댔고, 근지러웠고, 화끈거렸다. 결국 침대에서 일어나 보니, 온몸에 일정하지 않은 모양으로 뽈록뽈록 두드러기가 나 있었다.

"엄마."

엄마가 내 방 안으로 머리를 들이밀었다.

"어이, 잠꾸러기. 벌써 9시 30분이다."

"피부가 이상해요."

나는 엄마에게 배 둘레와 목과 팔과 등에 난 두드러기를 보여줬다.

엄마는 그중 한 군데를 손가락으로 조심조심 가볍게 훑었다.

"두드러기구나."

엄마가 판단을 내렸다.

"너 어렸을 때도 자주 났었지."

"왜 생겼을까요?"

"음식 때문일 거야. 아님 옷, 그래, 세제 때문일 거야."

"빨래라고요?"

나는 꽥 소리를 질렀다.

"저 위 빨래방에서 비누를 바꿨을 수도 있겠구나."

갑자기 일부러 그런 건지 궁금해졌다. 날 대상으로 알 카포네가 가려운 비누를 쓴 거라면?

"올리 선생님한테 가야 할 것 같다. 뭐라고 하실지 말씀을 들어봐야지. 가렵니?"

"미칠 것 같아요."

엄마는 침대에 앉아 내가 열두 살이 아니라 여섯 살 아이라는 듯이 내 머리를 쓰다듬어주었다.

"네가 어렸을 때는 귀리 물속에 담가줬다. 그럼 한결 좋아졌지. 지금 카코니 씨네로 내려가 올리 선생님께 전화해서 잠시 봐줄 수 있는지 여쭤봐야겠다. 아침밥 만들어줄까?"

언제 엄마가 마지막으로 내 아침밥을 챙겨줬는지 기억나지 않았다. 보통은 내가 알아서 시리얼에 차가운 우유를 부어 먹었다. 난 이번 기회를 흘려 보내고 싶지 않았다.

"블루베리 팬케이크, 베이컨, 해시 브라운즈, 토스트 그리고 주스랑 햄도요. 가능하다면요."

내가 엄마에게 말했다.

"아, 그리고 스크램블드에그도요."

엄마가 웃었다.

"역시 우리 아들이다. 식욕을 채워줘야 할 텐데. 어디, 뭘 만들 수 있는지 좀 보자."

엄마가 다시 나가고 부엌에서 프라이팬이 부딪치는 소리가 들렸다. 그리고 지글지글 베이컨 굽는 냄새가 났다. 인정하기는 싫지만, 이렇게 엄마를 독차지하는 건 좋다. 내 인생에서 우리 식구는 지금까지 세 명의 사람과 문어 한 마리였지만, 이제 그 문어는 없다. 나탈리 누나가 누나의 왁자지껄한 소란만큼 많이 그리운 건 아니다. 누나가 무엇을 할지 몰라서, 그리고 누나를 도와주기 위해 부질없이 쫓아다니던 일이야말로 가슴 아프게도 자꾸자꾸 떠오른다.

이제 엄마와 나만 남아 있다. 이상하다. 너무 조용하다. 이런 상황을 깨닫는 순간 두드러기는 더욱 근질근질하다. 만약 그 일을 아빠한테 말하면, 아빠는 교도소장에게 보고할 테고, 나탈리 누나는 에스터 P. 마리노프 학교에서 퇴학당할 거고, 그러면 우리 집의 난리 법석도 다시 시작될 것이다.

나탈리 누나의 안전은 내게 달렸다.

나는 이불을 머리 위로 뒤집어썼다. 칙칙하고 덥고 근지러운 어둠의 공간 속에서 숨을 쉬며 맨살이 빨갛게 되도록 긁었다.

엄마가 다시 방문 안으로 머리를 들이밀었다.

"이제 옷 입어라, 무스. 엄마는 네가 아침을 먹고 올리 선생님을 만나러 갔으면 좋겠어. 선생님은 10시에 널 보실 시간이 있대."

엄마는 아무것도 안 하는 게 나은지, 내가 먹는 동안 식탁에 함께 앉아 있었다.

"넌 참 좋은 아들이야, 무스."

팬케이크 하나를 더 먹으려는데 엄마가 말했다.

"좋은 남동생이기도 하고. 너, 행여 엄마가 모르고 있을 거라고 생각하지는 않지?"

갑작스레 너무 많은 것을 드러내 서로를 난처하게 했다고 느꼈는지 엄마는 내 눈을 피하며 말했다. 이거야말로 너무나도 특이했다. 보통 때 엄마의 행동이 아니다. 나탈리와 관계된 경우 말고는 나란 존재는 안중에도 없다.

"올리 선생님한테 엄마랑 함께 가고 싶니?"

엄마가 물었다.

말도 안 되는 질문이다. 난 이제 곧 열세 살이다. 내가 엄마와 함께 걸어 올라가는 모습을 지미와 파이퍼가 본다면? 그런데도 불현듯 '아뇨'라고 머리를 흔드는 대신 '네'라고 고개를 끄덕거렸다.

"정말?"

엄마도 놀랐다.

"당연히 아니죠."

나는 입안에 팬케이크를 가득 넣은 채로 웅얼거렸다.

엄마는 고개를 끄덕이며 서서히 이 모든 것들을 받아들였다.

"네가 용서해줄지 모르겠다만,"

엄마가 들릴락 말락 작은 소리로 말했다.

"뭘요?"

간신히 말이 나왔다.

다시 엄마는 내 얼굴을 보며 눈치를 살폈다.

"나탈리 일이 그렇게 마무리된 게……."

엄마가 작은 소리로 말했다.

난 뜻밖의 감정을 속으로 밀어 넣기 위해 더 많은 팬케이크를 입안 가득 쑤셔 넣었다.

엄마는 내 빈 우유 잔을 집어 들고 싱크대 안에 가져다 놓았다. 움직일 때마다 나는 소리들이 부엌 가득 울렸다

내가 아무 대답도 하지 않으리란 것을 아는 눈치였다.

"이제 가자. 올리 선생님이 기다리시겠다."

통통한 올리 선생님은 밑창이 두 배 두꺼운 신발을 신고, 커다랗지만 날랜 손으로는 바늘로 살을 꿰매고, 새로 태어난 아기들을 어르고, 내장을 꺼낸다. 뭐든지 할 줄 아는 올리 선생님은 휘파람도 잘 불고 늘 요청을 받고 왕진을 간다.

오늘 '내 모든 것'을 말했을 때 선생님은 2절까지 휘파람을 불었다. 내가 두드러기를 보여드렸을 때는 빙그레 웃었다.

"온몸에 번져버렸군."

선생님은 그런 내가 불쌍한지 혀를 쯧쯧 차며 무엇에 알레르기가 있는지 물었다.

"제가 아는 한, 특별한 알레르기 같은 건 없어요."

"걱정거리는 없고?"

나는 도리질을 했다.

"아뇨."

나는 볼이 쏙 들어가게 하고, 대답했다. 그리고 생각했다. 올리 선생님은 좋은 분이니까 모든 걱정을 털어놓을 수 있으면 좋겠다고. 선생님한테 걱

정거리를 다 떠넘기면 내 문제는 더 이상 없을 것 같았다. 이것도 아주 잠깐 동안은 괜찮은 생각 같았다. 그러나 금세 내가 도대체 어쩌다 우리 가족을 이 엉망진창의 상황에 빠뜨렸는지 아빠한테 설명하려고 애쓰는 모습이 떠올랐다.

선생님이 다시 고개를 끄덕였다.

"개학하는 게 불안한 거냐?"

"아뇨, 선생님."

"아무 일도 없는 거지?"

"네, 선생님."

"그럼 좋다. 연고를 좀 주마. 바르면 나을 게다. 며칠만 지나면 모두 사라질 거야. 하지만 다시 도질 수 있으니까 갖고 다녀라. 말끔하게 나으려면 몇 주 걸릴지도 모른다."

신선한 공기 덕분일 수도 있지만, 연고가 조금은 도움이 됐다. 집으로 돌아오는 길에는 생각이 좀 더 분명해지기 시작했다. 적절한 시기를 선택하기 위해서라도 카포네는 빨래 속에 쪽지를 넣어 보내는 쪽을 택하지는 않았을 것이다. 매이는 일요일 배로 오지만, 세탁물은 월요일 이전에는 돌아오지 않으니까.

쪽지를 놓아둔 것은 세븐 핑거스다. 트릭슬 씨는 그가 배관 일을 하는 동안 지켜봐야 하지만, 가끔 그와 아빠는 이야기를 나눈다. 하지만 왜 그랬는지 이유를 모르겠다. 왜 세븐 핑거스가 알 카포네의 쪽지를 남겨둔 걸까? 둘이 친구인가? 언젠가 파이퍼가 모든 죄수들은 카포네의 친구이거나 적, 둘 중 하나라고 알려줬다. 사람들도 그를 좋아하거나 싫어한다. 그는 그런 사람이다.

쪽지 때문에 알 카포네가 제정신인지 아닌지 헷갈린다. 그 사람은 정말로 내가 노란 장미 열두 송이를 사서 매이에게 전해주기를 기대하는 건가? 내가 그렇게 하면 30초도 안 걸려서, 어쩌면 45초 만에 우리 가족은 알카트라즈에서 쫓겨날 것이다. 그 사람도 알고 있을 텐데, 아닌가?

어째서 매이가 묵을 호텔 이름은 알려주지 않은 걸까? 그러면 내가 호텔 프런트에 장미를 맡겨둘 수도 있을 텐데. 아무도 모를 텐데. 그나저나 '그럼 우린 셈이 끝난다'는 것은 무슨 뜻일까? 이 일만 하면 정말 난 손을 뗄 수 있는 건가?

이런저런 생각들에 복잡해진 나는 다시 등을 긁었다. 이젠 연고도 효과가 없는 것 같다. 알 카포네는 도저히 이길 수 없다.

자꾸만 이런 생각이 맴돌았다. 만약 알 카포네가 보통 사람이고 그냥저냥 꽃 몇 송이를 학교에 있는 나탈리에게 보내라고 요구했다면, 아무 생각 없이 그렇게 해줄 것이다. 세상에 있는 장미란 장미는 다 갖다 바칠 것이다. 아무튼, 난 알 카포네에게 빚을 졌다.

008
아이스박스 속의 파리

1935년 8월 15일, 화요일

두드러기가 자꾸자꾸 번졌다. 점점 커져서 서로 겹치고, 부어오르고, 울혈이 생겼다. 연고는 아무 소용도 없었다. 어쩌면 도리어 악화시킨 것인지도 모른다. 발목 부위의 두드러기 때문에 돌아버릴 지경이다. 양말 사이로 벅벅 긁었다. 목에 난 두드러기는 점점 얼굴로 기어올라왔다.

매이가 방문할 때쯤이면 난 사라지고, 커다란 두드러기 한 덩이만 남아 있을 것이다.

잡히면 어쩌지? 내가 거절하면 알 카포네는 어떻게 할까? 아직도 청부살인을 저지르는 부하들을 지휘하나? 이 일을 하기로 결심한다면 장미는 어디서 구하지? 꽃이야 교도소장 집 뒤뜰에 있지만, 확인해보니 장미는 없던데. 내 머릿속에서는 이런 질문들이 맴돌았다.

아빠는 걱정을 너무 많이 하면 마음이 작은 공만큼 오그라든다고 말했다. 잊어버리는 것이 최선이라고. 가벼운 운동으로 뇌가 숨 쉴 공간을 만들어줘야 한다고 말했다.

지금 내게 필요한 건 야구니까, 즉 애니가 필요하단 뜻이다.

그 애가 사는 아파트로 올라가는 길에 무슨 말로 야구를 하자고 꼬일지 계획했다. 하지만 보미니 씨 집에 도착했을 때, 애니는 없었다.

"무스."

보미니 아줌마의 푸른 눈은 애니처럼 동그랗지만 얼굴은 좀 작고 나이 들어 보인다. 아줌마는 문밖으로 상체를 내밀고는 나를 아파트 안으로 정말로 '쑥' 끌고 들어갔다.

"들어와라. 자수 책 두 권이 생겼는데, 너도 자수를 좋아한다는 걸 알고 있단다. 내가 아는, 자수를 좋아하는 유일한 남자애잖니."

자수를 좋아한다고? 이 아줌마는 제정신이 아니다. 어떻게 이 상황에서 벗어난다? 애니는 어디 있지?

보미니 아줌마는 내 발로 마룻바닥까지 뚫어버릴 듯, 힘껏 눌러 앉혔다. 나도 모르는 사이에 나는 허벅지에 자수 책 두 권을 올려놓은 채 소파에 앉아 있었고, 아줌마는 핏줄이 많이 돋은 하얀 손으로 이 디자인 저 디자인을 가리키고 있었다.

아줌마가 바짝 다가앉아서, 도망갈 수도 없었다. 왜 나에겐 항상 이런 일들이 생기는 걸까?

"저 가장자리는 너무 촘촘하지?"

"글쎄요, 아줌마…… 근데 애니는 없어요?"

"몇 가지 좀 빌리려고 비 아줌마네 보냈는데."

아줌마는 손가락을 까닥거리며 가까이 오라고 했다.

"애니는 내 자수를 좋아하지 않아. 너 같지가 않단다, 무스. 자, 여기 좀 봐라. 저 푸른색 부분을 약간 떼어내면 어떨까? 아님, 그냥 여기 이걸로 할까?"

"아줌마, 가장자리 없는 저걸로요."

"넌 정말 놀라워, 무스!"

아줌마는 기뻐하며 내게 환한 미소를 지어 보인 다음, 다음 장으로 넘겼다. 왠지 스무 개 정도의 디자인이 나와 있을 것 같은데, 이거야말로 아빠의 전기 기사 교본을 읽는 것보다 끔찍하다.

"자, 이건 어떠니?"

치약 냄새를 맡을 수 있을 만큼 아줌마는 너무 가까이 붙어 있었다.

"저렇게 정통으로 앞쪽에다 큰 꽃을 수놓는 건 좀 심한 것 같아서. 이렇게 하면 어떨까 하는데……."

애니가 갑작스레 식료품이 든 가방을 손에 든 채 문을 열고 들어왔다.

"엄마!"

애니가 외쳐댔다.

보미니 아줌마는 머리를 어깨쯤까지 숙였다.

"봐라, 애니. 무스는 이걸 좋아하잖니. 안 그러니, 무스?"

아줌마가 손가락을 입술에 갖다 댔다.

"우리끼리의 작은 비밀이다. 알지, 무스?"

아줌마는 키득거렸다.

애니는 식료품 가방을 쿵 소리가 나게 바닥에 내려놓았다.

"작은 비밀이라뇨, 엄마?"

"얘야, 신경 쓸 거 없다."

아줌마는 내게 손가락 하나를 흔들어 보였다.

"난 입 꼭 다물고 있을 거란다. 알지?"

"걔 좀 일어나게 하세요, 엄마."

애니는 가방에서 밀가루를 꺼내 선반 위에 쿵 내려놓았다.

"오 저런! 여자애가 야구를 좋아한다면, 당연히 남자애도 자수를 좋아할 수 있는 거지."

보미니 아줌마가 어깨를 축 내리고 입술을 뿌루퉁하게 내밀었다.

"알았다, 알았어."

아줌마가 양보했다.

"하지만 저 애는 다시 데려오는 거다, 알았지?"

아줌마가 애니에게 손가락 하나를 흔들어 보였다.

애니는 부엌 여기저기를 돌아다니며 밀가루는 통에 담고, 우유는 아이스박스에 넣고, 식료품들을 꺼내놓았다. 일을 마치고 나서는 나를 데리고 밖으로 나왔다.

"고마워."

아줌마가 우리 이야기를 듣지 못할 만큼 멀리 왔을 때 내가 말했다. 내 말에 애니는 콧방귀를 뀌었다.

"줄곧 생각해봤는데,"

내가 말했다.

"넌 알카포네에 관한 일을 알고 있잖아, 하지만 너까지 그 작자에 대해서 걱정할 필요는 없어. 내가 다 알아서 처리했으니까 더 이상 문제될 건 없어."

애니는 생각에 빠진 듯 눈알을 이쪽저쪽으로 굴렸다.

"왜?"

"왜냐하면 내가 다 알아서 해결했으니까."

"그게 무슨 뜻이야?"

애니는 깊이 숨을 들이마시고는 크게 뱉어냈다.

"그러니까, 애니, 제발, 응, 제발."

나는 한쪽 무릎을 바닥에 꿇었다.

애니가 슬쩍 미소를 지었다.

"애걸복걸하는 모습이 귀여운데."

"애니, 놀아만 준다면 뭐든 할게."

"그럼 너, 나랑 같이 집에 갈래?"

애니는 웃음을 참으려고 입술을 깨물었다.

"알다시피 남자애가 자수 좋아하는 거 괜찮잖아."

애니는 자기 엄마 흉내를 내며 소곤거렸다.

"그것만은 빼고."

우리는 둘 다 웃었다. 이제야 애니의 마음을 돌린 것 같았다. 하지만 웃음을 그치고 나서 나머지 계단을 걸어 올라가는 동안 애니는 한마디도 하지 않았다.

여자애들은 구제불능이다. 한번 결정 내렸으면, 그걸로 끝이다. 남자애들은 협상을 하고, 타협을 해서 일이 돌아가게 하는데, 여자애들은 골칫거리만 만든다.

나는 매점으로 내려가서 지미를 찾았다. 지미는 카운터 뒤에서 비 트릭슬 씨의 영수증철을 보고 있었다. 지미는 나를 휙 보고는 엄청나게 빠르게 고개를 숙였다.

"어이, 지미."

"안녕, 무스."

목소리가 냉랭했다. 아직도 스카우트와 야구 때문에 화가 나 있을 리는 없을 텐데, 혹시 그런가?

테레사도 담요에 싸인 아기 로키를 데리고 뒤쪽 구석에 있었다. 지미와 테레사, 그리고 그 식구들의 아기, 로키까지 모두가 똑같이 생겼다. 검은빛이 도는 감초 색깔의 곱슬곱슬한 머리칼에다 흰 피부와 검은 눈까지.

"우린 하나같이 똑같이 생긴 아이들만 낳아요."

로키가 태어나자마자 마타만 아주머니가 말했다.

테레사는 알카트라즈의 이상한 것들에 관한 책을 꺼내놓고 뭔가를 적고 있었다.

나는 자넷 트릭슬은 어디에 있는지 궁금했다. 최근에는 자넷이 여기 있을 때면, 테레사가 놀아줘야 한다는 새로운 규칙이 만들어졌다는 소문도 들었다.

어쨌거나 자넷 엄마의 매점이다. 하지만 내가 아는 테레사는 거기에서 벗어날 수 있는 방법을 생각해낼 것이다.

나는 아이스박스에서 바닐라 맛 소다수를 꺼낸 다음 동전으로 지미의 손바닥을 눌렀다.

지미는 날 쳐다보지도 않은 채 현금 상자 속에 동전을 넣었다.

"야, 지미."

하지만 당장 무슨 말을 해야 좋을지 몰라 입을 다물었다.

"파리들은 어때?"

내 질문에 지미의 눈매가 서글서글해졌다.

"좋은 생각이 떠올랐어. 그것들을 얼릴 거야."

"파리들을 얼려?"

"그런 다음에 가는 끈으로 묶는 거야. 그럼 끈에 묶인 애완용 파리 같겠지."

"그러다 죽이지 않을까?"

"지미 오빠, 로키한테서 냄새 나! 이제 오빠 차례야."

테레사가 코를 틀어막고 끼어들었다.

"엄마가 시킨 대로 기저귀 가져왔어?"

지미가 물었다.

테레사는 고개를 가로저었다.

"두루마리 휴지를 쓰면 되지 않을까?"

"두루마리 휴지를 쓸 순 없어. 비 아줌마가 돈을 내라고 할 거야."

지미가 테레사에게 말했다.

"네가 알아서 처리해. 난 무스한테 파리를 보여줄 거야."

테레사는 한숨을 쉬고 얼굴을 찌푸렸다.

"로키, 쉬이, 조용히 해야지, 착하지?"

테레사는 무릎을 꿇고 앉아 로키에게 장난감을 주고 나서 문밖으로 뛰어 나갔다.

지미는 아이스박스를 열고 신문지로 접어 만든 작은 상자를 꺼냈다. 상자의 밑바닥 쪽이 젖어서 축축했다. 지미는 낡아 빠진 뚜껑 뒤쪽의 한 귀퉁이를 구부렸고 나는 엄지손가락으로 젖은 신문을 잡고서 들여다봤다.

"봐, 아직도 너무 많이 움직여. 몸이 좀 더 차가워져서 잠이 들면 침을 슬 그머니 묶을 수 있을 거야."

지미는 설명을 한 후에 나에게 빨갛고 노란 실을 꼬아 만든 가는 끈을 들고 어떻게 파리의 몸통에 두를 계획인지 예까지 들어가면서 보여주었다.

"문제는 죽는다는 거야. 그러니까 난 파리가 아주 많이 필요하고."

"5분만 더."

지미는 손님이 왔다는 매점 벨 소리가 울리자, 파리 상자가 든 아이스박스에 안전하게 걸쇠를 걸면서 말했다. 지미가 종종걸음을 치며 안으로 돌아왔을 때 테레사가 바로 뒤에 있었다. 그때 난 손가락으로 카운터를 두드리고 있는 파이퍼를 보았다.

난 뜻밖에 숨을 크게 들이마셨다. 난 늘 파이퍼가 예쁘다는 사실을 잊고 있다. 파이퍼는 10센트짜리 동전을 툭 내려놓았다.

"루트 비어(생강과 다른 식물 뿌리로 만든 탄산음료) 두 병. 그리고 스카우트는 언제 온대?"

파이퍼가 말했다.

'스카우트라니. 스카우트에 관해서 꼭 물어봐야 하나?'

테레사가 카운터 뒤에서 동전을 휙 집어 살펴보았다.

"진짜 10센트 동전이네."

금전기록기에 넣으며 테레사가 말했다.

"물론 진짜지."

파이퍼는 카운터에 줄로 매단 병따개로 뻥 소리가 나게 뚜껑을 따서 꿀 꺽꿀꺽 마셨다. 난 파이퍼를 쳐다봤다. 사실은 뚫어지게 쳐다봤다.

"뭘 봐?"

파이퍼가 입을 열었다.

"지미 오빠!"

테레사가 고함을 질렀다. 보이지 않는 손에 목이라도 졸린 듯이 높고 뒤 틀린 목소리였다.

테레사는 더 이상 울지 않는 로키를 지켜보고 있었다. 로키는 아무 소리도 내지 않았다. 두 눈은 휑하고 피부는 푸르스름했다. 왜 안 움직이는 거지?

지미가 크림 오브 위트 시리얼을 넘어뜨리고 감자 통을 뛰어넘었다. 지 미 바로 뒤에 있던 나는 데굴데굴 구르는 시리얼 통을 뛰어넘었다.

"로키! 엄마!"

테레사가 고래고래 소리를 질렀다.

지미는 두 팔로 로키를 들어올렸다.

"맙소사! 올리 선생님! 무스! 너 빠르지? 올리 선생님한테 달려가! 이 애 데리고, 지금 당장!"

지미는 멍청하게 잠에 빠져 있는 사람에게 하듯이 나를 세게 흔들었다.

파이퍼가 우리 둘 사이를 파고들었다.

"나! 내가 갈게! 내가 더 빨라!"

"안 돼, 안 돼!"

테레사는 파이퍼를 덮치더니 벽 쪽으로 몰아붙였다.

지미가 내 양팔에 로키를 안겨주었다.

"가!"

귀에 대고 소리를 질러대는 바람에 난 발을 뗐다.

가슴에 닿은 로키는 따뜻하고 무거웠다. 뒤에서 망 문이 매점 벨을 사정 없이 울리며, 쾅 하고 닫혔다.

"엄마!"

테레사는 여전히 고함을 질러댔지만, 소리는 아득하게 멀어져갔다.

곁눈질로 지미가 64동에 딱 한 대 있는 전화기가 놓인 카코니 씨네 집 문 앞에 나와 있는 모습을 봤다.

'올리 선생님한테 전화해.'

정신없이 뛰고 있는 내 다리가 어른거리는 와중에도 머릿속에서는 그 말이 떠올랐다.

로키의 담요가 바람에 날려 내 다리에 감겼다. 나는 계속 달리면서 담요 를 손 있는 데까지 감아올렸다. 넘어지면 안 돼. 멈춰서도 안 돼.

"무슨 문제니? 무슨 일이야?"

누군가 내 뒤쪽에서 큰 소리로 물었다.

하지만 난 멈추지 않았다. 대답도 안 했다. 팔에 로키를 안고 있었지만,

로키를 보지 않았다. 볼 수가 없었다. 로키는 너무나도 조용했다. 움직이지도 않았다. 눈앞의 상황이 무서웠다. 아기는 큰 탈이 난 것이다. 죽을지도 모르는 정말 나쁜 일이 생긴 것이다. 죽어서는 안 된다.

언덕은 가파르고 공기는 둔탁하고, 폐는 터질 것 같았다. 구불구불한 길을 지났다. 급수탑이다. 가는 길마다 갈매기들이 흩어졌다.

"뒤로! 뒤로 물러서!"

누군가 외쳐댔다.

"어떻게 들어가요?"

목멘 소리로 말이 튀어나왔다. 나 말고 다른 누군가가 한 말처럼 들렸다. 예전에 이곳에서 올리 선생님이 교도소 안으로 들어가는 모습을 본 적이 있다. 하지만 난 어떻게 해야 들어갈 수 있지?

누군가가 왔다. 바로 앞에. 날 도와줄 것이다. 내가 안고 있는 동안 아기를 죽게 내버려둘 수 없다.

"무스!"

아빠의 목소리 뒤로 마타만 아저씨의 목소리가 들렸다. 다른 사람도 있었다. 다들 내게로 달려와 출구 안으로 날 끌어당겼다. 문이 하나, 둘, 셋 차례로 열렸다. 계단이 나타났다. 난 달리기를 멈출 수 없었다. 멈추지 않았다. 아기를 이대로 보낼 수는 없다.

쇠창살이 달린 벽이 나타났다. 수감자들의 냄새. 그리고 더 많은 쇠창살이 보였다.

바로 그때 그분을 보았다. 신비스러운 잿빛 머리카락에 정갈한 흰 가운을 입고 있는 덩치 좋은 그분을.

"올리 선생님!"

내가 헉헉거리며 말했다.

"아기가 숨을 안 쉬어요."

좁은 병실에서 선생님은 나한테서 로키를 받아 좁은 침대에 등이 보이도록 뒤집어 눕혔다.

"지미는 아기가 뭔가를 삼킨 것 같다고 하던데, 맞니?"

올리 선생님이 물었다.

"네, 근데 뭘까요?"

나는 옆구리에서 느껴지는 통증 때문에 몸을 숙이고 헉헉거리며 머리를 흔들었다.

"나도 모르지."

올리 선생님은 구부러진 설압자로 로키의 입을 벌렸다.

"전 못 봤어요."

나는 씨근거리며 대답했다.

"테레사가 갖고 놀라며 뭔가 준 것 같긴 해요."

올리 선생님은 머리에 낀 은색 확대경을 아래로 내리고 로키의 목구멍 속을 들여다봤다. 그런 다음, 기다란 은색 겸자를 꺼내 부드럽고 신중하게 혀를 눌러 선생님 쪽을 향해 로키의 입을 쫙 벌렸다.

올리 선생님은 한쪽 눈을 확대경에 대고 가늘게 뜬 채, 로키의 턱을 이리저리로 기울이고는 겸자를 식도 쪽으로 가져가 꼼지락꼼지락거렸다.

"그래, 그래. 이젠 움직이면 안 돼, 꼬마야. 잠깐이면 되니까, 움직이지 마. 됐어!"

선생님이 겸자를 꺼내자, 로키는 울어대기 시작했다.

"휴우."

선생님은 크게 숨을 내쉬며 몸의 무게를 발뒤꿈치에 실은 채 흔들거렸다. 그런 뒤 손을 벌려 우리에게 링컨 대통령의 두상이 새겨진 반짝이는 동전을 보여주었다.

"이게 범인이었어, 바로 이 녀석이."

009
저 친구가 아드님이죠, 보스?

1935년 8월 15일, 화요일 - 이어서 씀

로키가 울어대는 동안 마타만 아저씨는 최대한 부드럽게 아기를 잡고 있었다.

"이제 됐다, 꼬마 친구. 네가 와서 우리 넋을 쏙 빼놨구나."

올리 선생님이 믿음직한 미소를 활짝 지어 보였다.

"아기들이 울지 않을 때는 잘 봐야 한다. 한동안 목구멍이 많이 아플 거야. 참, 저렇게 작은 목구멍 아래로 겸자를 밀어 넣는 일이 재미있을 거란 생각은 마라. 네가 올 줄 미리 알았다면, 적당한 사이즈로 준비해뒀을 게야."

장담컨대 앤젤 아일랜드에서도 또렷이 들을 수 있을 만큼 큰 소리로 로키는 울어댔다. 작은 얼굴이 만화책에 나오는 악마처럼 빨갰다.

"꼬맹이도 싫었겠지. 탓할 수도 없는 노릇이지."

아빠가 말했다.

하지만 여기가 교도소 안에 있는 병원이라는 생각이 갑자기 떠올라, 기분 좋게 부스럭거리고 있었기 때문에, 나는 아빠가 하는 말이 거의 들리지 않았다.

감방들은 두 줄로 길게 서로를 마주 보고 있는데, 우리가 있는 이 감방은 주사기와 면봉, 나무 막대기 등으로 가득한 유리 용기들이 갖춰진 올리 선생님의 진료실로 개조된 것이다. 팔걸이 붕대는 갈고리에 매달려 있고, 한 구석에는 앉는 자리가 등나무 줄기로 된 휠체어가 있고, 각기 다른 목발들이 벽에 기대 세워져 있다.

"어린것이 불쌍하게도 화가 잔뜩 났구나. 우유에 위스키를 살짝 넣어서 줘야겠어. 잠 좀 자게 해줘야지."

올리 선생님이 정면이 유리로 된 캐비닛을 살피며 말했다.

"선생님, 감사합니다."

마타만 아저씨는 어린 아들에게서 눈을 떼고 슬쩍 올려다보았다. 아저씨의 목소리는 침착했지만, 말을 참고 있어서인지 턱에 주름이 졌다.

올리 선생님이 커다랗지만 부드러운 손으로 내 어깨를 두드렸다.

"좋은 일을 했다, 애야. 두드러기가 가라앉았는데 내가 좀 보면 좋겠구나. 연고가 도움이 됐지?"

대답은 '아뇨'였는데도 깜짝 놀라 어쩔 수 없이 고개를 끄덕였다.

"캠……."

올리 선생님이 고개를 살짝 기울였는데, 방문 밖을 가리키는 것처럼 보였다.

"알다시피, 당신 아들이 작은 선물이라도 받아야겠지?"

아빠는 방 문고리를 잡고 열었다.

"올리 선생님은 아빠가 너한테 구경을 시켜줘야 한다고 말씀하시는 것 같은데."

"교도소 구경이요?"

내 질문에 아빠는 어정쩡한 웃음을 지었다.

"교도소는 안 되겠어요, 선생님."

"내가 널 브로드웨이로 데리고 내려가면 윌리엄스 교도소장이 해고통 지서를 줄 게다."

브로드웨이가 교도소의 중앙로를 가리키는 말이라는 것을 알카트라즈 에 사는 아이라면 아무리 어려도 알고 있다. 자넷 트릭슬의 요정 인간에게 도 브로드웨이는 있다.

"그렇다고 나만의 작은 깜짝 선물이 없다는 뜻은 아니다."

이번에 아빠는 스스로에게 흡족한지 미소를 지었다.

나는 아빠를 따라 양쪽으로 감방들이 늘어선 병원 복도를 걸어갔다. 각 각의 감방 벽은 민트 초록색으로 칠이 되어 있고, 침대 네 개가 벽에 붙어 있 거나 한가운데 나란히 놓여 있었다. 희미하지만 구두 광택제와 염색약 냄새 와 더불어 오줌같이 큼큼한 냄새가 났다. 처음 몇 개의 감방은 비어 있었지 만, 건물 안쪽으로 깊숙이 들어가자 푸른색 수의를 입은 남자들이 침대에 걸 터앉아서 또는 창살에 매달려서 하나같이 날 쳐다보고 있는 모습이 눈에 띄 었다.

창살 안쪽에 갇혀 있는 건 그들이었지만, 오히려 그들이 나를 동물원 동 물처럼 바라보았다. 기분이 나빴다.

아빠가 서쪽에 위치한 감방의 철창 부근에서 멈춰 섰다. 이 감방엔 딱 한 사람만 있었는데, 아주 검은 머리칼에다 둥근 얼굴에 검은 눈과 두꺼운 입 술을 가진 이 우람한 남자는 누구라도 첫눈에 마음에 들어할 미소를 지어 보였다. 그가 앉아 있는 침대 위에는 구두 광택제와 광을 내는 걸레가 놓여 있고, 옆에는 교도관들이 신는 반짝반짝 빛이 나는 검은색 신발 한 켤레가 있었다.

남자는 일어나서 철창 사이로 퉁퉁한 손을 내밀었다. 남자의 왼편으로 드리워진 그림자 속에서 얼굴을 가로지른 삐뚤삐뚤한 선이 보였다. 상처였다.

"저 친구가 아드님이죠, 보스?"

남자가 물었다.

아빠가 고개를 끄덕였다.

"무스, 알 카포네다."

나는 알 카포네의 손을 잡았다. 단단하고, 빈틈없고, 믿음직스러운 악수였다. 난 생각보다 더 힘껏 그의 손을 쥐었다. 내 입이 벌어졌다.

"고맙습니다."

말이 불쑥 튀어나왔다. 내가 한 말을 귓구멍으로 듣고 나자, 얼굴 온도가 올라갔다.

알 카포네는 크고 따뜻한 미소를 지은 뒤 목구멍 깊숙이에서 껄껄 웃는 소리를 냈다.

"절 생각하고 있었나봅니다, 교도관님."

아빠가 인상을 썼다.

"인사해라, 무스."

"안녕하세요."

나는 나탈리가 된 것처럼 따라 했다.

알 카포네가 올리 선생님의 진료실 방향을 가리켰다.

"네가 마타만 씨네 아기를 데려왔다고 들었는데, 아기는 괜찮지?"

"그런 것 같군."

아빠가 이쑤시개로 신발을 가리키며 대답했다.

"누구 건가?"

"트릭슬 교도관님 겁니다. 아시다시피 제게 특별한 대우를 해주시잖아요."

알 카포네가 대답했다.

아빠는 못마땅한지 코웃음을 쳤다.

"그분들은 사람들에게 제가 멋들어지게 반짝반짝 신발을 닦아줬다고 말하는 걸 좋아하지요. 보스도 신발에 광 좀 내셔야 할 것 같네요. 아드님 신발도 그렇고요."

알 카포네가 내게 윙크를 했다.

"됐네."

아빠가 대답했다.

알 카포네는 이 말을 받아들인 것처럼 보였다.

"저한테 룸메이트를 만들어주겠다고 하더군요, 보스?"

"그 일은 모르겠네."

"제가 혼자 방을 쓰자마자 그랬죠. 한두 놈이 절 아주 싫어하는데."

"말했다시피, 난 모르겠네. 누가 아프냐에 달린 거겠지."

아빠가 말했다.

"그런 건가요?"

알 카포네가 아빠를 뚫어지게 쳐다봤다.

"제가 보기엔 남자는 보통 자기가 베푸는 아량만큼 권력도 갖더군요."

"자네 눈엔 그렇게 보이나보지?"

"당연하지요. 게다가 전 혼자서도 잘해왔고요. 무슨 말들을 하든 신경도 안 쓰죠."

"지금까진."

알 카포네가 껄껄 웃었다.

"사소한 실패죠. 근데 여기 있는 아드님은…… 자신의 힘을 모르나본데, 압박이 가해와도 분명히 정신을 똑바로 차릴 수 있겠어요."

그러면서 카포네는 크고 두툼한 손으로 나를 가리켰다.

"내가 출소하면 날 찾아와라. 너한테 줄 일거리를 마련해놓으마."

"그럴 일은 없을 걸세."

아빠가 으르렁거렸다.

알 카포네는 배 아래 쪽을 들썩이며 꽤나 오래 웃었다.

"걱정 마십시오, 보스. 좋은 아드님을 두셨네요. 자기 몫을 단단히 해낼 친구예요."

알 카포네는 철창에 얼굴을 바짝 갖다 댔다.

"네가 내 부하라면 엄청나게 자랑스러울 거다."

"작별 인사 해라, 무스."

아빠가 카포네와 내 사이에 끼어들며 소리를 질렀다.

"안녕히 계세요, 카포네 씨."

나는 알 카포네의 광이 나는 얼굴에 대고 말한 다음 몸을 돌려 아빠를 따라 복도로 내려갔다. 콧속으로 신발 광택제의 냄새가 여전히 진하게 풍겨왔다.

알 카포네의 시야 밖으로 거의 벗어났을 즈음, 속삭이는 목소리의 인사말이 내 귓가에 흘러들었다.

"잘 가게, 친구."

010
위험한 게임

1935년 8월 15일, 목요일 - 이어서 씀

    교도소 병원 계단으로 내려와 신선한 공기를 쐬자 갑자기 깨닫게 되었다. 난 좀 전에 지금까지 살았던 갱스터 중 가장 막강한 알 카포네를 만났고, 그는 날 '친구'라고 불렀다.

    알 카포네가 했던 말을 마음속으로 되풀이하는 동안 피부가 근질거렸다. '제가 보기엔 남자는 보통 자기가 베푸는 아량만큼 권력도 갖더군요.' 이건 아빠에게 한 말이다. 그 사람은 아빠가 감방을 다른 죄수와 함께 쓰지 않게 해줄 힘을 갖고 있다고 생각했다.

    그렇다면 자기 몫을 단단히 해낼 사람에 대해 슬쩍 꺼낸 말은? 나보고 들으라는 메시지다. 내가 자기 부인에게 꽃을 가져다 주길 기대하고 있는 것이다. 틀림없다.

    아빠가 날 쳐다봤다.

    "저자가 악질이 된 건 안됐어. 우리 편에서 저런 사람을 쓸 수나 있었을까? 모를 일이지. 시장이 되었을 수도, 심지어 대통령이 되었을 수도 있었겠지."

"제 한 표는 가졌을 거예요."

나는 인정했다.

"나도 눈치챘다."

아빠는 교도소 쪽으로 머리를 돌리며 말했다.

"머리를 굴릴 줄 아는 저런 죄수를 조심해야 한다. 처음엔 그럴싸하게
순수하게 시작하지. 신발을 닦아준다든가 하면서. 하지만 금세 자신의 노
력에 대한 대가를 요구하지. 껌 하나라도 말이다. 준다면? 글쎄다. 그럼 빚
을 지는 거고……."

아빠는 볼살을 쏙 집어넣고 우리 머리 위로 날아가는 펠리컨 한 마리를
쳐다봤다.

"만일 네가 안 된다고 하면, 그가 말할 거다. '껌을 가져와라, 안 그러면
네 신발 닦아준 걸 교도소장이 알게 할 테다.' 그럼 넌 껌을 주게 되겠지. 이
제 그가 너한테 어떻게 할지는 두 가지다. 그런 다음엔 뭘 하냐고? 요구 사
항을 늘리겠지. 바로 그거란다."

나는 몸을 움츠렸다. 20센티미터나 키가 줄어들고, 땀이 많이 나 피부가
미끌미끌해지면서 신발 속으로 씻겨 내려갈 것만 같았다. 아빠는 내게 못
을 박았지만, 그런 사실은 몰랐다.

"이야기의 교훈은?"

아빠는 계속 말했다.

"신발을 직접 닦으면 아무것도 걱정할 게 없다는 거지."

아빠가 날 보고 웃었다.

"트릭슬 씨는요?"

내 목소리는 떨렸다.

아빠가 목을 꺾으며 '똑' 소리를 냈다.

"꼭 그런 식으로 일이 벌어진다는 건 아니다. 내가 하고 싶은 말은 세븐 핑거스가 초콜릿을 얻고, 트릭슬 씨가 신발을 닦게 하는 이런 일들이 하나같이 위험한 게임이라는 게다."

"알겠어요."

나는 작은 소리로 대답했다.

아빠의 얼굴에 걱정이 드러났다.

"겁 주려는 건 아니다, 애야. 난 네가 곤란해지도록 놔두지 않는다. 넌 걱정할 거 없다."

아빠는 날 안심시키기 위해 등을 두드렸지만, 그래서 난 열 배나 더 우울해졌다.

난 더 이상 아빠가 보호해줄 수 있는 어린애가 아니다.

"너는 훌륭한 일을 했다. 로키를 데리고 그렇게 빨리 가다니, 무스. 너도 알지?"

나는 목청을 가다듬으며 기운을 냈다.

"고맙습니다."

내가 웅얼거릴 때 테레사가 호들갑을 떨며 교도소 정문 출입구 쪽으로 가는 계단으로 왔다.

"무스! 플라내건 아저씨! 로키는, 로키는 괜찮나요?"

"로키는 괜찮다, 애야. 괜찮아."

아빠가 대꾸해주었다.

"걱정 마라. 네 아빠도 몇 분만 있으면 나오실 게다."

"정말이죠?"

테레사는 우리를 쫓아오느라 거칠게 헐떡이면서 되물었다.

아빠는 테레사의 엉클어진 검은 머리를 쓰다듬었다.

"내 눈으로 직접 확실하게 봤단다, 꼬마야."

테레사는 전부 알아들었다는 듯이 고개를 끄덕였다.

"아빠가 나오세요?"

테레사가 쉰 목소리로 말했다.

"그래."

아빠가 대답해주었다.

테레사는 두 눈이 붙어버릴 정도로 미간을 좁혀 작은 얼굴을 일그러뜨리더니, 발뒤꿈치로 홱 돌아서곤 구불구불한 길 아래로 뛰어 내려갔다.

아빠는 테레사가 파이퍼를 스쳐 달리는 모습을 지켜보며 인상을 찌푸렸다. 파이퍼가 이쪽으로 올라오고 있었다.

"도대체 다들 왜 저러니?"

"저도 몰라요."

내가 대답했다.

파이퍼는 팔짱을 끼고 화가 난 걸음걸이로 다가왔다. 쇠사슬을 씹은 것 같은 격한 표정이었다.

"너한테 또 다른 골칫거리가 생긴 거 같구나, 무스."

아빠는 파이퍼 쪽을 가리키며 고개를 끄덕였다.

"저 앤 정말 제멋대로야. 난 네가 알아서 상대하도록 내버려둬야 할 것 같구나. 잘해봐라."

아빠는 내게 윙크를 하고, 팔을 두드렸다. 그런 다음 간신히 웃음을 참으며 언덕 아래쪽으로 몸을 돌렸다.

"너 교도소 안에 들어갔었지, 그치?"

아빠가 사라졌을 즈음 파이퍼가 물었다.

"비슷하지."

"비슷하다니? 간 거야, 안 간 거야?"

파이퍼를 막을 방법은 없다. 이 섬에서는 이쑤시개만 쑤셔도 정확히 뭘 파냈는지 모두 알게 된다.

"야, 너 뭐 본 거야?"

파이퍼가 따졌다.

난 볼 안쪽의 속살을 씹었다.

"알 카포네."

작은 소리로 말했다.

"안 돼! 안 돼! 너 정말 싫어! 전부 네 잘못이야, 지미!"

파이퍼는 우리 쪽으로 걸어오는 지미를 향해 구불구불한 길에 대고 소리쳤다.

지미가 나머지 길을 뛰어 올라왔다.

"내 잘못이라니?"

지미는 이를 앙다물고 물은 뒤 몸을 숙였다. 갈비뼈가 아픈 것처럼 보였다.

"무스가 알 카포네를 만났대."

파이퍼는 지미를 노려보았다.

"무스! 무스는 느려터지잖아. 무스가 안고 가다가 로키가 죽을 수도 있었어. 어설퍼서 아기를 떨어뜨릴 수도 있었다고. 그런데 넌 어쩌자고 그런 애한테 네 불쌍한 동생을 데려가라고 할 수 있니?"

"안 떨어뜨렸잖아."

지미의 목소리는 침착했다.

"아냐, 떨어뜨릴 수도 있었다고."

파이퍼가 으르렁댔다.

"아니, 안 떨어뜨렸어. 그리고 모든 게 다 잘 해결됐어."

지미가 되쏘아주었다.

"테레사, 그 애를 죽여버릴 테야. 난 네가 알 카포네를 만났다는 거 못 믿겠어."

파이퍼는 지미한테서 한 걸음 뒤로 물러서며, 맹렬히 비난했다.

지미는 물러서지 않았다.

"테레사는 아무 짓도 하지 않았어."

"아무 짓도 안 하기는. 그 애가 날 끼지도 못하게 떠밀어냈는데."

파이퍼는 우겨댔다.

"잘 들어, 파이퍼. 로키는 괜찮아. 난 떨어뜨리지 않았고, 너한테는 절대로 알 카포네를 만나도록 허락하지 않았을 거야. 네가 모를까봐 하는 말인데, 넌 여자애야."

나는 최대한 젊잖게 파이퍼에게 설명해주었다.

"넌 어린애지만 들여보내줬잖아."

파이퍼가 말했다.

"그냥 알 카포네에게 인사만 한 게 전부니까, 그렇게 열 내지 마."

"알 카포네잖아. 넌 이제 친구가 된 거지? 그 사람한테 뭐라고 말했어?"

난 어깨를 으쓱했다.

"안녕하세요. 그래, '안녕하세요'라고 했다."

파이퍼는 내게 바짝 다가서서 얼굴에 대고 소리쳤다.

"알 카포네를 만났는데 '안녕하세요'라고 말한 게 전부라고?"

"너라면 뭐라고 말했을 것 같은데?"

"'안녕하세요'보다는 훨씬 근사한 말을 했을 거야."

"파이퍼, 아무한테도 계획에 없었던 거야, 알겠니? 그냥 우연이었어. 중요한 건 죽을 수도 있었던 로키가 괜찮다는 거야."

나는 다시 설명해주었다.

파이퍼는 나를 힘껏 밀쳐냈다.

"멍청한 소리 하지 마. 아기들은 안 죽어."

지미가 파이퍼를 노려봤다.

"너 뭐 잘못 먹었냐? 당연히 아기들도 죽어."

내가 말했다.

"우주 전체를 통틀어서 알 카포네를 만날 수 있는 단 한 번의 기회였는데, 그걸 네가 독차지해버렸잖아!"

파이퍼는 나를 다시 밀쳐냈다.

"알았다, 알았어. 미안하다, 에이."

내 말에도 불구하고 파이퍼는 이미 등을 홱 돌리고, 집으로 가는 언덕을 쿵쿵거리며 올라갔다.

나는 내 편을 들어주길 바라며 지미에게 고개를 돌렸지만, 지미는 입술을 일그러뜨리고 있었다. 감정을 누르기 위해 애쓰는 모양이었다.

"미안하다고?"

지미가 물었다.

"내 동생을 구하고 알 카포네를 만나고 나서 미안하다고?"

"난 단지 파이퍼가 화를 내는 게 싫어. 화가 났을 때 문제를 일으키잖아. 너도 그 애가 그러는 거 알잖아."

지미는 코웃음을 쳤다.

"맞아. 사람들 비위나 맞춰줘야지, 안 그래, 무스?"

"그만해, 지미."

왜 내게 열을 내는지 알아내려고 지미의 얼굴을 들여다봤다.

110

"아직도 스카우트한테 약 올라 있는 거야?"

"걔한테 약 오른 적 없어."

지미가 말했다.

"내 친구도 아닌데, 그 애가 뭘 하든 내가 상관할 게 뭐야?"

"이럴 때 내가 뭐라고 말했으면 좋겠냐, 지미?"

"넌 단지 내 아기 동생을 살려줬을 뿐이야. 다른 말은 안 해도 돼."

지미는 더듬거리며 이야기하면서도, 나와 눈을 맞추려 하지 않았다.

"그럼 왜 그렇게 열이 나 있는 거야?"

지미는 아주 오래전에 잃어버린 뭔가를 찾으려는 듯 날 쳐다봤다.

"우리 학교 남자애들은 꼭 스카우트 같아. 누구든 야구를 못하면 무시당하지."

지미가 작은 소리로 말했다. 긴장한 목소리였다.

"넌 내가 좋아하는 걸 좋아하는 유일한 애야. 뭐랄까 그런 건 중요해, 알겠니?"

"그래, 알고 있어."

내가 대답했다.

011
방 안 가득 넘치는 태엽 장치 장난감

1935년 8월 16일, 금요일

오늘 연병장에서 집으로 돌아오자마자 엄마는 날 물고 늘어졌다.

"왔구나, 얘야."

엄마의 말에 난 한 걸음 뒤로 물러났다.

엄마는 내가 아이스박스 안을 들여다보고, 식빵통을 살피고, 케이크 판을 열어보고 나서 흐트러진 빵 부스러기들을 닦아 먹을 때까지 기다렸다.

"마지막 조각은 네 거야."

엄마가 선심을 쓰듯이 말했다.

게걸스럽게 먹어 치우며 내 방으로 가는데 엄마가 말을 붙였다.

"너랑 이야기 좀 하려고 오랫동안 벼르고 있었단다. 나탈리는 네가 가주면 아주 좋아할 거야. 너에 대해서도 이것저것 묻더라니까."

"다음 달에 집에 온다면서요, 아니에요?"

"자, 들어봐라."

엄마는 콧구멍을 벌름거리며 양손을 들어 올렸다.

"너한테 일이 많다는 건 알아. 야구도 있고 섬에 친구들도 있고."

"하지만 나탈리한테는 아무것도 없다는 거죠."

나는 웅얼거렸다.

"난 그런 말 안 했다, 무스."

"말할 필요도 없죠."

아빠가 방에서 나왔다. 아빠는 엄마와 나를 한 번씩 번갈아 쳐다보고는 좋지 않은 일이 일어날 기미를 눈치챈 것 같았다.

"내가 뭘 잘못했니?"

엄마와 난 아빠를 쳐다봤다.

"언제 네 누나를 만나러 갈 거니?"

아빠는 엄마와 내가 무슨 이야기를 나누는지 추측하고 자동적으로 엄마 편을 들며 내게 물었다. 그런 다음, 레모네이드 한 잔을 따랐다.

"널 보고 싶어한단다, 무스."

"그리 오래되지도 않았잖아요."

이미 궁지에 몰린 느낌이었다.

"그렇긴 하지."

아빠가 일단은 내 말에 동의했다.

"하지만 우린 네가 가줬으면 좋겠구나."

나탈리 누나의 학교에 가고 싶지 않다고 부모님께 어떻게 말하지?

거기 선생님들은 내 나이 또래한테도 걸음마를 배우는 어린애 대하듯 말한다. 그리고 거기 아이들은 잠시도 멈추지 않고 몸을 흔들며 태엽 장치 장난감으로 가득한 방 안을 각자 나름의 희한한 방향으로 뱅뱅 돌아다닌다.

거기 있어야 할 사람이 나였을 수도 있다. 그렇게 갇힌 채로.

난 행운이지만, 나탈리는 그렇지 않다.

하지만 그곳은 그 이상이다. 난 에스더 P. 마리노프 학교를 위해 모든 걸 걸었다. 그러니까 그곳은 완벽해야 한다. 만약 그렇지 않다면, 난 참을 수 없다.

내가 만약 나탈리를 위해 한 일을 부모님께 말할 수만 있다면. 그분들이 그걸 알게만 된다면. 그럼 그분들은 이번에 딱 한 번 방문하기 싫어했다는 이유로 날 창피하게 했던 일을 미안해하실 것이다.

나탈리가 여기에서 떠나고 난 뒤 엄마는 교도관 클럽에 가서 매일 밤 피아노를 쳤다. 엄마는 교도관 클럽에서 가르치는 것이 아니라 피아노를 쳤고, 마타만 아줌마, 비 트릭슬 아줌마, 그리고 카코니 아줌마와 어울려 카드 놀이를 하며 시간을 보냈다. 심지어 브릿지 게임도 할 줄 몰랐던 엄마는 이제 아빠의 귀가 떨어질 정도로 게임에 대해 수다를 떤다. 그럼 나는?

나는 내 마음대로 나갔다가 들어온다. 나 이외에는 아무도 걱정할 필요가 전혀 없다.

"갈게요, 엄마. 됐죠? 제가 갈 거란 거 알죠?"

"고맙구나. 아빠도 이 엄마도 둘 다 고맙다. 네가 생각하는 것보다 더 많이 고맙다, 그리고 나탈리는……."

"엄마, 그만하세요."

생각했던 것보다 단호하게 말하고 말았다.

"내가 간다고 했죠, 됐죠?"

"그래, 그래."

엄마가 작은 소리로 말했다.

012
아일랜드 사람 방식으로

1935년 8월 17일, 토요일

나는 어제 나머지 시간과 오늘 하루 종일 내 방에서 《최고의 야구 역사》를 읽으면서 보냈다. 어떻게 해야 알 카포네의 아내에게 노란 장미를 구해다 줄 수 있을지 묘안은 떠오르지 않는데 시간은 째깍째깍 흘러갔다. 그저 바이올린 케이스 속에 엽총을 넣고 다니는 작자한테 총이나 맞아 죽을지도 모르는 시간엔 뭐니 뭐니 해도 《최고의 야구 역사》만큼 기분을 나아지게 하는 것도 없다. 그러고서도 충분히 서럽지 않다고 하면, 알카트라즈에서 가장 친한 친구와, 알카트라즈에서 가장 친한 야구 친구와 좋아하는 여자애 모두가 전혀 말이 안 된다는 이유로 화를 낼 것이다. 게다가 다리에 두드러기는 더 많이 생기고 가려운데도 걸을 수는 없고 그저 박박 긁어댈 수밖에 없는 노릇이라면 조만간에 살갗이 죄다 사라져버릴지도 모를 것이다.

하긴 죽은 뒤엔 피부가 있거나 없거나 상관없을 것이다.

이따위들로 내 기분이 괜찮아지는 건 아니다.

조라는 이름의 투수가 신발이 물집을 건드려 결국 양말만 신고 경기를 한 이후로 '신발 벗은 조 잭슨'으로 불리게 되었다는 이야기를 한참 읽고 있는데, 누군가 우리 집 현관문을 두드리는 소리가 들렸다.

"무스, 들어가도 되겠니?"

마타만 아주머니가 소리쳤다.

"들어오세요, 마타만 아줌마."

내가 대답했다. 이틀 만에 처음으로 좋은 소식이다. 아주머니는 언제나 구운 음식을 손에 들고 방문한다.

아주머니는 카놀리 한 판을 내 책장에 올려놓고 내 반응에 확실히 기뻐하며 미소 지었다.

"마타만 아저씨와 난 정말 고마워서 어쩔 줄 모르겠구나."

아주머니가 녹슨 자전거처럼 삐걱거리는 내 침대에 걸터앉으며 말했다.

"네가 모든 걸 다 하고…… 난 바보 천치 같구나, 무스. 근데 사실은 뭘 좀 부탁하려고 왔단다."

아주머니의 머리칼은 테레사보다 단정했고 얼굴도 더 어른스러웠지만, 두 눈은 엄마의 말처럼 '장난 아니게' 생기발랄했다.

마타만 아주머니는 앞치마 가장자리를 꼬깃꼬깃 만지작거렸다.

"지미는 자기가 로키를 좀 더 잘 지켜봤어야 했다는 걸 알지만, 그 일 때문에 괴로워하지는 않을 애야. 하지만 우리 어린 딸은 그때 일 모두를 전부 괴로워하고 있단다. 난 그 애가 절대로 아기 동생을 아프게 하지 않았다는 걸 알고 있어. 사고였단 걸 알지. 그런데 테레사는 말이다,"

아주머니는 한숨을 쉬었다.

"그 애는 로키한테 동전을 준 자기 자신이 용서가 되지 않는지 지금도 침대에 누워 있다. 벌써 이틀째 누워 있으면서 절대 안 나오려고 해. 누구나 실수를 하잖니. 그러면서 모든 걸 배우고, 머릿속에다 조금씩 요령을 입력

하는 거잖니."

아주머니는 자신의 머리를 톡톡 치며 말을 이었다.

"그래야 다음번에는 더 잘 알지 않겠냐."

"제가 테레사한테 그 말을 전해주길 원하시는 거죠?"

"우리 테레사는 널 몹시 존경한단다, 무스. 당연한 얘기지만, 너희 아일랜드 사람들 고유의 방법이 있잖니. 내가 그걸 눈치채지 못했을 거란 생각은 마라."

아주머니는 손가락 하나를 내 앞에다 흔들었다.

"네가 뭔가를 하는데, 간절히 자신을 원한다고 테레사가 생각하게 된다면……."

"아, 어떤 거요?"

아주머니는 두 손을 허공에 올렸다.

"너희들이 늘 바쁘게 하는 것이라면 뭐든 좋겠지. 그 애한테 말하러 와줄 거지, 그렇지?"

아주머니는 질문을 하고 나서 테레사처럼 입술을 빨았다.

나는 마타만 아주머니를 따라서 아주머니네 아파트로 갔다. 가는 도중에 지미가 우리가 온 길을 밟으며 부두로 내려가는 모습을 보았다. 지미는 내가 바라보는 걸 못 본 척하고는 고개를 숙였다. 여기서 난 또다시 그 애의 감정을 상하게 했다. 하지만 나더러 어쩌라고? 이건 마타만 아주머니의 생각이지, 내 생각이 아닌데.

그나저나 사람들은 어쩌자고 언제나 나한테 이런 일을 시키는 걸까?

테레사는 흰 누비 침대 커버 아래에 꼭꼭 숨어 있었다. 발가락 하나 밖으로 내놓지 않았다. 그래서 그 모습은 침대 한가운데 덮어놓은 테레사 사이즈의 커다란 혹 덩어리 같았다.

"안녕, 테레사. 그만 일어나, 머리 좀 내밀어봐. 말할 게 있어."

내가 말했다.

"테레사는 여기 없어."

테레사가 속삭였다.

"그래, 음, 여긴 분명 테레사 방인데. 테레사는 어디로 갔을까?"

혹 덩어리는 조용했다.

거실 밖에서 마타만 아주머니는 라디오 스위치를 켰다. 아주머니가 잭 베니 프로그램(1932년부터 1948년까지 NBC 라디오에서 주중에 방송되던, 잭 베니가 사회를 본 프로그램)에 주파수를 맞출 때까지 '지지직 지지직' 고음이 너덕너덕 이어졌다.

나는 다시 한 번 시도했다.

"들어봐, 애니가 좀 더 많은 갱스터 카드를 모으고 싶대. 그리고 진짜로 네 도움이 필요하대. 너 말고는 아무도 보니와 클라이드 카드에 총 구멍이 몇 개 나 있는지 모르잖아."

여전히 아무 반응이 없었다. 테레사의 작은 몸을 덮고 있는 침대 커버에 주름이 지는 패턴에도 작은 변화조차 없었다.

나는 테레사의 방을 둘러봤다. 여기서 뭘 어째야 하는 거지? 마타만 아주머니도 어쩌지를 못했는데, 내가 뭘 어떻게 해야 하지?

알카트라즈의 이상한 점들에 대한 테레사의 책이 어디에 있는지 궁금해졌다. 아마도 그 안에 뭔가 있을 것이다. 언젠가 테레사는 베이비 페이스 넬슨이 매점 피클 통 속에 숨어 있다고 믿었다. 또 한번은 알 카포네의 새끼손가락 반지를 찾았다고 생각했는데, 알고 보니 비 트릭슬 아저씨의 지갑에서 떨어져나간 걸쇠였다.

침대 옆 탁자 위에 한 묶음의 종이가 있었다. 쪽지를 적어서 침대 커버 밑으로 넣어주면 될 것 같았다. 비어 있는 장을 찾기 위해 종이 묶음을 떠들쳐 보았다.

"테레사에게."

흐릿한 격자무늬가 있는 종이에 쓰기 시작했다. 난 이게 어디서 난 종이 인지 알고 있었다. 테레사가 나탈리와 단추 체스 놀이를 하기 위해 격자무 늬를 그려둔 것이다.

테레사는 지금껏 그 어떤 어린애들보다도 나탈리를 잘 알고 있었다. 어 떻게 놀아줘야 할지 생각해내는 재주도 있었다.

"나, 내일 나탈리 만나러 갈 거야."

내가 불쑥 말했다.

이 말을 하려고 입술을 움직이는 순간, 마음속에서 계획이 굳어지기 시 작했다. 샌프란시스코로 가서 나탈리를 만나고 반드시 매이가 타는 2시 배 를 타는 것이다. 테레사를 데려가면 된다. 일곱 살 난 여자애라면 내일모레 열세 살이 될 소년이 할 수 없는 일들을 잘해낼 수 있다. 테레사는 매이한테 장미꽃만 전해주면 되는데…… 할 수 있겠지?

"네 도움이 필요한데, 너도 갈래?"

다급한 목소리가 튀어나왔다.

"너도 갈래?"

테레사 혹 덩어리가 아주 조금 움직였다. 허리 부분의 침대 커버가 움직 였다.

"내가 퍼디 교장선생님한테 할 말이 있거든. 넌 내가 이야기하는 동안 나탈리랑 단추 체스 놀이를 하면서 계속 바쁘게 있으면 될 거야."

"잡지를 가져갈 거야."

테레사가 작은 소리로 말했다.

"물론이지. 그런데 일단 나탈리가 페이지마다 얼굴을 바짝 갖다 대기만 하면, 잡지 하나는 금세 다 볼 거야. 나와 퍼디 선생님과의 이야기는 그보다 훨씬 오래 걸릴 거야."

"색인을 가져가. 그럼 내가 필요 없잖아."

"내가 퍼디 선생님과 이야기하면서 동시에 읽어줄 수는 없잖아."

"나탈리 언니는 나 없이도 늘 거기 있는 거잖아."

테레사가 으르렁거렸다.

"그래, 하지만 내가 가면 안 그래. 내가 퍼디 선생님과 이야기를 하는 동안에 나탈리는 그렇지 않을 거야."

다시 침묵이 흘렀지만, 이 침묵은 다른 느낌이 들었다. 뭐랄까, 테레사가 내 말에 대해 생각하고 있는 것 같은 느낌이랄까.

나는 테레사의 다리가 있다고 생각되는 평평한 부분의 침대보를 톡톡 쳤다.

"나탈리는 네가 와주길 기대하고 있을 텐데. 내가 뭐라고 말해야 하지?"

내 말이 끝나자, 침대 커버에서 커다랗고 복잡한 한숨이 새어나왔다.

"난 바보라고 말해. 이 세상 전체를 통틀어서 가장 어리석은 사람이라고 말해. 그리고 내가 거기 가지 않은 건 언니한테 행운이라고 말해줘."

"테레사, 넌 어리석지 않아. 실수한 것뿐이야. 난 항상 실수하잖아. 좀 전 한 시간 동안만 해도 난 최소한 150가지의 실수를 저질렀어. 아니다, 151가지다."

"아기가 죽을 뻔했어."

테레사의 목소리가 너무 작아서 거의 들리지 않았다.

"넌 제대로 했어. 네가 지미와 나한테 아기한테 문제가 있다는 걸 알려 줘서 우리가 올리 선생님한테 아기를 데려갔고, 올리 선생님이 동전을 꺼낸 거잖아. 게다가 이젠 아기도 괜찮고."

더욱 고요해졌다.

"로키가 사라져버렸으면 좋겠어."

테레사는 간신히 말했다.

"그래, 하지만 그렇게 말해도 네가 그 애를 사랑하지 않는다는 건 아니야. 넌 내가 나탈리가 사라지기를 얼마나 많이 바랐는지 모르지?"

이 말을 꺼내자마자 겨드랑이는 축축해지고 두드러기가 가렵기 시작했다. 이럴 생각은 아니었는데, 정말 아니었는데.

"정말이야?"

테레사가 간절하게 작은 소리로 물었다.

나는 침대 위에 손을 얹고 균형을 잡았다. 테레사한테 거짓말을 할 수는 없다. 하지만 결코 이런 말은 하고 싶지 않았다.

"가끔 그런 느낌일 때가 있어."

나는 인정하고 말았다.

침대 커버가 고개를 끄덕이는 모양대로 움직였다.

"하지만 나탈리는 이 일에 대해서는 아무것도 이해하지 못할 거야. 아는 거라곤 네가 거기 오지 않았다는 것뿐이겠지."

"난 불운을 가져온대."

테레사가 말했다.

"아니, 넌 아니야."

"맞아. 파이퍼 언니가 그렇게 말했어."

"네가 언제부터 파이퍼 말을 들었니?"

"없었지."

테레사는 나한테 져주었다.

"그래, 맞아. 파이퍼는 진짜 재수 없어. 다른 사람은 몰라도 넌 알아."

침대 커버가 또다시 고개를 끄덕이는 모양대로 움직였다.

"그런데 왜 그 언니를 좋아해?"

테레사가 작은 목소리로 물었다.

"난 절대로 그렇다고 말한 적 없어."

"하지만 좋아하잖아."

"작은 섬이니까, 모두 그냥저냥 어울려야 되잖아."

"그 언니 좋아하는 게 맞아!"

이번에는 테레사의 목소리에 힘이 들어 있었다.

"지금은 아니야."

이 말이 먹혀들었는지, 테레사는 침대에서 벌떡 일어나 앉더니 침대 커버를 내렸다.

"왜? 그 언니가 뭘 어쨌는데?"

"그 애는……."

난 테레사의 엉망진창인 얼굴을 쳐다봤다.

"자, 난 내일 10시에 갈 거야. 네가 와주길 바라는 거 알지? 진심이야."

테레사는 대답하지 않았지만, 난 이 애가 마치 자기 머릿속에 무엇이 있는지 들여다보듯 눈을 똑바로 쳐들고 바라보는 모습을 보고 이 일에 대해 생각하고 있다는 것을 알 수 있었다.

아, 이 애가 가기로 마음먹었으면 좋겠는데!

013
모두 무스를 좋아해

1935년 8월 18일, 일요일

아침에 곧장 부두로 갔다. 팔에는 《최고의 야구 역사》를 끼고 주머니에는 할머니가 내 생일에 보내준 돈을 몽땅 넣은 채, 내려가는 길에 마타만 씨네 들를까 생각하다 그러지 않기로 했다. 아빠는 여자들이 끼는 한, A에서 B로 가는 가장 빠른 루트도 결코 최고의 선택이 될 수 없다고 말하곤 하셨다.

부둣가로 내려오자, 마음이 조급해지기 시작했다. 테레사가 오지 않으면 어쩌지? 다행히 얼마 지나지 않아 빗질도 하지 않은 검은 머리가 그 애 집 문밖으로 쑥 나오는 걸 보았다. 테레사는 교회에 갈 때나 입는 외투를 입고 손에 모자를 들고 있었다. 틀림없이 나와 함께 갈 것이다.

그런데, 잠깐. 저 애가 지금 뭘 하고 있는 거지? 테레사는 층계 아래로 내려오는 것이 아니라 올라가고 있었다. 어라. 애니네 집 쪽으로 가는 건 아니겠지, 아닌가?

이런, 가고 있잖아.

가지 않기로 한 건가? 그럼 왜 좋은 옷을 입은 거지? 좋았어, 다시 밖으로 나왔군. 애니의 팔을 잡아끌며. 뭐야, 애니도 교회 갈 때 입는 옷을 입었잖아.

애니도 가는 거야? 어라. 그런데 애니는 뭘 들고 있는 거지? 야구방망이가 삐죽 튀어나온 가방이잖아. 교회 갈 때 입는 옷을 입고 야구 장비를 가져간다?

둘이서 부두 쪽으로 내려오는데, 지미가 나타났다. 지미는 줄곧 매점에서 이 애들을 지켜봤을 것이다.

"어디 가는 거니?"

지미가 애니와 테레사에게 물었다.

"나탈리를 보러 가는 거야."

내가 말했다.

"나도, 애니 언니도 가는 거지, 맞지, 언니?"

테레사가 미소를 지으면서 애니를 올려봤다.

"나는 가야 돼."

테레사는 설명을 했다.

"무스가 내 도움이 필요하댔어. 그렇지, 무스?"

"그럼 넌?"

지미의 시선이 애니에게 꽂혔다. 입술을 쑥 내밀어 볼이 일그러졌다.

"야구 장비도 챙겼어?"

"난 아냐."

내가 말했다.

"나도 저 애가 왜 야구 장비를 가지고 오는지 모르겠다고."

"내 생각대로겠지."

지미가 대답했다.

"아니래도."

나는 갈매기가 살아 있는 게를 입에 물고 땅으로 내려앉는 모습을 쳐다보며 우겨댔다. 갈매기는 조심조심 게를 바닥에 내려놓고, 다리를 툭 떼어내더니 꿀꺽 삼켰다.

"난 그냥 그 애가 야구장에 있으면 보려고 한 거야."

애니가 설명했다.

"그 애라니, 스카우트?"

지미가 물었다.

"스카우트는 없을 거야."

내가 애니에게 대답했다.

"네가 어떻게 알아?"

애니가 물었다.

"그냥 알아."

나는 갈매기가 아직 살아 움직이는 게의 또 다른 다리를 잘라내는 모습을 지켜보면서 설명했다.

애니가 이를 갈았다. 눈두덩이 툭 튀어나온 눈을 슬쩍 가렸다.

"넌 내가 그 애랑 야구하는 게 싫은 거지."

"난 그게 네가 의도한 거라면, 지난번처럼 계략을 쓰는 게 싫어."

내 대답에 애니는 어깨를 으쓱한 다음, 내 눈에는 원피스 속에 입은 것처럼 보이는 바지에 눈길을 두었다.

"난 네가 시내에서 야구하는 걸 막지는 못해."

"날 막지 못하다니? 그게 무슨 뜻이야?"

내가 물었다.

애니는 어깨를 으쓱했다.

"내가 그런 건 다 널 위해서였어. 하지만 이젠 좀 더 알게 된 거 같아."

"무슨 얘기야?"

테레사가 재촉했다.

애니는 테레사의 정수리를 내려다봤다.

"난 너희들을 위해 망을 보는 거겠지."

"정말 그런 게 아니래도."

내가 대답을 하는 동안 갈매기는 다리도 없는 게의 몸통을 통째로 삼켰다. 청부 살인을 하는 알 카포네의 부하들이 나한테도 저렇게 하지는 않을까?

승선을 알리는 호각 소리가 들렸다.

"야, 너 가서 야구 장비 가져와. 서둘러, 이러다간 배 놓쳐!"

애니의 목소리는 거만했다.

"어이, 무스, 서둘러."

지미의 냉랭한 목소리도 메아리쳤다.

내가 오늘 야구를 할 일은 절대 없다. 난 그저 저 불쌍한 게처럼 산 채로 한 번에 다리를 하나씩 뜯어 먹히며 내 인생이 끝나지 않기만을 바랄 뿐이다. 그럼에도, 난 내 야구 장비를 가지러 갔다. 하긴 야구라면 절대 '아니'라고 말하지 못한다. 우리 아파트로 올라가는 동안 이 혼란을 정리해보려고 노력했다. 애니도 같이 가는데 어떻게 매이한테 꽃을 전해주지? 우리가 나탈리를 방문하고 난 다음, 마리나로 가서 스카우트랑 야구를 한다면, 어떻게 해야 꽃을 가지고 테레사와 함께 2시 배로 돌아올 수 있지?

나탈리한테 많은 방문객은 허가되지 않는다고 이유를 대며 애니한테 함께 가지 못한다고 말했어야 했는데, 이제는 말하기에도 너무 늦어버렸겠지? 아니, 이 규칙을 깜박했다고 말할 수는 있을 거야. 사람들은 깜박깜박

하니까. 그러면 아마 지미도 홀로 남겨졌다는 분한 기분이 들지 않을 테고, 저렇게 화를 내지도 않을 거야.

이거야말로 좋은 계획 같았다. 하지만 배로 돌아왔을 때 지미는 가고 없고 교도관 제복을 입은 아빠와 앞치마를 두른 마타만 아주머니가 테레사와 애니와 함께 서 있었다.

아빠가 내 등을 두드렸다.

"좋은 생각이다, 무스. 알카트라즈 전체 대표단이 방문해주면 나탈리가 아주 좋아할 게다."

이제 뭘 해야 한담? 두드러기가 괴로울 정도로 심해서 갈 수 없다고 말하면 되겠지만, 그럴 경우 한 시간 뒤에 떠나는 배는 어떻게 타지? 내가 장미를 사는 동안, 테레사와 애니는 스카우트를 찾아보라고 보내고. 아니면 혹시…… 내가…….

"거기서 너희를 보면 나탈리가 아주 기뻐할 거야."

마타만 아주머니가 말할 때 경비 탑 담당 아저씨가 보낸 신호 소리가 아래로 퍼졌다. 아주머니는 내게 끈으로 묶은 상자를 건넸다.

"넌 요전에 벌써 먹어봤지, 무스?"

"글쎄요."

아빠가 웃었다.

아주머니는 이 정보를 주면서 눈을 반짝였다.

"네가 내 아들이 아니라 다행이구나. 지미와 넌 우리 집에 있는 음식이란 음식은 모조리 먹어 치울 테니까."

아주머니가 달콤하게 속삭였다.

"너희 여자애들이 무스를 잘 지켜봐야 된다, 알았지? 나탈리가 먹을 걸 남겨놓는지 봐라."

아빠가 윙크했다.

"레몬 케이크로 구웠어야 했나봐요."

마타만 아주머니가 앞치마 끈으로 손가락을 돌돌 말면서 말했다.

"나탈리한테 집에 오면 내가 곧 해준다고 전해주렴. 꼭 전해야 한다."

"10시 배 마지막 탑승 안내입니다."

트릭슬 씨가 정확하게 우리 쪽에 확성기를 대고 외쳐댔다.

"저 아저씨 말 들었지? 너희 셋 다 서둘러라."

마타만 아주머니는 '휘이 휘이' 손을 저으며 우리를 건널 판자로 내려보냈다.

아주머니는 부두에 서서 우리가 떠나는 모습을 지켜보았다. 배의 난간이 부드럽게 위아래로 흔들렸다. 발밑에서는 모터가 으르렁거렸다.

"우리 엄마는 확실히 무스를 좋아해."

테레사가 애니에게 말했다.

"누군든지 무스를 좋아하잖니, 그게 문제지만."

애니가 대답했다.

"어째서 문제야?"

내 질문에 애니는 고개를 저었다.

"그냥 그렇다는 거야."

014
죽은 열두 살짜리들

1935년 8월 18일, 일요일 - 이어서 씀

에스더 P. 마리노프 학교로 가는 내내 세심하게 계획을 세우려고 노력했다. 난 애니를 다른 야구장으로 데려가, 스카우트와 마주치게 하지 않을 것이다. 내가 즉석 야구 경기를 못하게 되는 건 생각만으로도 싫다. 지금 하는 이야기는 내가 살아 있을 동안이다. 난 천국에서는 어떤 종류의 즉석 경기를 하는지 모른다. 난 저 위에도 야구를 하는, 죽은 열두 살짜리들이 많이 있다고 생각하지 않는다.

이런 생각을 하면 할수록, 내 커다란 손은 카놀리가 든 상자의 끈을 살살 풀려고 애쓰며 그 속으로 파고들었다. 가까스로 두 개를 먹었을 때 애니가 내 손에서 상자를 빼앗아 갔다.

"무스, 너 무슨 문제 있니?"

우리가 땅 밑에 깔린 케이블들이 웅웅거리고 저 멀리 전차의 종소리가 땡땡거리는 가파른 샌프란시스코 거리를 걸어 올라갈 때 애니가 물었다.

이제 우리는 에스더 P. 마리노프 학교에 거의 다 왔다. 20층 높이의 계단을 올라온 것처럼 다리가 후들거려서 좋았다. 예전에 살던 산타 모니카에는 이런 언덕이 없었다. 이런 고급 주택들도 없었다.

거대한 하얀 집 옆에는 꽃들이 만발한, 잘 가꿔진 정원이 있었다. 격자구조물에 걸쳐 피어난 오랜지색 꽃과 작은 분홍빛 꽃과 숙녀의 손톱 크기만큼 작은 보랏빛 꽃들이 파종기 옆에 넘쳐났다. 인동꽃처럼 달달한 냄새가 났다. 금속판으로 만든 현수막에는 정교한 필기체로 '에스더 P. 마리노프 학교'라고 씌어 있었다.

나는 장미꽃을 찾아 주위를 둘러봤다. 그럼 그렇지, 역시 한 송이도 없다.

"에스-더. 피. 마리-노프. 여기 좀 봐! 바로 여기야!"

테레사는 내 뒤에서 빙빙 돌다 내 등을 머리를 들이밀어 거대한 정문이 있는 계단으로 올라가게 했다. 내가 벨을 누르는 동안 애니는 웃었고 테레사는 단단한 참나무 문을 쾅쾅 두드려댔다.

시간이 좀 걸렸지만, 마침내 부옇게 흐려진 5센트 동전 같은 머리색의 체구가 작은 여자분이 문을 열어주었다. 영화관의 커튼처럼 두꺼운 벨벳 옷을 입은 그녀의 눈은 맥주처럼 선명한 황금색이었다.

"나탈리 플라내건을 만나러 왔는데요."

내가 말했다.

"넌 누구니?"

"무스요. 나탈리의 동생 매튜 플라내건이에요. 여긴 제 친구들인 테레사 마타만과 애니 보미니고요."

"아, 알카트라즈 아이들이구나!"

여자분은 웃으면서 작은 손으로 내 손을 쥐고는 팔을 마구 흔들어댔다.

"난 사디란다."

그분이 말했다.

분명히 우리 할머니 나이 정도인 것 같은데, 사디 씨한테는 젊어 보이게 하는 뭔가가 있었다. 희끗희끗한 머리칼과 주름은 뭐랄까, 일종의 변장술이지 진짜 같지가 않았다. 우리는 그녀를 따라서 안으로 들어갔다.

"너희들 얘기는 많이 들었다. 나탈리가 너희 모두에 대해 전부 말……."

"예, 그랬군요."

나는 참아보려 하지도 않고 말을 잘랐다. 내가 집에서 엄마와 아빠를 독차지하고 지내는 동안 나탈리 누나가 날 보고 싶어했다는 이야기를 듣고 싶지 않았다.

사디 씨는 티끌이 들어갔는지 눈을 깜빡였다.

"자, 너희들 나탈리가 많이 보고 싶겠지. 내가 데리고 올라올 때까지 여기서 기다리고 있으렴."

애니는 푸른 눈으로 모든 것을 하나하나 눈여겨보았다. 방을 보니 사디 씨가 자연스럽게 떠올랐다. 한때는 우아했을 가득 찬 물건들은 자연스럽게 낡아 있었다. 옛날식 조각이 되어 있는 다리와 올이 드러난 엉덩이 받침이 있는 의자며, 군데군데 낡고 닳은 비단 커튼이 그랬다. 하지만 이곳엔 깡패와 어울릴 만한 것은 전혀 없었고, 사디 씨도 확실히 조직 폭력배들과 싸울 수 있는 부류의 사람 같아 보이지 않았다. 알 카포네는 어떻게 한 걸까? 어떻게 나탈리를 이 학교에 입학시킨 걸까?

테레사는 곧은 등받이가 있는 의자의 울퉁불퉁한 엉덩이 받침에 앉아 엉덩이를 흔들어댔다. 그러더니 나탈리가 카펫을 따라 한쪽 발을 질질 끌며 가까이 오는 소리가 들리자 벌떡 일어났다. 한 걸음 간 뒤 다른 쪽 발을 끌고, 또 한 걸음 가서는 발을 끌고, 나탈리는 그렇게 걸었다.

"왔어!"

테레사가 손뼉을 치며 외쳐댔다.

나탈리는 엄마와 죄수들이 만들어준 노란색 원피스를 입고 나타났지만, 허리띠는 없어진 대신 커다란 단추 두 개가 앞쪽에 달려 있었다.

섬광처럼 아주 잠깐 동안 나탈리 누나는 맑고 푸른 눈으로 나를 쓱 보더니 다시 카펫으로 눈길을 떨어뜨렸다.

"오늘 해 잘 떴지, 나탈리?"

나탈리가 중얼거렸다.

사디 씨는 두꺼운 벨벳 옷으로 바닥을 쓸며 우리 곁을 지났다.

"나탈리, 말하고 있는 상대를 쳐다봐야죠. 그리고 적절한 대명사를 사용해서 말해야지요."

나는 사디 씨의 말투가 마음에 들지 않았다. 무슨 권리로 나탈리에게 이런 식으로 말한담?

"나탈리 누나는 해 뜨는 모습을 좋아해요. 매일 아침 그것 때문에 일어나거든요."

내가 계속 설명했다.

"저는 일어나서 언제나 나탈리 누나한테 해가 잘 떴냐고 물어봤어요."

"나탈리는 해뜨는 것도 좋아하고 정원도 좋아하지만 좀 더 직접적으로 말할 수 있어요."

사디 씨가 나탈리에게 눈길을 주면서 내게 알려주었다.

"3대 0. 노 히트, 노 런. 플라이 볼 한 개. 안타 열 개. 주자는 3루."

나탈리가 턱으로 가슴을 계속 파며 웅얼거렸다.

사디 씨는 나탈리가 더 이상 파지 않도록 턱을 손으로 받쳤다.

"야구 이야기는 안 돼요."

사디 씨가 말했다.

"야구 이야기가 뭐가 어때서요?"

내가 물었다.

"아무 말이나 반복하니까요. 우리는 요즘 대화의 기술에 대해 공부하고 있어요."

사디 씨가 설명했다.

"마음속에 있는 이야기를 해봐요. 나는⋯⋯."

사디 씨는 나탈리를 재촉했다.

나탈리는 다시 턱으로 가슴을 파려고 했지만, 사디 씨의 손이 턱을 밑으로 내리지 못하게 막고 있었다. 나탈리는 빠르고 잽싸게 우리의 정수리 쪽을 휙 둘러보았다.

"무스, 테레사, 애니. 안녕, 안녕, 안녕."

나탈리가 중얼거렸다.

"안녕, 나탈리."

우리 모두가 동시에 인사했다.

"새 단추가 생겼네."

테레사는 나탈리의 옷에 달려 있는 두 개의 어울리지도 않는 커다란 단추를 손으로 가리켰다.

나탈리는 새 단추 위로 손을 올려놓고 사랑스럽게 그리고 하나씩 조심스럽게, 테두리를 따라서 매만졌다.

"좋은 날 새 단추."

나탈리가 속삭였다.

"누구한테 말하는 거죠?"

사디 씨가 야단을 쳤다.

"자, 이렇게 말해봐요. 내가⋯⋯."

하지만 나탈리는 아무런 반응도 하지 않았다.

사디 씨는 우리에게 조용히 하라는 몸짓을 해 보였다. 우리는 고통스러울 만큼 오랫동안 기다렸다. 마침내 나탈리가 입을 열었다.

"내가 사디와 좋은 날을 보내면, 새 단추 하나가 생겨."

"잘했어요, 나탈리!"

사디 씨가 들뜬 목소리로 말했다.

나탈리는 손으로 옷에 달린 단추 하나를 만지작거렸다.

"더 많은 단추들이 생길 거야."

애니가 입을 열었다.

"다음 주말에 집에 오면, 더 많은 단추를 갖게 될 거야."

"단추, 더 많이, 더 많이,"

나탈리가 같은 말을 반복했다.

"나는……."

"나는 뭐죠?"

사디 씨는 즉시 처음부터 물고 늘어졌다. 자신의 얼굴을 나탈리 얼굴에 바짝 갖다 대고서.

하지만 나탈리는 말을 멈췄다. 그게 뭐든 지금 당장은 아무 말도 하지 않을 것이다.

"우리가 여기서 공들이는 일은, 무스."

사디 씨가 설명했다.

"나탈리가 대화에 몰두하고 참여하게 하는 거란다. 그래서 우린 나탈리가 자기만의 세계로 빠져들도록 내버려둘 수가 없어."

"나탈리 언니는 나랑은 자기만의 세계로 빠져들지 않아요."

테레사가 자신 있게 말했다.

사디 씨가 미소 지었다.

"네가 이웃집 여자애구나, 맞지?"

테레사는 활짝 웃었다.

"단추 체스 둘래?"

테레사는 직접 그린 체스판을 펼쳐놓으며 나탈리에게 물었다.

테레사가 준비를 하는 동안, 나탈리는 단추를 한 개씩 한 개씩 만져보았다. 다 만져본 다음에도, 좀 전과 정확히 똑같은 패턴으로 다시 만지기 시작했다. 그런 다음 거의 혼자만 알아볼 수 있게 고개를 끄덕인 뒤, 테레사와 체스를 두었다.

나탈리가 두 게임을 이겼다. 우리가 훈수를 두었지만 테레사는 나탈리의 상대가 안 되었다. 나탈리는 옷에 달린 단추들을 한쪽으로 비틀고 나서 다시 다른 쪽으로 비틀어댔다.

"나는, 나는……."

나탈리는 딱딱한 목소리로 부자연스럽게 하려던 말을 멈췄다. 그러더니 발가락을 카펫의 결과 반대 방향으로 밀고 또 밀었다. 그러면서 방을 뱅뱅 돌리려고 애쓰는 사람처럼 흰자위가 보이도록 눈알을 위아래로 굴렸다.

사디 씨가 서류에서 고개를 들고 올려다봤다.

"나는 뭐지요?"

사디 씨가 물었다.

"나는…… 나탈리 화났다."

나탈리는 기계처럼 똑같이 말했다.

"화났다고 말했어요."

테레사가 설명했다.

"나는 화가 났어."

사디 씨가 고쳐주었다.

"나는 화가 났어."

나탈리가 따라 했다.

"그래요, 정말 그러네요."

사디 씨가 나탈리를 예리한 눈으로 쳐다보며 말했다.

"누구한테 화가 난 거죠?"

나탈리는 고개를 다시 숙이고 자기 팔뚝을 꼬집었다.

"엄마한테 화났어. 무스한테 화났어."

나탈리가 불쑥 내뱉었다.

"나? 내가 어쨌기에?"

내가 물었다.

나탈리는 대답하지 않았다.

"선생님 때문에 저런 말을 하잖아요."

난 잠시도 못 참고 사디 씨에 따졌다.

"난 아무것도 안 했어요."

사디 씨가 대답했다.

"무스."

애니가 내게 낮은 소리로 주의를 줬다.

"왜 나한테 화가 났을까?"

내가 물었다.

"이곳에 남겨두었잖아."

애니가 웅얼거렸다.

"그래, 하지만 다 누나를 위해서잖아."

난 방어적인 태도로 툴툴거렸다.

"그렇더라도 나탈리 언니가 화가 안 나는 건 아니잖아."

애니가 설명했다.

"알았어, 알았어. 하지만 나한테 정말로 화가 난 건 아닐 거야."

"나라면 분명 화가 날 거야. 오빠가 날 떠나보낸다면 말이야."

테레사가 강아지 같은 눈을 하고서 말했다.

"넌 이해 못 해."

난 우겨댔다.

"우리는 여기 우리 학생들에게 정말 많은 것을 요구한단다, 무스."

사디 씨는 서류 뭉치를 정리하며 말했다.

"지금까지 인생을 한 가지 방식으로만 살아왔다면 바꾸기가 쉽지 않지. 나탈리가 우리랑 정말이지 잘하고 있는 게 자랑스럽단다. 나탈리는 놀랄 만한 출발을 한 거야."

"네, 그렇군요."

애니가 작게 말했다.

"나탈리는 열심히 하고 있어. 네가 알아주면 좋겠구나. 우리가 여기서 노력하는 것 중 일부는 나탈리가 자신을 통제할 수 있는 방법을 알려주는 거란다. 왜냐하면 일단 나탈리 안에 있는 날개들이 돌기 시작하면 그걸 멈추는 건 정말이지 너무나도 어렵거든."

"그런데 왜 저한테 화가 났을까요?"

내가 따지듯 물었다.

"나탈리는 저한테 화낸 적이 없거든요. 나탈리 누나, 나한테 화난 적 없잖아."

"나탈리는 저한테 화낸 적이 없거든요."

나탈리는 내 말을 따라 했다.

"나탈리, 너의 말을 써야지. 다른 사람의 말이 아니라, 너의 말을."

나……나…….”

　사디 씨는 나탈리의 입을 벌리고 말을 하도록 했다. 그 모습을 보고 있으려니 사디 씨의 따귀를 갈겨주고 싶었다.

　“무스…….”

　사디 씨가 미처 막기 전에 나탈리는 턱을 아래로 내렸다.

　“무스, 나 무스가 보고 싶었어.”

　너무 낮은 목소리여서 나는 겨우 알아들었다.

015
매력녀 매이 카포네

1935년 8월 18일, 일요일 – 이어서 씀

우리는 스카우트가 야구를 하는 경기장에 거의 다 왔다. 사실은 스카우트가 야구를 하지 않는 경기장에 거의 다 온 것이지만. 내 계획은 스카우트가 없는 걸 확인시키고 난 다음에 장미꽃을 사고, 어떻게든 애니가 눈치채지 못하게 한 뒤 테레사를 꼬여 매이에게 그 꽃들을 전달하도록 하는 것이다. 난 나탈리가 아니라 이 일에 신경을 집중하려고 노력했다. 하지만 '무스, 나 무스가 보고 싶었어'라고 나탈리가 했던 말이 자꾸 머릿속에 스멀스멀 기어들어 왔다.

오늘 나탈리를 보면서 정말 괴로웠던 것은 나탈리가 아주 열심히 노력하고 있다는 사실을 불현듯 깨달았기 때문이다. 나는 나탈리는 노력을 안한다고 생각했다. 하지만 실제로는 열심히 노력하고 있었고, 심지어 그처럼 사소해 보이는 결과를 얻기 위해 애를 쓰고 있다는 것을 알게 되어, 속이 뒤집힐 정도로 화가 났다.

나는 되도록 이 생각을 하지 않으려고 기를 썼다. 당장은 어떻게 하면 알 카포네가 날 찾아내 해치지 못하게 할지 알아내야 했다. 그 밖의 것들은 생각하지 말아야 했다.

"돌로레스! 페기!"

애니가 두 여자애를 만나러 뛰어갔다. 애니와 두 여자애가 머리를 맞대고 있는 모습은 과자 하나에 세 마리의 새가 모여든 것과 비슷했다. 그 애들은 슬쩍 고개를 들어 나를 쳐다보고는 다시 고개를 숙이고 좀 더 속닥거렸다.

"저 애니? 저 애가 그 남자애지?"

나는 질문 하나를 주워들었다.

애니의 얼굴이 붉어지면서 점점 노란 달빛 같은 색깔의 머리털 뿌리까지 번졌다.

나는 그 애들이 누구 이야기를 하는 건지 알아내려고 두리번거렸다. 테레사도 무슨 일인지 알아내려고 여자애들 쪽으로 팔짝팔짝 뛰어갔다.

여전히 달아올라 있는 애니의 얼굴이 보였다.

"무스. 내 친구들이야. 얘는 돌로레스."

애니는 뻐드렁니 여자애를 손으로 가리켰다.

"그리고 얘는 페기."

이어서 키가 작은 여자애 쪽을 향해 고개를 끄덕였다.

나는 손을 들어 뻣뻣하게 흔들고 금세 다시 내렸다.

돌로레스와 페기는 애니와 비밀을 공유하고 있다는 듯이 애니에게 미소를 지었다.

"우리 지금 가야 해."

내가 애니를 향해 말했다.

"재밌게 놀아, 애니."

페기가 낄낄거리면서 말했다.

"그래, 애니."

뻐드렁니 돌로레스가 맞장구를 쳤다.

지금 애니가 저 애들이랑 가겠다고 하면 정말 좋을 텐데. 애니가 옆에 있는 한, 어떻게 해야 테레사한테서 도움을 받을지 떠오르지 않았다.

정말 재수도 없지. 애니는 애들과 헤어졌다.

이걸 어떻게 한담? 배의 방문자 칸에 매이 카포네에게 줄 장미꽃을 남겨놓을 수도 있겠지만, 카포네 부인과 같이 콕스 호를 타고 있을 때 배에 다른 교도관들이 없으란 법도 없지 않은가? 언제나 방문자의 날에는 사람이 많았지만, 스카페이스의 아내가 방문자일 때는 그 수도 두 배는 될 게 뻔하다. 게다가 이런 일을 놓칠 리 없는 트릭슬 아저씨도 분명 있을 것이다. 아저씨가 장미꽃을 보게 되면 무슨 일이 벌어질지 역시 눈에 선하다.

테레사는 강중강중 뛰어서 앞으로 갔다. 난 애니와 함께 걸었다.

"너희들은 정확히 어디에서 야구하니?"

마리나 그린의 길게 뻗은 잔디를 내려다보며 애니가 물었다.

"여기서 몇 분 거리에 있는 뒷길에서."

내가 대답했다.

"있잖아, 무스. 생각해봤는데, 네 생각에는 알 카포네가 나탈리 언니를 그 학교에 보내준 게 확실한 거 같니? 아무래도 내 눈에는 암흑가 사업 같아 보이지 않던데."

애니가 말했다.

"뭐가 어떻게 보이는데?"

나는 사과를 파는 행상을 피하기 위해 연석에서 내려서며 물었다. 이런 건 사람들이 일자리를 구하지 못할 때 하는 일인데, 혹시 내가 잡히면, 우리 아빠도 이런 일을?

"실크와 위스키. 매력적인 물건들…… 음, 알 카포네는 분명 그곳과 아무런 관계도 없어."

"아닐 수도 있어. 난 어쨌든 그곳이 좋은지 어쩐지 잘 모르겠어. 거기 사람들이 나탈리 누나에게 자기네 방식대로 강제로 말을 시켰을 때 기분 나빴거든."

나는 마음을 털어놨다.

"넌 단지 나탈리 언니가 말해야 했던 게 싫었던 거야. 그곳은 언니한테 좋은 곳이야, 무스. 날 믿어."

애니가 말했다.

좋아, 믿어보자. 사람들은 모두 자기가 나탈리한테 가장 좋은 것을 알고 있다고 생각한다. 종교, 잎 푸른 채소, 엄격한 훈육, 얼음 찜질, 부두교 등등. 난 이 모든 것을 들어왔다. 그런데, 잠깐. 애니가 에스더 P. 마리노프 학교가 나탈리에게 좋은 곳이라고 생각한다는 건, 언젠가 자기가 한 말에 대해 마음을 바꿔버릴 거란 얘기잖아.

"그러니까 넌 나탈리 누나를 위해 그곳이 결딴나는 건 싫다는 거냐?"

난 한껏 들떠서 외쳐댔다.

"그냥 실수였을 거야. 그게 내 생각이야."

애니가 분명하게 말했다.

"어제 산 마테오에 가는 차 속에서 아빠가 토니 삼촌한테 하는 말을 들었어. 내가 덜컹거리는 자리에 앉아 있어서 잠든 줄 알았나봐. 아빠는 버디 보이가 입원해 있을 때 그 사람하고 체스를 두었대. 버디 보이는 체스 실력이 좋거든. 우리 아빠도 그렇고."

교도관들은 재소자들과 체스를 두지 못하게 되어 있다. 그건 내가 확실히 안다.

"죄수들은 조용히 해야 하니까, 서로서로 중요한 걸 알리려고 쪽지를 전한대. 이를테면 '완수', '네 차례다' 등등의. 마치 네가 무슨 게임같이 받았다는 쪽지와 비슷하지 않니? 죄수들이 실수로 네 세탁물 속에 집어넣은 걸 거야."

"그럴 수도 있겠지."

나는 팔꿈치 쪽의 두드러기를 긁으며 대답했다.

내가 매이와 장미에 대한 쪽지를 받지 않았다면 충분히 가능한 일이라고 믿었을 것이다. 그러니까 절대로 체스 게임에 관련된 것은 아니다. 하지만 난 애니한테 이 이야기는 하지 않을 거다.

"누가 이겼는데?"

내가 물었다.

"버디가."

애니는 희망에 가득 찬 눈빛이었다.

"내 생각대로 모두 우연이었을 거야."

애니는 자신만만했다.

난 팔꿈치의 긁은 부분을 보다가 눈을 들었다.

"앞으로 나랑 알카트라즈에서 야구할 거지?"

내 질문에 애니는 날 째려봤다.

"또 다른 쪽지를 받은 건 아니지, 그치?"

이 일에 대해서 거짓말을 할 수 없었다. 애니한테는. 조용한 뒷길을 내려다봤다. 넝마장수가 멀리서 외치고 있었다. 우유 배달부가 문을 두드리고 있었다. 한 무리의 여자애들이 사방치기를 하고 있었다.

"여기가 우리가 야구하는 곳이야."

"여기가?"

애니는 내 말을 믿지 못하겠다는 눈치였다.

"아까 내가 오늘은 스카우트가 없을 거라고 말했잖아."

나는 말을 하면서도 애니가 쪽지에 대한 질문에 내가 대답하지 않을 걸 알아차리지 못하기를 바랐다.

테레사가 다시 깡충깡충 뛰어서 우리 쪽으로 왔다.

"여기에 스카우트가 없으면 우리가 찾으러 가면 되잖아. 그치, 무스 오빠? 가면 되지?"

"그럴 시간 없어."

난 테레사에게 대답해주었다.

"난 돌아가야 돼. 엄마한테 약속했어. 그리고 꽃도 좀 사야 하고."

테레사는 입술을 한쪽으로 모았다.

"그래도 놀 시간은 있잖아. 그러려면 시간도 걸릴 테니까."

테레사가 따졌다.

"그래. 하지만 스카우트는 여기서 제법 먼 곳에 살아. 그 애를 데리러 가고, 놀고 할 시간은 안 돼."

어떻게 이런 말이 내 입에서 나왔는지, 기뻤다. 마치 내 자신이 무슨 말을 해야 할지 아는 사람같이 느껴졌다.

"꽃을 산다고? 파이퍼한테 주려고?"

애니가 물었다.

엄마라고 말할 참이었지만, 갑자기 파이퍼가 더 낫겠다 싶었다. 엄마한테는 평생 꽃 한번 사드린 적이 없었으니까. 그렇다고 파이퍼에게 꽃을 줄 건 아니지만, 그 편이 좀 더 그럴싸한 것 같다.

거짓말하는 일은 보기보다 훨씬 복잡했다.

"으응."

내가 대답했다.

"오오오오호!"

테레사가 애니의 눈치를 살폈다.

"좋은 생각이야."

애니가 말했다.

"안 그래도 너한테 화가 나 있는데, 아마 꽃이 도움이 될 거야."

"좀 더 말해봐."

내가 말했다.

"걱정 마. 그 앤 지금 온 세상이 다 싫으니까. 우리 엄마가 그러는데 파이퍼는 지금껏 자기 아빠 눈에 넣어도 안 아픈 귀염둥이였지만, 이제 걔네 아빠는 입만 열면 자기가 얼마나 아들을 원했는지에 대해서만 얘기한대. 파이퍼는 조연은 못 할 애잖아."

애니의 입꼬리가 슬쩍 위로 올라갔다.

"근데 꽃은 어디서 사?"

테레사가 궁금해했다.

"유니온스퀘어로 걸어 내려가자. 거기 꽃을 파는 가판대가 있을 거야."

여섯 구역을 걸어 내려가는 동안 단 한 곳도 찾지 못해 결국 애니가 정육점에 들어가 물어봤다. 정육점 주인이 변소보다도 쪼그만 가판대가 있는 곳을 알려주었다. 장미가 있었다. 빨간 장미, 노란 장미, 분홍 장미. 비싼 가격을 보자 속이 꽉 막히며 답답했다. 어떻게 저렇게 비싼 것으로 고를 수 있을까? 나한테 열두 송이를 살 돈은 없다. 절반이라면 살 수 있겠는데, 그것만으로도 될까?

"어떤 색?"

애니가 물었다.

"노란색이요."

나는 판매대 뒤쪽의 남자에게 말했다.

"나 같으면 빨강으로 사겠다. 노란 꽃은 우정, 빨간 꽃은…… 너도 알지?"

애니가 거의 하얀 눈썹을 치켜세웠다가 내렸다.

"그래서 노랑으로 하려는 거야."

내가 우겼다.

조심조심하면서 가방에서 야구방망이와 공과 글러브를 꺼낸 다음, 노란 꽃을 넣었다. 트릭슬 씨뿐만 아니라 교도관 누구라도 내가 꽃을 들고 가는 모습을 보는 건 싫었다. 애니가 이런 내 모습을 보고서 뭔가 말할 듯싶었는데, 한마디도 꺼내지 않았다.

바닷가가 가까워질수록 두드러기가 심하게 가려웠다. 애니가 알아차릴 정도로.

"왜 그렇게 몸을 박박 긁어대는 거야? 꽃에 알레르기 있어?"

애니가 물었다.

"저기 좀 봐."

테레사는 우리가 알카트라즈로 돌아가는 배를 타야 하는 포트 메이슨을 손가락으로 가리키며 말했다.

대략 50명 아니 200명가량의 사람들이 설탕 그릇에 빠진 개미들처럼 바글거렸다. 한 남자가 통 위에 올라서서 팔을 휘저으며 고래고래 소리를 질러댔다.

"여러분, 매이 카포네, 공공의 적 1호의 부인이 바로 여기 있습니다. 놓치지 말고 보세요. 섬에 있는 남편을 방문하러 간답니다. 부인이 꽤 미인입니다. 자, 여러분, 매이 카포네가 바로 여기 있습니다."

테레사가 내 팔을 잡아당겼다.

"들었지? 매이 카포네래! 가보자!"

하지만 난 매이 생각을 하지 않았다. 알 카포네 생각을 했다. 화가 잔뜩 나 있는 알 카포네를. 그나저나 어떻게 해야 이 많은 사람들 속에서 매이에게 꽃을 전해준다? 떼를 지어 다니는 기자들이 우글거렸다. 기자들은 내가 매이에게 꽃을 전해주면 사진을 찍을 테고, 그럼 난 내일 아침 신문에 나오겠지. 그거야말로 나한테 딱 필요하겠군! 그렇게 되면 교도소장은 생각해 보고 말 것도 없이 아빠를 해고할 테니까.

그렇다고 테레사를 시켜 매이에게 꽃을 전해줄 수도 없는 노릇이다. 테레사 사진이 신문에 실리면, 내 경우와 마찬가지로 곤란해진다. 스카페이스는 매이를 쫓아다니는 사람이 이렇게 많으리라는 걸 몰랐을까?

회색 양복을 입은 기자 하나가 우리 쪽으로 몸을 숙이더니, 카드를 돌리듯이 명함을 하나씩 나눠줬다.

"너희 꼬마들, 알카트라즈에 살지? 카포네의 평판이 어떠니? 그곳에 자기만의 가구며 동양에서 가져온 8미터가 넘는 양탄자도 들여다놓았다고 하던데 말이다."

"카포네는 거기에서 곧 뛰쳐나올 거랍디다. 그거라면 나한테 들으쇼."

통 위에서 남자가 소리를 질러댔다.

코가 펑퍼짐한 한 남자가 커다란 손을 내 얼굴 앞에 대고 흔들었다.

"너희, 저 섬에 사니?"

남자는 어떤 남자가 역한 담배 냄새를 풍기며 휙 지나갈 때, 종이 한 장을 내 앞에 꺼내놓았다.

"돈을 줄 테니 따끈한 정보 좀 알려다오."

손목에 털이 북슬북슬한 남자가 카드를 쥔 손으로 내 손을 쥐었다.

"우린 그럴 수 없어요. 교도소장이 기자들과는 말하지 말라고 했어요."

애니가 군중들 사이를 파고들며 남자에게 말했다.

"매이가 온다!"

테레사가 소리쳤다. 심장 뛰는 소리가 점점 커지면서 부푼 심장이 살갗까지 닿을 것만 같았다. 한 남자가 재빨리 다른 사람의 등을 밀치고 앞으로 나왔다. 커다란 몸집의 아줌마는 어떤 기자 한 명을 붙잡아 자기 앞에서 얼쩡거리지 못하게 쫓아냈다. 두 사이즈는 작아 보이는 모자를 쓴 아저씨는 정신없이 분주하게 사진을 찍어댔다. 검은색 양복을 입은 아저씨는 내 앞쪽에서 팔꿈치로 밀쳐냈다.

"다들 미쳤나봐. 배에 타자."

애니가 테레사와 나를 잡아당기며 하급 교도관 앞으로 끌고 갔다. 아저씨는 클립보드에서 우리 명단을 확인했고 우리는 아수라장을 빠져나와 서둘러 탑승 램프에 올랐다. 그런 뒤, 배 뒤쪽으로 올라가 난간에 기대선 채, 매이 카포네에게 달려가는 사람들의 정수리들을 내려다봤다.

매이는 밍크로 몸을 감추고, 밍크로 가리지 못한 진짜로 자그마한 얼굴은 가죽 장갑으로 가렸다. 갈색 망사가 드리워진 모자가 영화배우 같은 짧은 금발 머리 위에 단정하게 얹혀 있었다. 제대로 볼 수는 없었지만, 한 가지만은 분명했다. 매이 카포네는 매력녀다.

매이는 건널 판자 쪽으로 향하고 있었다. 느릿한 걸음걸이로.

"남편은 어떻습니까? 위험에 처했답니까? 저희한테 무슨 이야기 좀 해주실 수 있나요, 카포네 부인?"

그때 군중 뒤쪽에서 세 명의 앤젤 아일랜드 군 장교의 호위를 받으며 윌리엄스 교도소장이 나타났다.

아, 기가 막히는군, 이젠 내게 꼭 필요한 교도소장까지 나오셨네!

"신사분들! 신사분들! 저 숙녀분이 지나가게 좀 비켜주세요."

교도소장이 쩌렁쩌렁한 목소리로 외쳐댔다. 교도소장으로부터 가장 가까이 있던 사람들이 판도의 변화를 눈치챈 것처럼 보이더니, 내키지는 않지만 뒤로 물러섰다.

이제 난 어떻게 해야 하지? 교도소장 앞에서 매이한테 장미꽃을 건네야 하나?

왜 파이퍼가 여기 없는지 대략 설명되었다. 파이퍼는 분명 교도소장이 이 배에 타는 걸 알 것이다.

"알카트라즈에서도 사람들이 알 카포네를 좋아하나요? 대우는 잘해주나요?"

뒤쪽에 있는 한 남자가 끈덕지게 질문을 했다.

다른 교도관 하나가 나무통으로 된 상자를 매이와 기자들 사이에 놓았다. 뼈다귀가 앙상한 남자는 매이 카포네 쪽으로 명함 한 움큼을 던졌다.

"《이그재미너》지의 플로이드입니다. 충분히 보상해드리겠습니다."

하지만 교도소장이 그를 상대했다. 교도소장은 명함들을 집어들어 그에게 돌려주었다.

"플로이드 씨, 이런 건 필요 없습니다."

교도소장이 말했다.

어느새 교도소장과 교도관들이 사람들을 통제하고 있었다. 사람들이 매이 카포네를 위해 길을 내주자, 매이 카포네는 곧장 건널 판자로 가, 우리 쪽으로 왔다. 그녀의 양쪽 볼은 붉었고, 입술은 선명한 보이즌베리 빛깔이었다. 라일락에 부둣가의 죽은 생선 냄새가 뒤섞인 땀띠분 향수 냄새가 났다. 매이 카포네는 내가 손을 뻗으면 보드라운 갈색 가죽 장갑이 만져질 만큼 가까운 거리에 있다.

나는 눈을 내리깔고 아직도 부두에 서 있는 교도소장을 쳐다봤다. 교도소장은 우리 쪽으로 등을 보이고 앤젤 아일랜드 장교들 중 하나와 이야기를 나누고 있었다. 매이의 밍크 털이 내 팔뚝을 스쳤다.

"실례하겠어요."

매이가 말했다.

내 입이 헤벌어졌다.

내가 생각할 수 있는 거라고는 오로지 어떻게 장미를 건넬까, 뿐이었다. 하지만 여기서는 할 수 없는 노릇이었다. 교도소장이 없다면. 아, 이런 바보가 있나! 테레사가 팔꿈치로 내 옆구리를 찔렀다.

"왜? 어…… 처음 뵙겠습니다, 카포네 부인."

나는 더듬거리며 인사했다.

그러다 갑작스레 생각이 떠올랐다. 이 배에 탄 모든 여자들한테 꽃을 주면 괜찮지 않을까?

나는 장미 한 송이를 쥐고 있다가 매이가 사뿐사뿐 지나갈 때 건네주었다.

"저, 여기요."

나는 애니와 테레사에게도 한 송이씩을 주었다.

매이가 내게 미소를 지었다. 아름다운 미소를.

"아, 고마워요…… 무스, 맞죠?"

매이가 말했다. 그러고는 노란 장미를 손에 쥐고서 다비 트릭슬 씨와 교도관들의 호위를 받으며 가버렸다.

테레사의 눈이 도넛 모양의 케이크처럼 커졌다.

"오빠 왜 그랬어?"

테레사가 물었다.

하지만 난 무시해버리고 올리 선생님의 누님 쪽으로 서둘러 갔다. 누님도 선생님과 똑같이 생겼다. 심지어는 선생님의 단단한 신발과 맞먹을 정도로 굽이 높은 신발을 신고 있었다. 나는 장미 한 송이를 건넨 다음, 카코니 아줌마에게 한 송이, 비 트릭슬 아주머니에게 나머지 한 송이를 드렸다.

"오, 무스!"

비 트릭슬 아주머니의 얼굴이 붉어지면서 새로운 스타일의 금발 머리의 쥐갈색 뿌리 쪽까지 번졌다.

"정말 앙증맞구나! 넌 정말 좋은 청년이야! 다비! 다비!"

비 아주머니가 밑에 있는 남편에게 손짓을 했다.

"착한 플라내건이 내게 뭘 줬는지 좀 봐요."

그러면서 아주머니는 얼굴에 대고 장미꽃을 흔들어댔다.

다비 아저씨가 아랫입술을 쏙 빨았다.

"장미예요. 줄기도 길어요."

비 아주머니가 트릭슬 아저씨에게 말했다.

"곧 내 생일인 건 알죠?"

"알고 있어, 여보. 알고 있다고."

트릭슬 씨가 나를 노려봤다.

"열두 살짜리 소년이 한 송이 산 거라면 그렇게 비싸진 않을 거예요."

비 아주머니가 말할 때 교도소장이 나타나더니 조심스러운 태도로 갑판을 건너왔다. 배가 살살 흔들리고 있었다. 소장은 이 광경을 보고 캐물었다.

"장미들은 어디서 난 거요?"

교도소장이 트릭슬 씨에게 물었다.

트릭슬 아저씨는 내가 있는 쪽으로 고개를 끄덕였다.

"플라내건의 아들한테서요, 소장님."

교도소장이 뚫어져라 나를 쳐다봤다. 내 해골까지 볼 수 있다는 듯이.

"이게 다 뭐 하자는 거지, 매튜?"

소장은 내 진짜 이름까지 동원해 물었다. 이런 경우 언제나 문제가 있다는 뜻이었다.

무릎이 덜덜 떨렸다.

"아무것도 아닙니다."

꽉 조이는 목구멍으로 목소리가 빠져나갈 수 있도록 힘을 주며 말했다.

"아무것도 아니라고?"

소장이 눈썹을 치켜세웠다.

"너도 여자들 비위 맞추는 데 꽤나 신경 쓰는 녀석이구나, 맞지?"

"아닙니다, 소장님."

나는 중얼거렸다.

"파이퍼가 알려준 말이 아니다. 내가 살펴보니 그렇단 거야, 플라내건."

교도소장은 머리를 가로저었다.

"다음엔 사내애를 낳게 해달라고 기도하고 있으니 앞으로는 무스 플라내건 같은 녀석들한테 신경 쓸 필요가 없겠지."

교도소장이 트릭슬 씨에게 말했다.

"반드시 남자다운 아이일 겁니다, 소장님."

트릭슬 씨가 아부를 했다.

"그리고 저와 제 아내도 그런 애를 하나 기대하고 있습니다."

"우린 20년 동안이나 아들을 바랐지."

교도소장이 가슴을 내밀고 미소 지었다. 푸른 눈동자 가득 그렇게 될 거라는 믿음으로 반짝였다. 그러더니 소장은 문득 내가 아직 함께 있다는 걸 깨달은 것 같았다.

"가봐라. 여기에 있지 말고, 플라내건."

교도소장의 말을 듣고 나서 그 자리를 떴지만 트릭슬 씨의 말소리가 들려왔다.

"걱정거리는 무스가 아니라 그 애 누나입니다."

"그 앤 지금 섬에 없잖소, 아니오?"

교도소장이 물었다.

"네, 맞습니다. 하지만 돌아올 겁니다. 그렇지 않냐, 무스?"

트릭슬 씨는 내가 들을 수 있게 목청을 높였다. 분명히 내가 듣고 있다는 걸 알고 있었다.

나는 몸을 돌렸다.

"네, 맞아요. 하지만 우리 가족이 지켜볼 거예요. 지금까지도 별문제 없었잖아요."

내 말에 트릭슬 씨는 코웃음을 쳤다.

"그 앤 언제 무슨 일을 저지를지 모릅니다. 진짜 눈물겨운 일이죠. 덜떨어진 애들과 정상적인 애들을 한데 어울리도록 내버려두는 거 말입니다. 그런 몇몇 사람들은 도대체 무슨 생각들을 하고 있는 건지 모르겠습니다."

트릭슬 씨 교도소장에게 말했다.

"우리 누나는 덜떨어진 게 아니라 좀 다른 방식으로 생각할 뿐이에요."

참을 수 없었는지, 내 입에서 이 말이 불쑥 튀어나와버렸다. 난 아빠가 교도소장이나 트릭슬 씨에게 이런 식으로 말하는 걸 안 좋아하는 것을 알고 있다.

"그래서?"

트릭슬 씨가 물었다.

"그렇다는 겁니다, 소장님."

나는 교도소장을 향해 고개를 끄덕였다.

"그뿐입니다."

내가 애니와 테레사한테 돌아가자 둘은 날 노려보았다. 가자미눈을 하고서, 입은 절반쯤 벌린 채로. 내가 없는 동안 분명히 둘이서 나에 대해 떠들어댔을 것이다.

"우린 이 꽃을 받을 수 없어."

애니가 말하는 동안 바람이 그 애의 머리칼을 채찍질했지만, 애니는 가슴께에 장미꽃을 꼭 붙잡고 있었다.

"파이퍼 거잖아."

테레사가 가깝게 몸을 기대고 툴툴거렸지만, 바람 소리와 탈탈거리는 모터 소리 너머로 말소리를 들을 수 있었다.

"당연히 너희가 가져도 돼. 너희한테 주려고 항상 생각했었어. 깜짝 놀라게 해주고 싶었거든."

내가 둘에게 말했다.

"우리를 놀라게 해준다고?"

애니가 고개를 숙였다.

테레사가 뱁새눈으로 날 쳐다봤다. 내 말을 못 믿는 게 분명했다.

"그래, 진짜야."

배의 난간에 몸을 바짝 붙이며 내가 대답했다.

애니가 장미를 쳐다보더니 신중하게 손에 쥐었다. 그런 다음 커다랗고 네모진 입술에 미소를 띠고서 냄새를 맡았다.

"너, 진심이지?"

애니는 날 쳐다보지도 않고 물었다.

"물론, 진심이고말고."

내가 대답했다.

"그럼 파이퍼는?"

테레사가 캐물었다.

"파이퍼한테 꽃 주고 싶은 마음 없어."

애니가 꽃을 앞에 두고 날 쳐다봤다.

"아까 네가 했던 말은 그게 아니잖아."

애니의 창백한 뺨이 붉어졌다. 그러다가 손가락이 줄기의 매끈한 부분을 톡 건드리자, 바람에 꺾이지 않도록 조심스럽게 잡았다.

"근데, 무스 오빠."

테레사가 내 옆구리를 팔꿈치로 쳤다.

"매이 아줌마가 오빠 이름을 불렀어."

"그럴 리가."

내가 둘에게 말했다.

"아니, 그랬어. 내 귀로 들었는걸."

테레사는 자신의 주장을 증명이라도 하듯이 한쪽 귀를 만졌다.

"모르겠는걸, 테레사."

난 한쪽 눈으로 애니를 지켜보며 웅얼거렸다. 애니한테마저 들었는지 어땠는지 물을 수는 없었다.

"모르겠다고?"

테레사는 흰자위만 보이게 눈을 떴다.

"내 노트에다 적어놓아야 할 거 같아, 무스 오빠. 정말 이상한 일이잖아."

테레사가 내게 일러주었다.

그러지 않았으면 좋겠지만, 어쨌거나 저 애가 쓰는 이야기 대부분은 지어낸 것이다. 그러니까 실제 있었던 일이라고 생각할 사람은 아무도 없다.

방문자 칸에서 매이 카포네가 목도리에 대고 노란 꽃을 쥐고 있는 모습이 보였다. 실용적인 신발을 신은 올리 선생님의 누님은 플라멩코 댄서처럼 장미를 귀 뒤에 꽂아놓았다. 카코니 아줌마와 이야기를 나누는 비 트릭슬 아줌마는 유리로 만든 장미라도 되는 것처럼 쥐고 있었다.

별것도 아닌 꽃 몇 송이의 힘은 놀라웠다. 그야말로 대단했다.

016
파인애플을 거꾸로 넣은 케이크

1935년 8월 18일, 일요일 – 이어서 씀

'아, 고마워요…… 무스.'

매이 카포네의 경쾌한 목소리가 내 머릿속에서 축음기처럼 뱅글뱅글 맴돌았다. 그리고 트릭슬 씨가 우리 쪽으로 오고 있었다. 날 좀 그냥 내버려둘 수는 없는 건가?

"너희 꼬맹이들은 뭐하자고 배를 탄 거냐?"

트릭슬 씨가 물었다.

"우리 누나를 만나러 갔었어요."

내가 설명했다.

트릭슬 씨의 각진 얼굴이 굳어지며 미간이 좁아졌다.

"그래? 매이 카포네가 여기 온 거랑은 상관없다는 거지? 소장님은 우연이 아니라고 생각하시는데."

이 말을 듣자마자 내 이마에는 땀이 맺히고, 커다란 땀방울들이 뚝뚝 떨어졌다.

"우리는 그분이 여기 오시는 건 몰랐어요, 아저씨."

애니가 조심스럽게 대답했다.

"저희는 운이 좋았던 거예요."

테레사가 덧붙였다.

아저씨가 테레사를 똑바로 쳐다봤다. 그러자 테레사는 애니 뒤로 물러섰다.

"그럼 너는, 제비 군?"

다른 배를 뒤따라 배가 기울자 아저씨가 균형을 잡으며 나를 뱁새눈으로 쳐다봤다.

"너도 누나를 만나러 갔던 것뿐이겠지?"

"맞습니다."

내가 대답했다.

"쯧쯧쯧."

트릭슬 씨가 혀를 찼다.

"네 누나는 그곳에서 어떻게 지내고 있나?"

"잘 지내고 있습니다."

"영원히 있는 건 아니겠지, 지금 있는 거기서? 뭐냐, 좀 다른 아이들을 위한 곳이라나 뭐라나."

"거긴 학교입니다."

아저씨가 시큰둥한 입 모양을 했다.

"요즘 들어 사람들이 그렇게 부른다더만."

아저씨는 테레사의 장미꽃을 살폈다.

"여자들이 하나같이 흥분하던데, 저 꽃들은 뭐냐? 얼마나 부담을 한 거냐, 애야?"

158

나는 어깨를 으쓱해 보였다. 아무 말 않는 것이 최선이다. 문젯거리를 찾고 있는 아저씨한테 말려들고 싶지 않다.

"꽤 들었겠는데, 넌 공짜로 나눠주는 거다? 돈은 어디서 났지?"

"할머니가 보내주셨습니다."

"할머니가 너한테 돈을 보내줬는데, 넌 그 돈으로 여자들한테 줄 꽃을 샀다, 그런 거냐?"

"꼭 그런 건 아닙니다. 애니와 테레사에게 주려고 샀는데 몇 송이가 더 있었습니다."

"그러니까 우리 딸은 1순위가 아니라 떨거지라는 거겠다?"

아저씨가 코웃음을 쳤다.

"그게 아닙니다. 제 말씀은……."

"다비! 여보!"

비 아줌마는 굽 높은 신발을 신고 머리에 두른 스카프를 붙잡고서 흔들리는 배 위를 최선을 다해 가로질러 달려왔다. 아줌마는 아저씨한테 손가락을 흔들어 보였다.

"저 착한 애 좀 그만 따라다녀요. 당신은 저 애처럼 친절하고 사려 깊지 않으니까, 전 안 갖겠어요."

아저씨의 얼굴이 강낭콩처럼 어두운 붉은색으로 변했다. 아저씨는 비 아줌마 귀에 대고 뭐라 뭐라 속삭였다. 아줌마가 입술을 오므렸다. 작게 뜬 눈은 마치 총알 끄트머리 같았다.

"못된 사람 같으니, 평생 파인애플을 거꾸로 넣은 케이크를 먹고 싶다면 그렇게 해요."

이 말을 하는 아줌마의 어깨가 흔들거렸다.

아저씨가 다시 속삭였다.

아줌마는 재빨리 엉덩이 쪽으로 손을 가져갔다. 바람에 스카프 자락이 휘날릴 때에도 아줌마는 아저씨를 쏘아보았다.

"자, 이제 내가 여기서 일을 하는 동안 꼬맹이 아가씨들은 꼼짝 말고 있거라."

아저씨가 등을 돌렸다.

"우리가 어떻게 해야 하는지 알려주마. 배가 알카트라즈에 닿을 때까지 가만히 있어야 한다. 너희 모두."

아저씨는 손가락으로 우리를 향해 동그라미를 그렸다.

"내가 보고 있는 동안 허튼짓은 안 통한다. 소장님이 배에 있는 동안은 절대로 안 된다, 알겠나? 안 그러면, 꼬맹이 아가씨들, 너희한테는 두 배로 돌아갈 거다."

아저씨는 테레사를 향해 손가락을 흔들었다.

"네, 알겠어요."

테레사는 긴장해서 제자리에서 펄쩍 뛰었다. 그러는 동안 우리를 태운 배는 여러 겹의 짙푸른 이끼들과 떠내려온 흙색의 찌꺼기들과 함께 물 밖으로 고개를 내민 알카트라즈에 점점 가까워졌다.

트릭슬 아저씨는 매이 카포네를 알아보고는 모자를 똑바로 눌러쓴 뒤 고개를 숙이고 선실 안으로 들어갔다.

매이 카포네가 전에 샌프란시스코에 와봤을 거라는 생각이 들었다. 그렇지 않고서야 결코 여름에 모피를 두르지는 않을 테니까. 젠장, 이 동네는 안개가 끼면 춥기까지 하다.

"무스."

애니가 날 불렀다. 그때 갑자기 나이 많은 아줌마들이 무더기로 빽빽거리고 투덜대는 것처럼 갈매기들이 야단법석을 떨었다.

"너 결혼하면, 애는 몇이나 낳고 싶니?"

애니가 심각하게 날 쳐다봤다.

"낸들 알겠니, 애니?"

"모두 야구는 하겠지?"

나는 어깨를 으쓱했다.

"그럼 넌 애를 낳을 거야?"

애니는 고개를 끄덕였다.

"그렇다면 말이야, 네 아내가 야구를 할 줄 아는지 꼭 알아보는 게 좋을 거야. 이게 내 충고야, 매튜 플라내건."

난 눈알을 굴렸다.

"네 말대로 할게, 애니."

내가 대답하고 나자, 우리 배는 알카트라즈 부두 안쪽으로 들어갔고, 하급 교도관 하나가 껑충 뛰며 밧줄걸이에다 밧줄을 감아 내렸다. 부두 관리와 하역을 담당하는 죄수들이 배에서부터 최대한 멀찍이 떨어져 차렷 자세로 서 있는 게 보였다. 반질반질 깨끗한 샴브레이 직물 셔츠를 입은 죄수들은, 그들 사이에 흐르는 새로운 종류의 전기가 우리한테로 전해질 것같이 조용히, 찌릿찌릿한 흥분이 느껴질 만큼 조용히 있었다. 하기는 매이 카포네처럼 아름다운 여인이 날마다 섬에 오는 건 아니다.

교도소장이 맨 먼저 앤젤 아일랜드의 장교들과 함께 하선했다. 마치 자신들의 다리는 물이 얼마나 깊든 치솟든 개의치 않는다는 듯이 그들은 건널 판자를 흔들림 없이 정확하게 건넜다. 그런 다음에는 비싼 신발을 신은 비트릭슬 아줌마가 뒤뚱거리는 불안정한 자세로 내가 모르는 다른 서너 명의 사람들과 건널 판자를 건넜다. 그들은 분명 재소자를 면회하기 위해 섬에 온 사람들일 것이다. 트릭슬 교도관은 누구나 섬에 들어오기 전에는 반드시 통과해야 하고 우리가 금속 탐지기라고 부르는 검색대 바로 옆에 섰다. 이제부터 방문자들이 걸어 들어가는 모양새를 감독할 태세였다. 다음 사람은 파란색 모자를 쓴 몸집이 작은 나이 든 부인이었는데, 검색대가 작동해 요란스럽게 울려댔다. 그 바람에 주변에 있던 사람들이 그 쇼를 보기 위해 몰려들었다. 작은 흥분을 즐기고자 한다면 검색대만 한 것이 없다.

교도소장이 총총히 걸어오고 있는 트릭슬 아저씨에게 지시를 했다. 아저씨가 고개를 끄덕이더니 몸집이 작은 나이 든 아줌마한테로 돌아가서 그녀에게 다시 검색대를 통과하도록 했다. 검색대가 또 울렸다. 이어서 트릭슬 아저씨가 비 아줌마한테 손짓을 하자, 아줌마는 발걸음에 맞춰 엉덩이를 실룩이며 타닥타닥 부두를 가로질러 왔다.

"코르셋을 입은 것 같지?"

애니가 물었다. 몇 달 전 알 카포네의 엄마가 섬을 방문했을 때도 코르셋에 달린 금속 때문에 검색대가 울렸었다. 그 바람에 그 가련한 부인은 속옷 검색까지 당했다. 굴욕감을 느낀 부인은 아들을 면회하기 위해 교도소가 있는 언덕을 올라가는 대신 도로 배를 타고 집으로 가버렸다.

"아마도."

나는 대답을 하며 테레사를 찾으려고 주변을 둘러봤다. 테레사가 보이질 않았다.

"테레사는 어디로 갔지?"

애니도 주위를 둘러봤다.

"트릭슬 아저씨가 우릴 죽이려고 할 거야."

애니가 말했다.

나는 트릭슬 씨가 나탈리에 대해 한 말을 다시 생각했다. 아저씨가 날 화나게 하면, 맨손으로 건물도 뽑을 수 있을 것 같다. 그렇더라도, 아빠는 내가 무슨 말을 하든, 어떻게 말하든 인정하려 들지 않는 것도 알고 있다. 걱정거리는 태산인데, 난 모든 것을 파악할 수는 없다. 그냥 오늘이 끝나버렸으면 좋겠다.

"넌 여기에 있어. 내가 찾아볼게."

말은 그렇게 했지만 찾아 나서기도 전에 테레사가 돌아왔다.

"테레사! 여기 가만히 있어야지."

애니가 꾸짖었다.

테레사의 갈색 눈이 볼링공만큼 컸다.

"나 뭔가 봤어."

테레사는 작은 소리로 속닥거렸다. 테레사는 항상 뭔가를 보고 나면 거기에 거대한 의미를 부여한다.

"네 책에 쓸?"

애니가 상냥하게 물었다.

"아니, 애니 언니. 이건 진짜 있었던 일이야. 매이 카포네가 손수건을 떨어뜨리는 걸 봤어!"

테레사가 속닥거렸다.

"그래, 그래서 뭐?"

애니가 말했다.

"매이는 그걸 다시 줍지 않았어."

테레사는 쉰 듯한 목소리로 속삭였다.

"배 아래에서 떨어진 곳이었어. 좀 떨어진. 내가 알려줄게."

그러면서 애니의 팔을 잡아끌었다.

"너 트릭슬 아저씨 말 못 들었어? 우리는 꼼짝 말고 여기 있어야 해."

애니가 테레사에게 퍼부어댔다.

"아, 벌새 한 마리가 있는 예쁜 손수건이야."

테레사가 말했다.

"네 눈엔 여기서도 보인다 말이지?"

애니가 물었다.

"내 눈은 날카롭대. 우리 아빠가 그랬어."

비아줌마가 파란색 모자를 쓴 부인을 데리고 돌아왔다.

"귀걸이예요."

아줌마는 손바닥만 한 쩔렁거리는 금속을 딸랑이며 아저씨에게 말했다.

트릭슬 씨가 잰걸음으로 교도소장한테 와서 보고했다. 교도소장은 그녀에게 검색대를 다시 통과해보라는 몸짓을 했다. 이번에는 경고음이 울리지 않았다. 그 다음은 매이 카포네였다. 갑작스레 죄수들이 흥미를 보이며 웅성거리는 게 느껴졌다. 매이를 보려고 목을 빼고 있는 건 그들만이 아니었다. 64동 주민들도 발코니에 나와서 내다보고 있었다.

우리는 마타만 아저씨가 배로 돌아와 우리를 데리고 내려갈 때까지 꼼짝없이 배 위에 있었다. 마침내 우리가 나무로 된 건널 판자로 발을 내딛을 즈음에는 교도소장, 매이 카포네, 트릭슬 아저씨는 저 멀리로 가버렸다. 죄수들도 다시 비질을 시작했다.

테레사는 매이 카포네의 벌새 손수건을 줍기 위해 배의 반대쪽 그 지점으로 둘러 갔다.

물론 손수건은 거기 없었다. 우리도 20분씩이나 같이 찾았지만, 아무것도 발견하지 못했다. 테레사가 손을 엉덩이에 올리고 우리를 빤히 쳐다봤다.

"날 믿지 않는 거지, 그치?"

테레사가 물었다.

"당연히 우린 널 믿어."

내가 대답했다.

테레사가 껑충 뛰었다.

"정말 있었다니까!"

"우린 널 믿어, 테레사."

내가 다시 한 번 말했다.

"그리고 또 있어. 난 매이를 만졌어. 내 손으로! 무스 오빠한테 말할 때 말이야. 쓸 게 정말 많으니까 나한테 말 걸지 마."

그러면서 테레사는 손으로 귀를 막았다.

"잊어버리기 전에 가서 빠짐없이 기록해야 해."

017
뾰족 귀 도깨비 교도관 1번

1935년 8월 27일, 화요일

매이 카포네한테 노란 장미꽃을 준 이래로 두 번의 세탁물 수거일이 지나갔지만, 아직까지 그것에 대해서는 단 한 가지도 들은 바가 없다. 이제 난 알 카포네와 계산이 끝난 것이다. 그도 날 내버려둘 것이다. 내 두드러기까지도 실제로 사라졌다. 이제 한밤중에 미친 듯이 박박 긁어대지도 않는다. 심지어 트릭슬 아저씨도 매이한테 노란 장미를 준 걸 눈치채지 못했는지, 비 아줌마한테 한 송이 준 것을 가지고 내게 열 냈을 때 같지 않다. 비 아줌마한테는 그저 고맙고 파인애플을 거꾸로 넣은 케이크 발언도 고맙다. 내가 할 수 있는 말은 이게 전부다.

내 세탁물을 살펴보는 걸 완전히 멈춘 건 아니다. 난 황금광들이 그렇듯이 모든 것을 확인한다. 주머니와 단과 소매와 바짓가랑이 하나하나를 샅샅이. 난 배관도 찬찬이 살핀다. 세븐 핑거스가 우리 집에 다시 오는 건 싫기 때문이다. 내 셔츠 주머니에서 쪽지를 찾아낸 일은 기분 나쁘고도 남는데, 베개와 관련된 경우는 또 다른 것이다. 알다시피 한 남자의 베개란 아주

사적인 것이므로.

아직까지는 대체로 기분이 꽤 좋다. 곧 개학을 하는 것도 별로 신경 쓰이지 않는데, 그건 거의 전적으로 야구를 다시 시작하게 된다는 의미이기 때문이다. 애니는 방과 후에 우리랑 함께 어울릴 것이다. 물론 그 애가 유일한 여자애다. 그 애 엄마도 이 일은 상당히 자랑스럽게 여겨 존중의 의미로 새로운 자수 베개를 만들기 시작했다. '홈런 걸'이라는 글자를 넣은. 아줌마가 '자수 소년'이라는 말만 넣지 않으면 난 안심이다.

나탈리마저도 꽤 잘하고 있다. 나탈리는 다음 주에 우리를 보러 집에 올 것이다. 그리고 스카우트는 오늘 오후에 공놀이를 하러 섬에 올 것이다. 난 이 일을 지미와 함께 꾸몄고 지미도 거기에 대해서 괜찮아하는 것 같았다. 그 애는 스카우트가 오는 게 반갑다고 말했는데, 그렇게 해서 작은 골칫거리도 해결되었다.

이번엔 제출하기 전에 다비 아저씨 옆에 붙어서 스카우트의 방문을 위한 서류를 마련해놓을 생각이다. 될 대로 되란 식으로 운에 맡기지 않을 것이다. 난 트릭슬 씨네 현관문을 두드렸다. 하지만 아저씨는 없고 자넷 혼자 있었다.

"안녕."

자넷이 인사했는데, 손에는 가위를 쥐고 이상하게 땋은 머리를 하고 있었다.

"테레사랑 왔어?"

자넷은 반색을 하며 물었다.

"아니."

내가 대답했다.

자넷은 고개를 끄덕였다.

"테레사는 나랑 놀려고 하지 않을 거야. 그보다는 오빠 누나랑 놀려고 하지. 하지만 난 나탈리 언니랑 놀아도 된다는 허락을 받지 못했거든. 근데 테레사가 진짜로 매이 카포네를 만진 거야?"

"그래."

내 대답에 자넷의 어깨가 축 쳐졌다.

"나탈리 누나는 이제 자주 볼 수 없을 거야. 테레사도 이제는 아마 너와 놀려고 할걸?"

내가 말했다.

자넷은 한숨을 쉬었다.

"그러지 않을 거야. 테레사는 아주 오래전부터 화가 나 있어."

"테레사는 네가 나탈리 누나랑 놀아도 된다는 허락을 못 받았다는 얘긴 안 하던데."

자넷은 손가락으로 내게 가까이 오라고 손짓을 했다.

"그 애는 오빠 기분을 상하게 하는 게 싫은 거야."

오리고 있는 종이를 들여다보며 자넷이 작은 소리로 말했다.

"지금 내가 만드는 것 좀 봐."

자넷은 다시 기운을 냈다.

"확성기를 만드는 중이야. 새 규칙을 만들었거든. 나의 모든 도깨비 죄수들은 확성기를 하나씩 갖고 있어야 해."

"물론 도깨비 죄수들한테는 확성기가 반드시 필요하겠지."

자넷은 마침내 누군가가 이 중요한 개념을 알아들어 안심이 되었다는 듯, 힘차게 고개를 끄덕였다.

"여기 내 서류 좀 봐줄래? 오기로 한 친구가 있는데, 맞게 했는지 확인하고 싶거든."

"내가? 내가 봐주길 원하는 거야?"

자넷은 허리를 곧게 쭉 펴고 일어나, 가위를 내려놓고, 치마를 털고, 어깨 너머로 땋은 머리를 넘겼다. 그런 다음 카드를 집어 들었다.

보통 때라면 일곱 살짜리가 하는 이런 일을 믿지 않겠지만, 자넷 트릭슬이 규칙에 얼마나 재능이 있는지 보았기 때문인데…… 물론 난 실제로 이 꼬맹이가 글자를 읽을 수 있는지도 모른다. 이 애는 지금 페이지를 따라서 손가락을 움직이며 천천히 입술을 움직여 단어들을 소리 내 읽었다.

내게 답이 된 것 같았다. 자넷은 잘 읽는 건 아니지만 읽을 줄 안다. 그럼에도 불구하고 자기 아빠한테는 내가 도움을 요청했다고 말하겠지만, 그게 꼭 기분 나쁜 것은 아니다.

자넷이 고개를 끄덕였다.

"좋은 거 같아. 스카우트가 오면, 테레사도 함께 어울려 노는 거야?"

"잘 모르겠지만, 아마도."

자넷은 입술을 꽉 다물고 다시 가위를 쥐고 오리기 시작했다. 이제야 난 종이 확성기에 글자가 씌어 있는 것을 알아챘다. '테레사 뾰족 귀 도깨비 교도관 1번'

자넷 덕분에 스카우트는 별 탈 없이 섬에 도착했고, 지미는 부두로 스카우트를 만나러 내려왔다. 우리가 다 함께 애니를 데리러 파이퍼네 집으로 가는 구불구불한 길로 올라가고 있을 때, 지미가 64동을 둘러가는 길을 제안했다.

"스카우트, 너한테 보여줄 게 있어."

지미가 지미답지 않은 웃음을 지으며 말했다.

"신종 파리 같은 거라면 말 꺼내지 마, 알았지?"

스카우트가 내 눈길을 끌려고 애를 썼다. 녀석은 분명히 이 말이 우습다고 생각하고 나도 함께 웃어주길 원하고 있을 테다. 하지만 난 무시해버렸다. 난 되도록이면 지미의 기분이 상하지 않게 신중하고 싶었다.

"그건 아니야."

지미가 스카우트에게 말했다. 그러더니 몸을 숙여 스카우트 귀에 대고 속닥거렸다.

"정말?"

스카우트는 호기심 가득한 눈을 하고서 내 쪽으로 목을 길게 뺐다.

"응."

지미는 연방 고개를 끄덕거리며 머리를 움직였다.

"난 네가 알고 싶어할 거라고 생각했어."

"지미, 어디로 가는 거야?"

나는 우리를 이끌고 차이나타운 쪽을 향해 64동을 돌고 있는 지미에게 물었다. 내가 팔뚝을 잡자, 지미는 날 떨쳐냈다. 그러더니 이 세상에서 걸음이 가장 빠른 스카우트를 추월하기 위해 달리기 시작했다. 둘은 시멘트 층계로 내려가 차이나타운의 그늘진 서늘한 응달로 들어갔다.

둘이 비밀 통로에 도착했을 때, 지미가 주머니에서 드라이버를 꺼냈다.

"지미!"

내가 으르렁거렸지만, 이미 늦어버렸다. 지미가 벌써 문의 경첩을 고정하고 있는 나사를 풀고 있었다. 지미의 눈은 날 피했다. 그 애가 문을 열자 먼지 구름이 공기 속에 회오리쳤다. 스카우트가 안쪽으로 기어들어갔다.

"와우."

스카우트의 말소리가 멀리서 희미하게 들려왔다.

"여기서 정말 사람들이 뒷말이나 허튼소리 해대는 걸 들을 수 있니?"

"쉬!"

지미가 스카우트 뒤쪽으로 기어가 주의를 주었다.

난 두 사람을 따라 들어가지 않았다. 난 씩씩거리며 밖에 서 있었다. 지미는 뭐가 문제야? 어떻게 여길 스카우트한테 알려줄 수 있지? 뭐 저따위 친구가 있어?

둘은 그 안에 오래 있었다. 난 카코니 아줌마가 여기 뒤쪽 빨랫줄에 널어 둔 커다란 앞치마가 바람에 흔들리는 것을 보며 기다렸다. 아줌마는 죄수들이 빨래 근처에 얼씬거리지 못하게 한다. 아줌마는 모든 빨래를 직접 한다.

마침내 둘이 나왔을 때, 지미는 오늘은 스카우트와 공놀이를 못 한다며 미안해했다. 그 애의 행동은 설득하기 위한 것처럼 들렸지만 난 거짓말이란 걸 안다. 지미는 스카우트한테 다시 놀림을 받고 싶지 않아서 공놀이를 안 하려는 게다.

"괜찮아."

스카우트가 바지에 묻은 먼지들을 터는 동안 지미는 경첩을 제자리에 고정시켰다.

"무스, 너도 여길 나한테 보여주려고 했지, 맞지, 무스?"

스카우트가 물었다.

드라이버를 쥐고 있는 지미의 손이 굳어버렸다. 분명 내가 해야 하는 말을 듣기 위해 기다리는 눈치였다. 하지만 난 아무 할 말이 없었다.

"분명 그럴 거야."

지미는 우겨대며, 드라이버를 힘껏, 손가락이 하얗게 질릴 정도로 돌렸다.

스카우트의 두꺼운 눈썹이 올라갔다. 스카우트는 지미를 지켜보던 눈을 떼어 날 보더니 다시 지미한테로 돌렸다.

"애니한테도 이곳에 대해 말했어. 그 애 또한 네 단짝 친구니까."

지미가 계속 웅얼거렸다.

"그리고 파이퍼한테도."

"파이퍼가 안다고?"

내가 꽥 소리쳤다.

"물론이지. 그 애도 네 단짝 아니었어?"

지미는 드라이버를 흔들며 차이나타운을 빠져나가는 계단으로 올라갔다. 스카우트와 나는 그 애가 걷는 모습을 쳐다봤다.

"좋은 녀석이야. 그러니까 그 애를 그렇게 화나게 하지 마."

스카우트가 내게 말했다.

"하지 말라니? 너야말로 지미한테 아무짝에도 쓸모없는 계집애처럼 던진다고 말했잖아."

스카우트는 아예 기억도 안 난다는 듯이 어깨를 으쓱했다.

스카우트답다. 날달걀을 가져와놓고 자기 얼굴에는 달걀 한 알도 뒤집어쓰지 않을 녀석이다. 제법 웃기지만 않았어도 난 이 녀석을 싫어했을 것이다.

"우리 공놀이하는 거야, 마는 거야? 애니를 찾으러 가자."

스카우트는 애니와 공을 던지고 노는 것이 세상에서 가장 자연스러운 일인 양 제안했다.

애니와 파이퍼는 FBI 우두머리 J. 에드거 후버와 알 카포네를 굴복시킨 연방수사관 엘리엇 네스가 알카트라즈에 오면 노래를 부르기로 되어 있다. 보나마나 금박 초대장이니 이것저것을 놓고 야단법석을 떨 것이 분명하다.

엄마는 애니와 파이퍼가 연습하는 것을 돕기로 되어 있었다. 엄마는 알카트라즈 아이들에게 교습비를 절반만 받고 가르치겠다고 제안했지만, 교도소장은 받아들이질 않았다. 대신 버디 보이가 애니와 파이퍼의 공연을 도와주었다.

물론 버디 보이의 교습은 공짜이다.

우리가 교도소장 집 문을 두드렸을 때, 이번에는 외팔이 윌리가 문을 열어주었다. 어깨 위에 갈색 쥐 몰리를 얹은 채.

"윌리엄스 사모님은요?"

내가 물었다.

"몸이 별로 안 좋으시다."

외팔이 윌리는 쥐새끼 같은 목소리로 대답했다. 몰리는 목을 비벼대며 먹을 것을 찾는지 코를 씰룩거렸다. 우리는 윌리와 몰리를 따라 거실로 들어갔다. 애니와 파이퍼 둘 다 피아노 의자에 앉아 있었다.

"안녕, 인형."

스카우트는 만면에 웃음을 띠며 파이퍼를 엿봤다.

나는 이를 바득바득 갈았다. 꼭 그렇게 인형이라고 불러야 해?

"안녕."

파이퍼는 수줍은 미소를 지으며 부드러운 눈빛으로 답했다.

하지만 내 야구방망이를 보고서는 곧 얼굴에 구름이 끼었다.

"애니는 바빠."

파이퍼가 재빨리 말했다.

버디 보이는 내게 자신의 가장 매력적인 미소를 지어 보였다.

"작은 공을 갖고 놀려나보지, 친구?"

버디 보이는 커 보이는 회색 눈으로 나를 집중적으로 쳐다보며 물었다.

"네."

대답을 하며 나는 고개를 애니 쪽으로 돌렸다.

"언제 끝나?"

"쟤도 몰라."

파이퍼가 애니 대신 대답했다.

스카우트는 늙수그레한 노총각처럼 파이퍼에게 미소 지었다.

"인형, 너 글러브 있지? 너도 같이 할 수 있겠는데."

파이퍼는 스카우트의 말은 무시해버렸다.

"너도 이걸 봐야 해."

"버디 보이, 셜리 템플 흉내 내봐."

"지금요, 아가씨?"

버디 보이는 이렇게 물었지만, 얼굴에는 계속 미소를 띠고 있었다. 어쩐지 미소가 영구적으로 입술에 들러붙은 사람 같았다.

"셜리 누구라고?"

스카우트가 물었다.

"셜리 템플도 못 들어봤어?"

스카우트는 고개를 저었다.

"꼬마 여자 영화배우야."

애니가 설명했다.

"감방에서도 그렇고 어디에서나 그 애 영화를 보여주는걸."

"감방에서……."

스카우트는 감탄스러운지 고개를 끄덕였다.

"영화 보는 날은 한 달에 한 번이야."

파이퍼가 설명했다.

"어서 해봐. 버디. 너희들은 이걸 들어봐야 해."

파이퍼가 우리에게 말했다.

버디는 분명히 이런 걸 위해 산다. 누구라도 그의 눈을 보면 알 수 있다. 버디는 거북이 등껍데기 테 안경을 벗고 나서 조금이라도 더 여섯 살짜리 셜리의 대걸레 같은 머리처럼 보이려고 금발의 곱슬머리를 부풀렸다.

애니는 자신이 찾아 연주를 시작할 악보를 떠들쳐 보았다.

버디 보이는 양팔을 헤엄치듯 휘젓더니 오동통한 대걸레 머리의 사랑스러운 작은 소녀처럼 보이도록 어깨를 작게 움츠리고 방을 가로질러 걸어갔다. 고음으로 노래를 하는 동안 양팔을 비행기처럼 추켜올렸다.

"롤리 팝 막대 사탕 착한 배. 사탕 가게로 가는 달콤한 여행."

그러면서 버디는 배를 문지르고 볼을 불룩 튀어나오게 했다.

눈을 감으면, 맹세컨대, 라디오에서 셜리 템플이 부르는 노래를 듣는 것 같이 느껴진다. 눈을 뜨면 또 버디 보이가 흡사 셜리 템플같이 보인다. 어째 좀 으스스하다.

"봐봐, 몰리까지도 좋아하잖아."

애니는 뒤 쪽에 서 있는 외팔이 윌리를 손가락으로 가리켰다. 그리고 그가 자기 어깨 위 몰리의 털을 쓰다듬는 동안, 분홍색 몰리의 눈은 버디를 향해 있었다.

나는 뒤돌아 파이퍼를 봤다. 스카우트가 그 애 옆에 있다. 둘은 계속해서 속닥거렸다.

버디 보이가 그 애들을 보고 있는 나를 붙잡았다.

"무스, 네 친구 스카우트를 데리고 그만 가봐라."

그러면서 미소 지었다.

"우리는 몇 분 정도만 더 연습하면 되니까. 그리고 나서 애니를 너희한 테 보낼게."

버디는 기분 좋은 방식으로 있는 그대로 나를 편안하게 해준다. 그를 볼 때면 내가 뭐든 제대로 하고 있다는 느낌이 드는 것이다. 버디가 애니에게 윙크를 했다. 둘 사이의 비밀이라도 있는 것처럼.

"정말 좋은 사람이지, 그치? 그리고, 버디, 출소하면 코미디 가수가 될 거 같아요, 안 그래요?"

애니는 눈을 반짝이며 버디에게 완전히 집중했다.

저런 사람이 범죄자일 리 없다. 정말 그럴 수는 없다.

버디는 고개를 끄덕였다.

"맞아. 날 연결시켜줄 에이전트를 모두 소개해준다면. 내년 이맘때 즈음이면 내 이름이 세상에 알려지는 걸 보게 될 거야. 자, 너희는 가봐라."

버디 보이가 몸짓으로 내게 알렸다.

"숙녀분들은 할 일이 좀 더 있으니까."

스카우트와 나는 연병장으로 걸어 내려오는 동안 버디 보이에 대해 말했다.

"오디션을 보게 내보내줄까?"

스카우트가 물었다.

"아니."

"그럼 어떻게 에이전트를 구해?"

"나도 몰라. 나 좀 봐, 스카우트."

스카우트가 빨리 걷기 시작하자 따라가기가 쉽지 않았다.

"그런데 너 파이퍼와 그렇게 다정한 척해야겠어?"

"다정한 척?"

스카우트가 길에 멈춰 서서 부두에 있는 대형 선박을 쳐다봤다. 그러더니 이번에는 뒤에 있는 나를 쳐다봤다.

"내가 너보다는 인형들, 아니 여자애들에 대해서는 좀 더 아니까 조언 좀 해줄게."

그런 다음 멈추라는 뜻으로 두 손을 들어올렸다.

"고마워할 건 없어, 알았지? 단지 내 친구를 위해서니까. 하지만 먼저 내가 알아야 할 게 있는데…… 너 그 애하고 키스는 해본 거야?"

"입 좀 닥쳐. 도대체 뭘 믿고 여자애들에 대해 많이 안다고 하는 거야?"

스카우트는 자기 코가 중심을 찾는 추인 것처럼 고개를 좌우로 끄덕였다.

"암, 알고말고. 첫째, 입술로 바로 직행하면 안 됨. 투구할 때와 같아. 본루로 직구를 던지고 싶지 않아서 타자가 어디로 날아오는지 궁금해하도록 약간 벗어나게 던지는 거랄까. 일단 뺨에서 시작한 다음 느릿느릿 네 입술을 옮기면서…… 빙고!"

녀석은 손가락으로 자신의 입술을 톡톡 쳤다.

"목표물에 맞히는 거지."

"둘째, 코에 신경을 쓸 것. 분위기를 깨는 데에는 코가 재앙이야. 까딱하다가는 기회를 전부 잃어버릴 수도 있어. 코를 들어. 그러니까, 입술보다 높게 말이야. 그런 다음, 공을 비스듬히 치는 것처럼 곧장 돌격."

녀석은 시범을 보여준다며 머리를 한쪽으로 기울였다.

그런 다음 손가락 하나를 위로 추켜올렸다.

"이제 내가 알고 있는 최고의 비법을 전수해주지, 친구. 음, 너도 좋아했으면 하는데."

그러면서 손가락으로 자신의 목을 가리켰다.

"별로 알려지지 않은 사실인데, 미국에 사는 모든 여자애들의 약점, 슬쩍 잽싸게 타구를 날릴 수 있는 곳이 여기야. 네 마음대로 상대를 휘두를 수 있게 되지."

"야, 스카우트, 이렇게 말하면 어때?"

난 스카우트 가까이로 얼굴을 가져갔다.

"네가 파이퍼와 키스해. 넌 내 가장 친한 친구니까 신경 안 쓸게."

"어라, 열 내지 마. 난 파이퍼가 네 사랑스런 강아지란 걸 알아. 하지만 넌 좀 더 다정하게 해줘야 해. 알아?"

그러면서 자신의 가슴을 가리켰다.

"바로 선수인 나처럼 말이야. 아무렴."

한숨이 나왔다. 저항할 힘이 쫙 빠져나갔다.

"모르겠다. 그 애는 나한테 단단히 화가 나 있어. 너도 봤지?"

"널 좋아하니까. 무스, 본래 예쁜 것들은 그래. 네가 알 수 없는 온갖 이유로 까탈을 부리는 거니까 왜 그런지 알아내려고 시간 낭비하지 마."

그런 다음 녀석은 손가락으로 입술을 두드렸다.

"문제를 해결하는 방법은 여기 있어. 언제나 제대로 먹히지."

스카우트는 이미 모든 걸 알고 있었다는 듯 고개를 끄덕였다.

"정말? 넌 내가 그 애한테 키스를 해야 한다고 생각해?"

녀석은 내가 한심스러운 종류의 인간이라는 듯 한숨을 쉬었다.

"이제까지 5분 동안 너한테 해준 이야기가 뭐라고 생각하나? 됐다, 됐으니까, 야구나 하러 가자."

그러면서 녀석은 연병장 쪽으로 가는 언덕길로 껑충껑충 내려가 애니를 기다렸다. 애니는 몇 분 뒤에 바로 나타났다.

"파이퍼가 너한테 골이 나 있더라."

애니가 재빠르게 글러브를 손에 끼면서 보고했다.

"늘 그렇잖아."

내가 대답했다.

"내 말은 정말로 화가 났다는 거야. 장미 이야기 들어서 알고 있더라."

"어떻게 알았대?"

내 질문에 애니는 어깨를 으쓱했다.

"그 애는 어떻게 뭐든지 알아내느냐고?"

"어쨌든 그 일 때문에 그 애가 화 낼 이유는 없잖아."

내가 말했다.

그러자 애니는 내 머리통을 두드렸다.

"여긴 아무것도 안 들었니? 넌 그 애 남자친구라면서 장미꽃 한 송이도 주지 않았잖아."

"친구, 친구, 친구. 장미꽃도 안 줬어?"

스카우트는 절래절래 머리를 흔들어댔다.

"난 그 애 남자친구 아냐."

내가 우겨댔다.

"글쎄, 그럼 이제 아닌가보지. 그런데 지미도 너한테 화가 나 있더라."

애니는 이 상황을 즐기고 있는 듯했다.

"정말 그렇더군. 누구든 알겠던데."

스카우트가 동의했다.

"문제는 말이야,"

애니의 시선이 나에게 박혔다.

"넌 너만큼 잘하지 못하는 애랑은 야구하는 걸 참지 못한다는 거야."

"그렇지 않아. 지미가 야구하는 거에 대해 단 한마디도 한 적 없어."

"말로 해야 되니? 척 봐도 네 얼굴에 그렇다고 씌어 있는데."

"그렇지 않아."

"그렇대도."

"난 너랑도 하지만 네가 나보다 잘하진 못하잖아."

나는 일어나서 가까이에 대고 말했다.

"내기할래?"

"그래, 내기해. 두 배, 세 배 걸고서라도."

"내가 도박꾼이라면 내 돈은 애니한테 걸겠어."

스카우트가 콧방귀를 끼었다.

"넌 입 좀 다물어."

내가 말했다. 그 사이, 태양이 구름 뒤로 사려져 연병장이 어둑해졌다. 그래서인지 갈매기들도 누군가 불을 껐을 때 불평이라도 하듯 시끄럽게 끼룩끼룩 울어대기 시작했다.

제대로 게임을 하기에는 선수가 충분치 않았다. 그래서 애니가 공을 던지고 나와 스카우트는 번갈아가며 타자가 되었다. 타자가 될 때마다 난 세게 때렸다. 쩍 소리가 나면서 공이 터질 정도로 세게 때렸다. 오늘은 베이브 루스와도 맞붙을 수 있을 것 같았다.

"무스 쟤 뭐 잘못 먹었니?"

스카우트가 애니에게 물었다.

"좀 전에 네가 쟤 실력이 형편없다고 말했잖아."

애니가 스카우트에게 알려주었다.

"그러니 저렇게 됐지."

애니가 웃었다.

"다음번에 홈런 칠 녀석이 필요할 때를 위해 잘 기억해둬야겠어."

스카우트가 말했다.

"그래."

애니가 대답했다.

"그러면 재밌겠다."

"입 다물어, 애니."

내가 말했지만 이번엔 스카우트가 웃었다.

"이제 그만 좀 하지?"

난 둘 다에게 말했다.

"불쌍한 험프티 덤프티."

애니는 이렇게 말하고는 지금까지 중에서도 최고의 공을 던졌고, 나는 그만 너무 흥분한 나머지 방망이를 지나치게 세게 휘둘러 공을 놓치고 말았다.

"살살 던지는 게 좋겠어. 안 그랬다가는 험프티 덤프티처럼 벽 위에서 떨어지겠어."(험프티 덤프티가 벽 위에서 떨어지는 내용이 《거울나라의 앨리스》에 나옴)

스카우트가 애니에게 말했다.

018
죽은 오징어에게 키스를!

1935년 8월 27일, 화요일 - 이어서 씀

스카우트가 가고 나서 나는 야구방망이와 공을 집에 던져놓고 비밀 통로로 향했다. 이제는 그곳이 비밀도 아니니까 새로운 이름이 필요하다고 생각하면서. 스카우트에게 이 장소에 대해 이야기한 지미에게는 아직까지도 화가 난다. 녀석이 왜 그랬는지 이해가 안 된다. 스카우트가 한 말 때문에 내가 왜 대가를 치러야 하는 건지. 그리고 지미의 행동으로 봐서는 녀석은 내가 스카우트에게 알려줄 거라 믿어서인지 먼저 선수를 치기로 결심한 것 같았다. 어쩌다가 지미는 내가 떠버리라고 생각하게 된 걸까? 내가 스카우트와 친구로 지내는 게 자기와 친구로 지내지 않겠다는 뜻도 아닌데.

드라이버가 없었지만, 지미가 나사를 제대로 고정해놓지 않아서인지 손가락으로도 위아래로 흔들어 경첩을 뺄 수 있었다. 나는 먼지가 가득한 공간 안쪽으로 쭉 기어들어가 카코니 아줌마네 아파트 밑에서 멈췄다. 내 계획은 여기 앉아서 그저 이 모든 것들에 대해 생각을 해보는 것이었는데, 얼마 지나지도 않아 문이 열리면서 저쪽 끝에서 손전등 불빛이 반짝거렸다.

문도 쾅 소리가 나게 닫혔다. 통로가 다시 어둑해졌다.

지미일 것이다. 다만 지미라면 절대로 문을 쾅 닫을 리 없지만 말이다. 심장이 조여왔다. 팔뚝에 털이 곤두섰다. 이 섬에 범죄자들이 있다고 그들이 이곳에도 온다는 법은 없다. 여기에 들어왔던 죄수가 있다면 세븐 핑거스뿐일 것이다.

그렇더라도 기분이 나아지지는 않았다.

분명 날 노리는 지미일 것이다, 맞겠지? 하지만 꾸준하게 손과 무릎으로 쾅쾅 치고 금속이 달가닥거리는 소리가 내 쪽으로 계속 들려온다.

"지미니?"

나는 속삭이듯 말했지만, 목소리가 꺽꺽거렸다.

소리가 멈췄다. 대답은 없었고 순간 난 방금 전에 나의 정확한 위치를 알려준 셈이라는 것을 화들짝 깨달았다. 바보 아냐! 허둥지둥 반대 방향으로 가고 있는데 갑자기 흐리흐리한 어둠 속에서 한 가닥으로 뒤로 묶은 검은 머리에 하얀 리본을 단 파이퍼가 보였다.

"나 때문에 겁먹었지, 그치?"

파이퍼는 내 쪽으로 계속 다가오면서 작은 소리로 말했다. 그제야 찰랑거리는 금속 소리가 귀고리가 바닥에 닿으며 났던 것임을 알아챘다.

"당연히 아니지."

내가 대답했다.

"거짓말쟁이! 지미가 그러는데 여기서는 진실만을 말해야 한다던걸."

"그래, 조금."

난 인정해버렸다.

파이퍼는 부드럽게 웃었지만, 날 조롱하는 듯했다. 그러더니 손가락에 침을 묻혀 머리를 빗고 남은 머리칼들은 머리끈 속에 집어넣지 않고 귀 뒤로 넘겼다.

"거기 앉지 마. 여기가 더 좋아."

난 내 옆의 먼지 바닥을 두드리며 말했다.

"개미도 많지 않고."

파이퍼는 내가 앉은 곳으로 기어와 내 옆에 편한 자세로 앉았다.

"너 여기서 뭐 하는 거야?"

내가 물었다.

"넌 여기서 뭐 하는 거야?"

파이퍼는 내게 똑같이 되물었다.

"그냥 생각 중이야."

"뭘?"

"너에 대해서."

"내 생각은 하지 않는 게 좋아. 네가 눈치채지 못했을까봐 알려주는데 지금 난 스카우트를 좋아해."

"나도 알고 있었어. 그런데 왜 모두 나한테 화를 내는지는 모르겠어."

나는 웅얼거렸다.

"로키를 데리고 갔어야 했던 사람은 바로 나였어."

파이퍼가 말하는 사이, 우리 둘의 다리가 살짝 스쳤다.

"파이퍼, 그건 벌써 2주 전 일이고 내 잘못도 아니었잖아."

"내가 여자애라고 그런 거야."

"아니, 그건 마타만네 식구들이 널 믿지 않기 때문이었어."

하지만 파이퍼는 내 말을 무시했다.

"너희 남자들은 원하는 건 뭐든 가질 수 있어. 별로 힘들이지 않고도 모든 것을 얻잖아. 정말 역겨워."

"넌 말 상대는 돼."

내 말에 파이퍼가 코웃음을 쳤다.

"난 남자애였으면 좋겠어."

파이퍼가 인정했다.

"난 네가 남자애가 아니었으면 좋겠어. 그리고 날 아껴주는 사람은 아무도 없어."

내가 말했다.

"아니. 보미니 아줌마, 마타만 아줌마, 테레사, 애니……."

"애니는 정말 아니야."

"너 지금 나 놀리니? 그 앤 입만 열었다 하면 네 이야기뿐인데도."

파이퍼가 우겨댔다.

"이런, 그만해."

이거야말로 말도 안 되는 것이지만, 지금은 애니 생각이 나지 않았다. 파이퍼가 너무나도 바짝 내 옆에 앉아 있었다. 완전히 평온한 얼굴을 하고서. 숨을 쉴 때마다 따뜻한 루트 비어 냄새가 났다.

"넌 어떻게 스카우트를 질투하지 않을 수 있지?"

파이퍼가 물었다.

"스카우트한테 질투 나는데."

이 말을 듣자마자 파이퍼는 사기가 올랐다.

"정말?"

우리는 다리를 쭉 뻗고 있었다. 내 종아리와 파이퍼의 종아리가 닿을락 말락 했는데, 마치 우리 사이에 전기가 통하는 전선이라도 있는 것 같았다. 그 애도 느꼈을까, 아니만 나만 그렇게 느낀 걸까? 이 아래는 점점 따뜻해졌고 내 귀는 달아올랐다. 꼭 지그재그 도로를 걸어 올라갈 때처럼 숨도 가빴다. 마음은 뒤죽박죽이 돼버렸다.

파이퍼는 날 좋아하는 거야. 좀 전에 아니라고 했지만, 스카우트가 그렇댔어.

난 이 애 옆에 바짝 앉아 있는 게 좋다. 그런데 이제는 뭘 해야 하나? 스카우트가 옆으로 다가가라고 말했던가? 난 불쑥 키스할 수 없을 것 같은데, 나도 할 수 있을까? 여자애한테 키스하면 안 된다고 들었는데, 아닌가? 직접 물어볼까? 만일 안 된다고 하면? 키스하기 전에 여자애한테 허락을 받아야 하는지 아닌지 어쩌자고 스카우트한테 물어보지 않았담?

파이퍼는 손을 뻗어 내 얼굴을 만졌다. 부드럽게 내 입술을 스치며 은근슬쩍 만졌다. 난 고개를 파이퍼 쪽으로 가져갔다.

코가 서로 부딪치지 않으려면 어떻게 해야 한다고? 스카우트가 뭐랬더라? 너무 어두워 입술조차 거의 안 보이는데 어쩌지.

머리칼이 내 팔뚝을 스쳤다. 베이비오일 향기와 따뜻한 루트 비어 냄새가 내 코를 흠뻑 적셨다.

이럴 때는 입을 벌려야 하는 걸까, 다물어야 하는 걸까?

그만 내 이가 파이퍼의 입술에 닿고 말았다.

"아야!"

누군가의 고함 소리에 고개를 홱 돌렸다. 곧바로 고함을 지른 사람이 파이퍼가 아니라는 걸 알아챘다. 입구 쪽 기어 들어오는 곳에서부터 느닷없는 빛줄기와 함께 그 뒤로 어렴풋이 테레사가 보였다.

"무스 플라내건!"

테레사가 외쳐댔다.

"당장 그만둬!"

"야, 이 조그만 참견쟁이야!"

파이퍼가 소리쳤다.

테레사가 안쪽으로 들이닥쳤다.

"난 참견쟁이 아냐. 무스 오빠를 찾으러 온 거야!"

"나가!"

파이퍼가 종종걸음으로 테레사 쪽으로 가며 외쳐대자, 테레사는 뒤로 껑충 돌아서 문밖으로 나가려다 말고 문고리를 붙잡고 그대로 있었다.

"무스 오빠!"

테레사가 한쪽 다리를 다친 것처럼 한 발로 껑충껑충 뛰면서 간절히 불렀다.

"가서 자넷 트릭슬 같은 네 또래 애들이랑 놀아, 제발. 어쩌자고 넌 나를 따라다니며 염탐하니?"

파이퍼가 씩씩거렸다.

"난 훔쳐본 거 아냐. 무스 오빠를 데려가야 돼서야."

테레사는 내 쪽으로 몸을 돌렸다.

"무스 오빠, 가자. 애니 언니가 찾아."

파이퍼가 코웃음을 쳤다.

"내가 너한테 뭐라고 했지?"

파이퍼는 이번에는 작은 소리로 말했다.

"애니, 무스 오빠!"

테레사는 이러면 모든 것이 설명된다는 듯이 내게 말했다.

"자, 잘 들어……."

나는 최대한 빨리 출입구 쪽으로 기어갔다.

"이러지 마, 알았지? 난 이 일 중간에 끼고 싶지 않아."

내가 테레사에게 말했다.

"중간에 낄 건더기도 없잖아."

파이퍼는 큰 소리로 말하고 나서, 나를 밀치고 문밖으로 뛰쳐나갔다.

"나 좀 내버려둬."

"무스 오빠!"

테레사가 날 노려봤다.

"오빠 제정신이야? 저 언니한테 키스하려고 했지! 난 봤어!"

"키스하려던 거 아니야."

"맞아! 느끼해! 파이퍼 언니한테 키스하는 건 죽은 오징어한테 하는 거랑 똑같아. 죽은 오징어!"

"절대 아냐, 절대."

"아니라고? 이번이 처음도 아니지! 몇 번이나 저 언니랑 키스한 거야, 어, 어, 무스 오빠? 몇 번이야?"

테레사는 양손을 엉덩이 위로 가져갔다.

"한 번도 없어. 내 말은 그러니까……."

난 길게 숨을 들이마셨다.

"아무 일도 없었어, 알았어? 그리고 봐, 네가 상관할 일이 아니야."

나는 엉거주춤 기어서 문밖으로 나왔다.

"확실해. 내가 오빠를 구해준 거야. 오빠는 나한테 빚진 거야."

"테레사, 넌 겨우 일곱 살이야. 너도 나이가 좀 들면 이해할 수 있을 거야."

"난 벌써 다 알아. 우리 아빠가 죄다 알려줬어. 10대 때는 질병처럼 거칠고 무모한 감정이 갑자기 들이닥쳐 사방을 돌아다니며 아무 데서나 키스를 한댔어. 자신들도 어쩔 수 없댔어. 그러니까 껴안고 뽀뽀하고 싶은 기분이 들 것 같으면, 애니 언니를 찾거나, 음, 꼭 해야겠다면, 나한테 해."

"어휴."

테레사는 한숨을 쉬고 나서, 머리채를 흔들며 손가락을 들어서 꾸짖듯
이 날 몰아세웠다.

"내가 애니 언니한테 말할 때까지 오빠는 기다려야 돼."

"이 일에 대해 네 입이나 좀 꽉 다물어줄래, 테레사, 응?"

테레사는 내가 한 말이 드디어 그럴싸하게 들린다는 듯이 고개를 끄덕
였다.

"내가 다 창피하잖아. 맙소사, 무스 오빠, 아이쿠."

019
경비 탑의 고주망태

1935년 9월 3일, 화요일

　오늘은 8학년이 된 첫 번째 날이다. 우리 반 세 명 중에는 파이퍼도 있는데 그 애는 학교에서도, 집으로 돌아올 때도 나를 완전히 못 본 체했다. 그 애가 내게 보이는 이런 식의 관심에도 불구하고 난 땅바닥에 짜부라진 두꺼비가 된 기분이었다. 파이퍼는 늘 조금씩 성깔을 부렸지만, 이번엔 뭔가 달랐다.

　지미, 테레사, 그리고 애니의 학교는 다음 주에 개학한다. 세인트 브리지트 학교는 언제나 마리나보다 수업 일수가 적은데, 이건 공정하지 않다. 테레사는 아침 일찍부터 오리엔테이션에 가야 했는데, 난 마타만 아주머니가 학교가 끝나면 테레사를 데려와달라고 부탁했기 때문에, 그 애를 데리러 곧장 세인트 브리지트 학교로 갔다. '진짜 학교'에 간 테레사는 지나치게 흥분해서 집으로 돌아오는 동안 내 귀가 떨어져 나갈 정도로 쉬지 않고 지껄였다.

　섬에 도착해서 우리는 매점으로 갔다. 뭔가에 온갖 신경을 곤두세우고 집중하고 있는지 두 손으로 머리를 감싼 채 카운터에 앉아 있는 지미가 보였다. 심지어는 매점 문에 달린 벨이 울려대도 꼼짝하지 않았다.

비밀 통로에서 있던 일 이후, 지미와 나 사이는 불편해졌다. 말하지는 않았지만 개 같은 욕지거리가, 엿 같은 기분이 우리 사이에 있었다. 그래도 난 예전처럼 되었으면 좋겠다. 혹시라도 결국 그렇게 될까 싶어서 매일같이 아무렇지 않은 척해왔다.

"지미이이이."

지미가 프로젝트에 깊이 빠져 있을 때면 늘 그렇듯 테레사가 이름을 크게 불렀다.

"오빠가 틀렸어. 동전은 필요 없었어."

테레사가 동전을 지미의 얼굴 앞에 흔들었다.

"하하, 막대 초콜릿 사 먹을 수 있지롱."

지미는 자신의 목에는 머리가 무겁기라도 한 것처럼 천천히 들었다. 눈썹 사이에 깊은 주름이 생겼다.

"어라, 파리들이 전부 죽은 거야?"

테레사가 속삭였다.

지미는 파리 키우기 프로젝트를 꽤 성공적으로 잘해왔다. 부두 아래쪽에 매달아놓은 통의 테두리까지 수백 마리의 파리들로 가득 찼었는데, 어쩌면 그보다 더 많았을지도 모른다.

"집에 가보는 게 좋을 텐데, 테레사."

테레사의 눈빛이 사나워졌다.

"로키! 로키가……."

지미는 그런 추측을 막기라도 하듯이 두 손을 올렸다.

"로키는 괜찮아. 이번엔 아빠야."

"아빠가 아파?"

"아빠는 근신해야 된대."

지미는 날 봤다.

"너희 아빠도. 경비 탑 근무 중에 술에 취한 것으로 서면보고 됐대."

"뭐라고? 말도 안 돼."

내가 대답했다. 난 심지어 이 일은 걱정조차 되지 않았다. 정말로 얼토당토않은 얼빠진 소리니까.

테레사는 입을 헤벌렸지만, 아무 말도 하지 못했다. 이 소식은 턱을 쫙 벌려놓을 만큼 힘이 셌다.

"아빠는 평생 술 안 마셨잖아."

테레사가 자신 있게 말했다.

지미는 어깨를 으쓱했다.

"누군가 거짓말을 한 거야. 그렇지, 누군가 일부러 엿 먹이려고 한 짓이지."

"하지만 왜? 왜 아빠한테 해코지를 하는데?"

테레사는 내게 물었지만, 난 그 즉시 문밖으로 뛰쳐나가 있는 힘껏 층계를 빠르게 올라갔다.

"엄마."

나는 아파트 문을 쾅 닫고 들어갔다. 엄마한테는 너무 짧은 아빠의 낡은 바지를 입고 엄마는 창문을 닦고 있었다.

엄마가 날 한 번 쳐다봤다.

"너도 들었구나!"

"아빠는 근무 중에는 술 안 드시잖아요."

"물론 안 드시지."

"누군가 아빠를 곤란에 빠뜨리려고 꾸며낸 거겠죠?"

"그런 거 같다. 네 아빠는 나더러 침착하게 대응하라고 했다. 아빠 생각에 뭔가 착오가 있는 거 같다니까, 머지않아 모든 게 제대로 밝혀지겠지. 이거 한 가지는 알려줄게. 네 아빠를 놓치면 교도소장은 멍청이란다."

"트릭슬 씨일까요?"

엄마가 머리채를 흔들었다. 엄마의 입술에서 냉정함이 읽혔다.

"다비 씨는 사람들을 불안하게 하는 걸 좋아하지만, 내 생각엔 그 사람이 거짓말을 꾸며댔을 것 같진 않다."

"예, 제 생각도 그래요."

나는 엄마의 말에 동의했다.

"한 가지는 확실하지. 우리는 이 모든 난리가 저절로 해결될 때까지 극도로 조심해야 한다는 것 말이다. 아빠가 근신 중인데 네게 골칫거리 문제가 생기면, 그게 뭐든 간에 끝장이다. 다시 생각하고 말고도 없지."

"그런데 나탈리 누나가 금요일에 집에 오면……."

"그건 괜찮다. 그리고 이번 주말에는 떠들썩한 파티도 크게 열릴 거란다."

"조심할게요."

난 엄마에게 다짐했다. 엄마가 손으로 내 턱을 감쌌다.

"나도 네가 그러리라 생각한다. 우린 나탈리와 이곳에서 여섯 달을 살았지만, 교도소장이나 다비 씨와 단 한 번도 문제가 없었잖니. 그러니까 그 점에 대해 너도 고맙게 여겨야 한다, 무스."

엄마는 내게 미소 지었다.

나는 턱을 살살 돌려 엄마 손에서 뺐다. 엄마는 그때 일들에 대해 모든 걸 알지는 못한다. 이를테면 엄마는 나탈리와 105번 죄수의 관계에 대해 모른다.

"있잖니, 무스, 마타만 아주머니와 이야기를 했는데……."

그러면서 엄마는 눈에 거치적거리자 두르고 있던 스카프를 빼냈다.

"너 교도소장 딸이랑 어떻게 지내니?"

최근 들어 엄마는 파이퍼를 '교도소장 딸'로 부르기 시작했다. 더 이상은 그 애의 이름을 부르지 않았다.

"너희 둘이 사소한 말다툼이라도 했니?"

엄마가 물었다.

"그렇다고 볼 수 있어요."

엄마는 유리창 닦는 천을 정성스럽게 반으로 접은 뒤, 또다시 반으로 접었다.

"둘 사이의 사소한 말다툼 다음에 일이 일어났으니…… 이게 무슨 우연이람."

"파이퍼가 이 일을 꾸몄을 리는 없어요."

"네 생각이 맞으면 좋겠다만."

엄마가 '맞으면'을 발음할 때, '맞–으–면' 중간에 딸꾹질을 해서 그런지 믿지 못하겠다는 말로 들렸다.

"그 애가 지미나 테레사한테 화가 날 이유라도 있었니?"

"테레사한테 화가 났지만, 엄마, 파이퍼는 늘 누군가한테 성질을 부려요. 그 앤 그런 애예요."

"지금은 그 애 집 상황이 안 좋단다. 곧 아기가 태어날 텐데 그 애 엄마 상태도, 기분도 별로거든. 그 애한테는 네 행동거지 하나하나를 조심해야 한다. 무슨 말인지 알아듣지? 그 애가 대단히 예쁘긴 하지. 그건 나도 인정한다. 하지만 말벌집을 건드리는 것보다 더한 말썽을 부리는 애란다."

"예, 엄마."

내가 대답했다.

"팬 비우는 것 좀 도와줄래?"

엄마는 아이스박스를 열고 녹은 물이 가득 찬 팬을 꺼냈다. 우리는 함께 물이 튀지 않도록 조심하면서 개수대로 갔다.

물을 버렸을 때, 엄마는 행주를 들고 팬을 잘 닦아주었다.

"사람들은 늘 나한테는 네가 있어서 행운이라고 말하더구나. 너 정말로 트릭슬 아줌마한테도 장미를 줬니?"

"그랬을걸요."

"그랬을 거라니?"

엄마는 자신이 일한 것을 보며 미소 지었다.

"다비 씨가 썩 고마워했을 거라고는 생각하지 마렴."

"남은 게 있었을 뿐이에요."

"열두 살 소년에게 남아도는 장미가 있었다?"

"뭐라고 설명하긴 어려워요, 엄마."

"당연히 그렇겠지."

엄마가 천 조각으로 구석을 닦았다.

"애니 엄마는 네가 자수에도 관심이 있다고 하던데?"

엄마는 날 곁눈질했고, 난 눈알을 굴렸다.

그러자 엄마가 교활한 미소를 지었다.

"분명하게 말해두지만, 난 너에게 바로 그런 잡일 따위는 시키지 않을 거다. 알게 되었으니 다행이랄까. 그나저나 나한테 수선할 것들이 좀 있는데, 관심 있니?"

"그만하세요, 엄마."

엄마가 웃었다.

"하긴 내 아들은 뭐든지 잘하는데, 내가 불평을 해서는 안 되지. 근데 지금은 해도 되나?"

O2O
나탈리의 금의환향

1935년 9월 6일, 금요일

나탈리와 부모님은 4시 배로 도착할 예정이었다. 나는 테레사와 지미와 함께 내려가 나탈리를 기다렸다. 테레사가 풀로 붙인 단추와 연필로 '나달리, 지베 온 거 화녕해'라고 쓴 간판을 만들어 왔다. 엄마는 가게에서 산 레몬 케이크를 준비해놓았고, 나는 지미가 파리를 매는 데 쓰는 실을 조금 빌려서 나탈리에게 줄 팔찌를 만들었다.

"이번 주말 스카우트 오지?"

모두 커다란 고깃배가 잔잔한 물살을 헤치고, 푸른 물 위로 두 줄의 하얀 흔적을 남기며 서둘러 가는 모습을 바라보고 있을 때 지미가 물었다.

"아니."

"그럼 네가 스카우트네로 가니?"

지미는 내 답을 기다리는 동안 긴장해 있었다.

지미는 머리를 푹 숙이고 있었다. 덕분에 내 눈에는 녀석의 미소가 보이지 않았지만, 보조개를 보니 행복해하는 것 같았다.

"나한테 이제 파리가 얼마나 많은지 봐야 하는데. 아마 5만 마리는 될걸?"

"5만 마리? 농담 마."

나는 가려워서 미칠 지경인 다리를 벅벅 긁으며 물었다. 그리고 제발 두드러기가 도진 것이 아니길 바랐다.

지미가 고개를 끄덕였다.

"너무 많이 움직이니까 세는 게 어려워. 나탈리라면 모를까."

"5만 마리의 파리를 셀 수 있는 사람은 나탈리밖에 없을걸."

지미의 갈색 눈에는 흥분과 기대가 가득했다.

"내 생각엔 그래."

"누가 우리 아버지들을 근신당하게 했을지 좀 더 알아낸 건 없냐?"

내가 물었다.

"우리 엄마는 파이퍼래."

지미가 말했다.

"모두 파이퍼라고 생각해."

테레사가 맞장구를 쳤다.

"파이퍼가 그렇게까지 나쁜 짓을 하진 않아."

내 말에 테레사와 지미는 서로를 쳐다봤다.

"네가 가서 그 애한테 물어봐야겠다."

지미가 말했다.

"내가 왜? 너야말로 그 애한테 비밀 공간을 알려준 장본인이면서."

하지만 지미는 내 말을 비웃듯이 말했다.

"넌 그다지 개의치 않았다고 들었는데."

그 말에 난 테레사를 쳐다보며 물었다.

"너 아무한테나 말한 거 아냐?"

"지미는 아무나가 아냐."

테레사가 내게 알려줬다.

"고마워, 테레사."

지미가 비아냥거리며 말했다.

"봐, 나탈리 언니가 오고 있어!"

테레사가 손가락으로 배를 가리켰다. 배는 우리 쪽으로 다가왔고, 그 위로는 새 떼가 날았다.

배는 물살을 따라 흔들거렸고, 구름 사이로 나온 태양이 배가 지나간 물 위를 반짝반짝 비췄다. 교도관 제복을 입은 아빠는 멋졌다. 엄마도 고급스러운 녹색 옷을 입었다. 나탈리는 독서를 하는 양, 머리를 숙이고 앉아 있었다. 멀리서 보니 셋 다 지극히 평범해 보였다.

"너희 아빠는 교도소장과 말하니?"

지미가 물었을 때, 마타만 아저씨가 하급 교도관들이 하듯이 선창으로 뛰어내렸다. 아저씨는 근신 중이지만 전과 똑같은 임무를 맡아서 했고, 사람들은 아저씨가 다시 중간 관리자가 되기라도 한 것처럼 항상 아저씨한테 확인을 받았다.

"나도 몰라, 하지만 걱정은 안 하셔. 그저 실수였다고만 생각하시지."

지미가 머리를 흔들었다.

"너 꼭 너희 아빠 같다는 거 알고 있니?"

지미가 똑 부러지게 말했다.

"그게 무슨 뜻이야?"

내가 되물었을 때, 아빠가 전면에 '나탈리 플라내건'이라고 적힌 가방을 들었다. 나탈리와 더불어 아빠는 바닷물에 가방을 떨어뜨리는 척하며 바보처럼 굴었다. 아빠가 친 공이 아웃임을 알릴 때처럼 손을 엉덩이에 얹고 있는 모습으로 엄마는 싫어한다는 것을 알 수 있었다.

나탈리가 아빠한테 뭐라고 말했는지, 아빠가 더욱 크게 웃었다. 그런 다음 나탈리에게 가방을 도로 건네주었다.

"안녕, 꼬마들."

마타만 아저씨가 우리 뒤에서 나타났다.

트릭슬 아저씨는 경비 탑 위에 있었다. 나탈리와 아빠가 건널 판자를 건넜다. 나탈리는 다른 때와는 달리 자기 발을 내려다보지 않았다. 어깨를 축 떨어뜨린 채, 왼쪽에만 신경을 썼다. 건널 판자를 앞발로 디디며 부두로 건너왔다. 갑작스레 검색대의 경고음이 공습경보 때처럼 요란스럽게 울려댔다.

엄마의 등이 바퀴살처럼 뻣뻣하게 굳었다. 얼굴은 확 달아올랐다. 그러고는 나탈리를 뚫어지게 쳐다봤다. 나탈리는 완벽하게 조용했다. 아무 소리도 못 들은 듯이. 턱으로 쇄골을 파는 행동을 반복하면서.

"캠."

트릭슬 아저씨가 경비 탑에서 확성기에 대고 외쳤다.

"마타만이 가방을 조사해야겠어."

트릭슬 아저씨가 직접 하고 싶어 안달이 난 걸 알 수 있었다. 하지만 경비 탑에서 벗어나는 행동은 금지되어 있다.

아빠가 트릭슬 아저씨에게 손을 흔들었다.

"그래야겠죠."

아빠가 대답한 뒤, 나탈리한테서 가방을 가져가기 위해 애를 쓰는데, 나탈리는 내주려 하지 않았다. 아빠는 그러다가 앞바다에 빠뜨릴까 염려했을지 모른다.

그러자 엄마가 나탈리에게 작은 소리로 뭐라고 말했다.

"우리 애 단추 상자 속에 금속 단추가 몇 개 있는 게 분명하네."

아빠가 마타만 아저씨에게 말했다.

마타만 아저씨는 친근한 미소를 지으며 나탈리의 한쪽 귀에 대고 뭔가를 속삭였다. 나탈리는 아저씨를 돌아보지 않았지만, 머리를 둔 각도를 보건대 열심히 듣고 있다는 것은 알 수 있었다.

아저씨가 이야기를 마쳤을 때, 나탈리는 어깨를 3, 4센티미터 정도 내리고 긴장을 풀었다. 그런 다음 아저씨한테 가방을 건네자 엄마는 얼굴의 세 배, 아니 네 배를 덮고도 남을 만큼 큰 미소를 지었다.

나는 나탈리가 자랑스러워 어쩔 줄 몰랐다. 우선 나탈리는 검색대가 울릴 때 고함을 지르지 않았고, 지금 아무 문제도 일으키지 않고 가방을 건넸다. 내가 알기로 나탈리는 자신의 단추들이 그 안에 들어 있는 걸 아는데도 순순히 내놓은 것이다.

마타만 아저씨가 나탈리에게 뭔가를 설명하는 것처럼 보였다. 나탈리는 그 말을 생각하는 것처럼 고개를 한쪽으로 기울여 끄덕이더니, 부두 나무 바닥의 바로 그 자리에 털썩 주저앉았다. 아저씨는 한쪽 무릎을 꿇고 가방을 찰칵 소리 내어 연 다음, 나탈리와 함께 상체를 숙이고 안을 들여다봤다.

아저씨는 나탈리의 단추 상자에 손을 얹고서 안을 좀 들여다봐도 괜찮겠느냐며 분명한 목소리로 물었다. 그런 다음 아빠와 아저씨가 뭔가 상의했고, 아저씨가 고개를 끄덕이며 단추 상자를 꺼내 나탈리에게 주었다. 그러자 나탈리는 대여섯 개의 단추를 골라냈고 아저씨는 경비 탑에 있는 트릭슬 아저씨를 향해 아무 이상이 없다는 수신호를 보냈다.

"다 해결됐어요, 다비. 금속 단추 한 주먹이 전부예요."

아저씨는 몸을 숙이고 나탈리가 다시 가방 버클을 채우는 것을 도와주었다.

아빠가 손바닥을 문지르며 말했다.

"자, 됐다. 다시 본래대로 하자, 나탈리."

"나탈리가 집에 왔어요."

나탈리가 말했다. 옅은 미소가 별똥별처럼 점점 밝게 얼굴 한가득 번졌다.

"그래, 우리 스위트피, 네가 집에 왔구나."

021
반짝반짝 단추들

1935년 9월 6일, 금요일 - 이어서 씀

집에 도착한 나탈리는 엄마, 아빠에게는 신경 쓰지 않았다. 나탈리는 곧장 옷장 쪽으로 가서, 문을 열고 걸려 있는 원피스와 블라우스를 셌다. 그런 뒤, 침대보를 손으로 훑더니, 하나하나 깊이를 재는 것처럼 접힌 부분 안쪽에다 손가락을 넣었다. 그 다음엔 손가락을 쫙 벌리고 벽을 만지면서 회반죽의 요철들이 아직 멀쩡한지 확인했다. 나탈리는 문고리를 돌려보고, 문을 열었다가, 닫았다가, 다시 열었다가, 닫았다. 그렇게 나탈리는 화장실까지 계속, 수건이 만져질 때까지 손으로 벽을 훑었다.

화장실을 확인하고 나온 나탈리는 거실로 가서 소파에 앉더니 양손을 보호하기라도 하듯 자기 다리 밑으로 깊숙이 밀어 넣었다. 그러고는 아주 잠깐 나를 쳐다봤다. 그 표정은 마치 평생을 갖고 있던 테디 베어 인형 눈이 어느 날 움직이는 걸 보게 된 것처럼 으스스했다. 그런 다음, 나탈리는 다시 흔들리지 않는 시선을 마룻바닥에 고정했다.

"나탈리, 네가 돌아오니까 참 좋다."

엄마가 목 멘 소리로 말했지만 나탈리는 고개를 들지 않았다. 두 손을 다리 밑에 두는 일에 온전히 집중해야 한다는 듯이.

"가방 풀고 싶지?"

"이봐요, 헬렌! 캠! 있어요?"

카코니 아줌마가 현관문을 두드렸다.

"이제 이 집 차례예요."

"뭘 하는데 우리 차례래요?"

엄마가 아빠에게 속삭였다.

"새 아이스박스. 직류 전기를 이용하는 거라는데, 우리도 가서 봐야지."

아빠가 설명했다.

"나탈리가 온 걸 모르나보죠?"

엄마가 물었다.

"주말 내내 나탈리랑 같이 있을 텐데, 뭐. 그리고 무스가 알아서 잘 지켜볼 테고. 카코니 부인은 살면서 요즘처럼 여유 있었던 적이 없다지."

아빠가 엄마에게 작은 소리로 말했다.

"이봐요."

아줌마는 계단을 올라와서 그런지 씩씩거렸다.

"두 사람은 비가 뭐라고 말했는지 상상도 못 할 거예요."

카코니 아줌마는 우리 집 거실로 들어왔다. 덩치가 크고, 자전거펌프로 부풀린 것처럼 팔다리가 퉁퉁했다. 아줌마는 손님 접대를 할 때나 입는 푸른 꽃무늬의 좋은 앞치마를 두르고 있었다. 얼굴도 자신감으로 빛이 났다.

"글쎄 우리 집 것이 소장님네 것보다 크다고까지 하는데, 상상이 돼요? 물론 줄자로 재본 건 아니지만, 보면 생각한 대로 일 거예요."

"무스, 엄마랑 아빠가 카코니 아줌마네 내려갔다 올 동안 나탈리 좀 봐다오. 테레사랑 같이 나탈리 짐 푸는 걸 도와줘도 좋고."

아빠는 엄마와 함께 카코니 아줌마를 따라 나가면서 말했다.

나탈리의 방에서 우리는 나탈리가 단추들을 살펴보다 자신이 좋아하는 방식으로 정리하는 모습을 지켜보았다.

"너 파이퍼한테 물어보러 갈 거지, 그치?"

지미가 물었다.

"그럴 거라고 이미 말했잖아."

나는 내가 느끼기에 짜증스러운 목소리로 말하지 않으려고 애쓰며 대답했다.

테레사와 나탈리는 책상다리를 하고 바닥에 앉아 있었다. 나탈리는 특별한 때나 입는 노란 원피스를 꺼냈는데, 앞쪽 사각형 안에는 '좋은 날'이라는 글자가 되도록 사디 씨가 달아준 일곱 개의 단추가 정갈하게 꿰매져 있었다.

"여기서도 잘 지내면 좋은 날을 보냈다고 엄마가 단추를 달아줄까?"

내가 물었다. 엄마는 재봉질을 잘 못했지만, 단추 정도야 어떻게든 달아줄 수 있을 것이다.

"엄마 아냐. 사디야."

나탈리는 양말을 꺼내 서랍장에 넣으며 단호한 어투로 대답했는데, 마치 금속이 떨어지는 듯 이상하게도 '쿵' 소리가 났다.

"넌 그 애가 사실을 말해줄 거라고 생각해?"

지미는 여전히 파이퍼에게 매달려 있었다.

"어어, 잠깐! 저건 뭐지?"

나는 벌떡 일어나 나탈리의 서랍을 손으로 훑었다. 손에 뭔가 딱딱한 것이 만져졌다. 나는 돌덩이처럼 축 늘어지는 양말 하나를 집어 들었다. 안에는 커다란 금속 나사못이 있었다. 나사받이까지 있고 20센티미터는 족히 되고도 남을 길이에다 너비가 2.5센티미터 정도는 됨 직한 나사못이었다.

"저게 뭐야?"

테레사가 물었다.

"아래 서랍."

나탈리가 대답했다.

"그게 나탈리 누나 가방에 있었어? 나도 좀 봐."

지미는 내게서 커다란 나사를 가져가 손아귀에 넣고 돌려본 뒤, 나사받이를 위로 조였다가 아래로 풀었다.

"어라, 이건 어떤 걸 힘으로 바짝 조여 벌리거나 떼어낼 때 사용하는 건데!"

누구한테 갈비뼈를 세게 찔린 것처럼 지미의 입이 떡 벌어졌다.

"뭔지 알겠어. 이건 창살을 벌릴 때 사용하는 거야. 이건 창살을 벌리는 연장이야."

"무슨 살?"

테레사가 물었다.

지미는 나한테 몸을 숙이고 내 귀에다 속삭이며 대답했다.

테레사가 양말 한 짝을 지미의 팔에 재빨리 던졌다.

"비밀 이야기 하지 마. 그럼 다 말해버릴 테야!"

지미가 안경을 올려 쓰며 말했다.

"감옥 창살 말이야, 테레사, 그래야 죄수들이 탈출할 때……"

테레사의 입이 쩍 벌어졌다.

"거짓말. 말도 안 되는 거짓말이지, 지미 오빠?"

나는 창살 벌리는 연장을 쥐었다. 이제 내 손안에 있다. 모두가 그걸 처다보고 있다.

"그게 어떻게 나탈리 언니 가방에 있는 건데?"

테레사가 물었다.

"누나, 이거 어디서 난 거야?"

나탈리는 내 질문에 아무 대답도 안 했다.

"이게 바로 검색대를 울린 놈이야. 우리 아빠가 찾아냈어야 하는데."

지미가 작은 소리로 말했다.

"아저씨는 금속 단추라고 생각했잖아."

"근데 나탈리 누나는 전에도 단추 상자를 가지고 통과했지만, 그땐 검색대가 울리지 않았어. 아빠가 쭉 지켜봤을 텐데."

다시 지미가 말했다.

"트릭슬 아저씨가 알면 싫어할 텐데."

내가 말했다.

"우리 아빠는 이미 근신 중이야."

지미가 말했다.

"우리 아빠도 근신 중이야."

내가 대답했다.

"해고될 거야."

지미가 아주 낮은 소리로 말해 무슨 말인지 간신히 알아들었다.

"두 분 다 해고되거나…… 살해될 거야."

테레사가 말했다.

"살해되지 않아, 테레사."

내가 테레사에게 말했다.

"하지만 분명 해고될 거야. 그 사람들은 이미 나탈리 누나를 위험인물이라고 생각하고 있어.”

“아무한테도 말해선 안 돼. 우리가 이걸 지금 당장 버리면 될 거야.”

내가 말했다.

“아래 서랍.”

나탈리가 머리를 자꾸만 왼쪽으로, 왼쪽으로 까닥이며 웅얼댔다.

“왜 자꾸 저 말을 하지?”

테레사가 속삭였다.

“언니, 이거 어디서 났어?”

나탈리는 다시 익히 알고 있는, 두 손을 슬금슬금 얼굴로 올리는 행동을
했다.

“그 사람이 내게 알려줬다.”

“누가 그랬다고? 그 사람이 누구야?”

“105. 105. 105.”

“알카트라즈 105는 아니지?

지미가 작은 소리로 물었다.

“105가 누나한테 이걸 주지는 않았어, 그치?”

내 목소리는 찢어질 것처럼 갈라졌다. 나탈리의 초록색 눈이 내 얼굴을
훑고 지나갔다. 그런 다음에는 귀가 어깨에 닿을 만큼 한쪽으로 고개를 기
울인 채 꼼짝도 하지 않았다.

“언제 105를 만났는데?”

나탈리는 다시 단추 상자로 홱 몸을 숙이고는 단추들을 쌓고, 쌓았다.

“나탈리!”

“언니한테 소리 지르지 마.”

테레사가 내게 으르렁댔다.

"알았어."

나는 입 밖으로 '후우' 숨을 내쉬고 되도록 부드럽게 대하려고 노력했다.

"나탈리 누나, 언제 105를 본 거야?"

나탈리는 조용했다.

"이걸 없애야 해."

지미가 내게 말했다.

"하지만 버려서는 안 돼. 그랬다가는 죄수들이 쓰레기라고 주울 테니까."

"바닷속으로 던져버리자."

내가 말했다.

"이대로 밖에 가져갈 수는 없어."

지미가 대답했다.

"그렇다면 가방이 필요한데."

나는 그걸 둘둘 감쌀 수 있는 것을 찾아보려고 나탈리의 방을 두리번거렸다.

나탈리는 창살을 벌릴 때 쓰는 연장을 손아귀에 꽉 쥐고 있었다.

"아래 서랍. 아래 서랍, 아래."

그러면서 그 자리에서 맴돌기 시작했다.

"나탈리."

내가 손을 내밀고 안정시키려고 하자, 한결 더 빠르게 뱅뱅 돌았다.

"그가 아래 서랍에 넣어두라고 말했다."

나탈리는 올바르게 문장을 말하려고 애썼다. 사람들이 이해할 수 있는 문장을 말하는 것이 마치 지금 여기서 유일한 문제라도 되는 것처럼.

나는 되도록 침착한 목소리로 말하려고 노력했다.

"좋아, 누나. 그래, 됐어, 됐어. 그런데 난 그게 필요해, 응? 나한테 빌려 줄 거지?"

"아니."

나탈리는 한 바퀴를 돌 때마다 '아니, 아니, 아니'라고 대답했다. 도는 속도가 점점 더 빨라졌다.

현관문이 쾅 소리와 함께 닫혔다. 부모님이 돌아왔다. 거실에서 부모님이 나누는 이야기가 들렸다.

"카코니 부인이 그 돈을 다 갚으려면 얼마나 걸릴 거 같소?"

아빠가 엄마한테 물었다.

나탈리는 창살을 벌리는 연장을 손에 쥐고 놓으려 하지 않았다.

"어른들한테 말해야 돼."

테레사가 말했다.

"우리 아빠는 교도소장한테 알릴 거고, 그럼 해고야."

내가 말했다.

"우리가 사실대로 말하면 아빠들은 해고되지 않을 거야."

이 점에 대해서 테레사는 단호했다.

"테레사, 보나마나 그렇게 될 거야. 아빠들한테 심각한 문제가 생길 거야."

지미가 설명을 해주었다.

"나탈리 누나."

내가 불렀지만 여전히 나탈리는 빙빙 돌되, 조금 전처럼 빨리 돌지는 않았다.

"봐, 이걸 주면 단추 다섯 개 줄게, 좋지?"

나탈리가 멈춰 섰다. 두 눈이 불현듯 반짝였다.

"금단추 다섯 개?"

나는 나탈리가 뭘 말하는지 알고 있다. 나탈리는 특별한 경우에만 입는 내 정장 재킷에 달려 있는 단추들을, 반짝이는 금단추들을 좋아한다. 내가 단추들을 떼버리면 엄마가 날 죽이려 하겠지만, 달리 어쩌겠는가?

"누나가 좋아하는 금단추."

나는 나탈리의 손아귀에서 창살 벌리는 연장을 살살 흔들어 빼내려고 기를 쓰면서 말했다.

나탈리는 고개를 끄덕였지만, 손에서 그걸 놓지는 않았다.

내가 가위와 내 멋진 정장 재킷을 가지고 와서 금단추를 묶은 실을 싹둑 잘라내는 동안, 나탈리는 창살 벌리는 연장을 가지고 놀았다. 나탈리는 작은 나사와 나사 받침을 돌려서 올렸다 내리는 데 흠뻑 빠져 있었다.

"여기. 금단추 다섯 개."

나는 단추들을 손바닥 위에 올려놓고 살짝살짝 던졌다. '철렁철렁' 듣기 좋은 소리가 났는데도 나탈리는 듣지 않는 것 같았다. 하긴 나탈리는 온정신을 연장에만 두고 있었으니.

"카코니 부인한테 자랑할 게 생긴 건 좋은 거죠. 혼자서 즐거워하기는 힘들 거예요."

다른 방에서 들려오던 엄마의 목소리가 잠시 멈추었다.

"무스, 거기 너무 조용한데, 별일 없는 거지?"

엄마가 문을 빼꼼히 열고 외쳤다.

"네, 괜찮아요."

나는 여느 때같이 말하려고 노력했다.

"나탈리."

나는 작은 소리로 말했다.

"우리랑 같이 그 연장을 가지고 나가는 건 좋지? 그럼 이 가방 안에다 넣자."

나는 꽉 쥐고 있던 큰 가방을 나탈리에게 건넸다.

"누나가 들고 가."

나탈리는 연장을 조심스럽게 가방 안에 넣은 뒤, 주변에 소매치기들이 어슬렁거릴 때 할머니가 손가방을 꼭 쥐듯이, 가방을 꼭 끌어안았다. 나는 나탈리, 지미, 테레사에게 따라오라는 몸짓을 했다.

"아빠, 우리 밖에 나가요."

내가 말할 때 아빠는 부엌으로 들어가 커피를 따랐다.

"지금은 안 된다, 무스."

아빠가 딱 잘라 말했다.

"우리랑 나탈리 누나도 같이 갈 거예요."

아빠는 고개를 가로저었다.

"늦었다. 오늘은 나가지 말고 여기 있었으면 좋겠구나."

"아래 서랍."

나탈리는 커다란 가방을 들고서 자기 방으로 돌아가며 말했다.

"아직 짐을 다 풀지 못했나보구나."

아빠가 콕 집어 말했다.

"예, 확실히 그래요."

나는 어색하게 대답하며 나탈리가 다른 말을 꺼내기 전에 서둘러 방 안으로 들어가게 했다.

안전하게 방문을 닫고 나서, 나는 지미를, 지미는 나를 쳐다봤다.

"이제 어떻게 하지?"

지미가 물었다.

"뭐든 생각해내야지."

나는 작게 대답했다.

"뭘?"

테레사가 알고 싶어했다.

"아직 생각해내지 못했어."

테레사는 고개는 끄덕거렸지만, 인상을 구겼다.

"나탈리 누나."

갑자기 생각이 떠올랐다.

"나탈리 누나, 테레사한테 창살 벌리는 연장 주고 싶지? 테레사가 격자 무늬 체스판 준 거 기억나? 그러니까 누나도 테레사한테 뭔가 줘야 하는 거야."

나탈리는 내 말을 듣고 생각하는 표정을 지으며 몸을 앞뒤로 흔들었다.

"머리빗."

나탈리가 결정을 내렸다.

"머리빗은 테레사한테도 있어. 테레사는 그 창살 벌리는 연장이 갖고 싶대. 누나도 테레사랑 친구로 지내고 싶지, 그렇지?"

"친구."

나탈리는 가슴에 연장을 꼭 끌어안은 채로 계속 몸을 흔들었다.

"친구, 친구, 친구."

어라, 난 나탈리가 이러는 건 좋아하지 않는다. 두 손에 쥐고 있는 연장으로 한바탕 소동이라도 벌인다면, 무슨 수로 어떻게 설명하겠는가?

"나탈리 누나, 제발 화 내지 마. 제발."

나는 간절히 부탁했다.

"괜찮을 거야, 무스."

테레사는 마치 자기가 열두 살이고 내가 일곱 살이기라도 한 것처럼 내 팔뚝을 다독거렸다.

"언니는 그냥 말하는 거야, 맞지, 언니?"

"친구, 친구, 친구."

나탈리는 계속 같은 말을 되풀이했지만, 서서히 가슴에서 양손을 풀고, 손을 내리고, 손가락을 펴는 모습이 보였다.

테레사는 나탈리가 연장을 줄 때까지 조용히 기다렸다.

"고마워, 나탈리 언니."

"바닷물 속으로 던져버려. 이곳에서 영원히 사라지게."

나는 지미의 귀에 대고 속삭였다.

고개를 끄덕이는 지미의 눈빛이 날카로웠다.

"알았어! 내가 잘 처리할 수 있어. 됐지, 무스?"

지미가 재빨리 말했다.

지미가 돌아가고 난 뒤로 약 30초 동안은 기분이 좋아지는가 싶었지만, 이윽고 문제가 얼마나 심각한지 충분히 깨닫게 되었다.

누군가 아래 서랍에서 창살 벌리는 연장을 찾고 싶어할 것이다. 그 누군가는 금세라도 찾으러 올 것이다.

022
꽉 막힌 변기통

1935년 9월 7일, 토요일

아침에 일어나 보니, 반짝거리는 푸른 물 위로 태양이 눈부시게 빛났다. 나는 앞 창문으로 새들이 날아다니는 걸 지켜봤다. 갈매기 한 마리가 바닷물에 스칠 듯이 낮게 지나갔다. 가마우지 한 마리는 지각이라도 한 듯 재빠르게 날아갔다. 펠리컨 한 마리가 곡예 비행기처럼 아래로 꼬꾸라졌다가 치솟아 올랐다.

'나쁜 건 없어, 안 그래? 마음을 느긋하게 가질 필요가 있어.'

나는 화장실로 가면서 마음을 다졌다.

"변기가 좀 불안하니까 화장지를 너무 많이 쓰지 말거라."

아빠가 부엌에서 외쳤다.

화장실 문이 열려 있고 세면대에는 초콜릿 바가 놓여 있었다.

난 되도록 목소리가 변하지 않게 노력했다.

"세븐 핑거스가 와요?"

"그래, 지금 오고 있는 중이란다. 엄마는 나탈리랑 그네 타러 나갈 거야.

나탈리 발은 땅에 닿지도 않을 게다."

"왜요? 어젯밤엔 배관에 이상 없었잖아요."

나는 당황한 기색이 목소리에 드러나지 않도록 노력하며 말했다.

"항상 배관에 문제가 있었잖니."

아빠가 대답했다.

엄마가 날 쳐다봤다. 두 눈에 근심 걱정이 가득했다.

"너, 트릭슬 씨 때문에 걱정되니?"

"네."

지금 당장 트릭슬 아저씨는 거의 걱정되지 않았지만, 이렇게 대답했다.

"네 탓을 하지 마라. 나도 그 사람은 참을 수 없으니까."

엄마는 중얼중얼 작은 소리로 말했다.

"자, 나탈리, 우린 나가자꾸나."

"하지만 아빠,"

엄마와 나탈리가 나가고 난 뒤 내가 말했다.

"저는 납득할 수 없어요. 변기는 멀쩡하잖아요."

아빠가 어깨를 으쓱했다.

"무스, 파이프들이 죄다 이어져 있단다. 그래서 한 집에서 배관에 문제가 생기면 우리 모두한테 문제가 생기는 거고, 건물 전체 배관을 다시 손볼 필요가 있는 거지."

"그건 그래요. 그런데 왜 하필 오늘이래요?"

아빠가 뭐가 뭔지 알 수 없다는 표정으로 나를 쳐다봤다.

"오늘은 안 될 이유라도 있니?"

아빠가 내게 되물었을 때 우리 집 쪽으로 가깝게 다가오는 발소리가 들렸다.

아빠가 발코니에서 밖을 내다봤다.

"다비."

아빠는 문 쪽으로 가더니 트릭슬 아저씨와 세븐 핑거스에게 문을 활짝 열어주었다.

트릭슬 아저씨는 바지를 추켜올리며 안으로 들어왔다. 바로 뒤에는 깡마르고 으스스한 분위기에 머리통은 쫙 밀어버린 혹 같아 보이는 세븐 핑거스가 있었다. 나는 고개를 숙여 세븐 핑거스의 손을 보았다. 왼쪽 손에 손가락 두 개가 없었다. 오른쪽 손에는 검지가 있어야 할 곳이 잘려나갔다는 것을 표시라도 해놓은 것처럼 옹이가 있었다.

"들어오게, 트릭슬."

아빠는 두 사람이 들어올 수 있게 한쪽으로 물러나주었다. 세븐 핑거스는 고분고분한 모습으로 다비 아저씨 뒤를 따랐다. 세븐 핑거스의 시선이 카펫에서 떠나질 않았는데, 그 모습은 마치 눈에 보이는 것은 죄다 고개를 들지 않고 쏙 빨아들일 것 같았다.

아빠가 머리에 쓴 교도관 모자를 건드리며 세븐 핑거스에게 인사했지만, 세븐 핑거스는 아빠와 눈을 마주치지 않은 채로 고개를 끄덕였다. 그러자 다비 아저씨가 아빠를 향해 입술을 삐죽거렸다. 아저씨와 아빠는 뭐든지 같은 생각일 때가 없다. 죄수들에게 인사를 하는 아빠의 방식조차 트릭슬 아저씨한테는 문젯거리였다. 죄수들을 지나치게 존중해준다는 것이었다. 하긴 아저씨는 할 수만 있다면 죄수들을 개처럼 끈으로 묶어놓을 사람이다.

"좋아, 그럼 살펴보고 자네 생각을 들어보지."

아빠가 화장실 쪽으로 손을 흔들었다.

세븐 핑거스는 화장실로 들어가고, 트릭슬 아저씨는 문밖에서 어깨를 번갈아가며 벽에 기대고 서 있었다. 아저씨는 발의 위치를 바꾸며 눈으로는 거실 소파를 쳐다봤다. 세븐 핑거스한테는 별 문제가 없을 테니 앞쪽에 있는 거실로 가서 철퍼덕 앉기로 결정한 듯한 표정이었다.

"뭐 좀 갖다 줄까, 다비?"

아빠가 물었다.

"혹시 안나 마리아가 만든 카놀리(귤, 초콜릿과 달콤한 치즈 등을 파이 껍질로 싸서 튀긴 것)는 없겠지?"

트릭슬 아저씨는 아빠한테 되물으며 광이 나는 검은 구두를 커피 탁자 위에 올렸다.

"누구도 그 여자처럼 카놀리를 만들진 못한단 말이야."

아빠가 내게 고개를 끄덕였다.

"무스, 마타만 아주머니네 뛰어가서 안나 마리아 아줌마한테 카놀리 좀 주실 수 있는지 여쭤보렴."

마타만 아주머니의 노란 꽃무늬 접시에다 트릭슬 아저씨한테 줄 카놀리를 담아 가지고 돌아왔을 때, 세븐 핑거스는 거실에 있었다.

"생각보다 문제가 심각합니다. 군용 파이프는 2센티미터인데, 걸핏하면 꽉 막혀버립니다. 몇 군데가 곧 터질 것 같은데, 이곳 전체 배관을 손봐야 할 것 같습니다, 교도관님."

세븐 핑거스가 담배를 피우는 사람의 흐릿한 목소리로 말했다.

트릭슬 아저씨가 끙끙거렸다.

"장담건대, 이곳 전체 배관을 손보는 일은 절대 없을 거다. 배관 중에 터질 것 같은 게 있다는 것으로 오늘 일은 끝낸다."

세븐 핑거스는 귀가 잘 들리지 않는 사람처럼 고개를 곧추 세웠지만, 시선은 카놀리에 가 있었다.

"내 말 끝났으니, 처리하도록."

아저씨가 으르렁거리자, 세븐 핑거스는 주저주저하며 옆걸음으로 화장실로 되돌아갔다.

나는 아저씨와 아빠가 정치적인 문제들에 대한 이야기를 시작할 때까지 장의자에 앉아 있었다.

아빠는 아저씨한테서 눈을 떼지 않고 말했다.

"공공사업 촉진국 일이 다시 전국적으로 시행된다더군."

"정부지원금 말고 또 있다지."

트릭슬 아저씨가 되쏘았다.

"그 점에 대해서는 자네 의견에 동의한다고 말할 수 없군."

아빠가 이를 바득바득 갈며 말했다.

이제 내 기회가 왔다. 반드시 이 기회를 잡아야 한다. 그런데 어찌된 일인지 두 다리는 장의자 쿠션에 모르타르를 부어 굳힌 것 같았고, 손바닥에서는 땀이 났다.

"나도 당신이 딸 문제로 골치를 앓고 있다는 걸 이해하네, 캠. 하지만 이건 그 일에 관한 게 아니네."

"나탈리와는 아무 상관 없네, 다비."

"내 말은 당신 처지와 공공사업 촉진국 일은 별개란 걸세."

결국 내 다리가 움직였다. 내 마음은 두 다리 사이에 낀 채 그것들이 시키는 대로 복도로 걸어갔다. 트릭슬 씨나 아빠는 눈치채지 못한 것 같았다. 심장이 어찌나 세게 쿵쿵 뛰는지 가슴에서 작은 규모의 폭발들이 일어나는 것만 같았다.

세븐 핑거스는 화장실 문을 반쯤 닫은 채 수돗물을 흐르게 해놓았다.

수건이 문고리에 매달려 늘어져 있었다.

"세븐 핑거스?"

난 작은 소리로 이름을 불렀다. 입술이 바짝바짝 말라서 소리가 간신히 나왔다.

안을 들여다봤지만, 화장실에 세븐 핑거스는 없었다. 난 숨을 깊이 들이쉬고, 뒤돌아서는 나탈리 방으로 가서 문을 열었다.

아래 서랍이 열려 있고 문 뒤쪽으로 세븐 핑거스의 그림자가 벽에 드리워져 있었다. 놈은 호리호리하고 기다란 몸통으로 나를 잽싸게 지나쳐 화장실로 돌아갔다.

심장이 쿵쿵 뛰는 소리가 내 귀에도 들렸다. 두 팔은 나무 막대기처럼 뻣뻣했다.

"누나한테 접근하지 마."

내가 말했다.

"이건 애들이 나설 일이 아냐."

녀석은 코를 찌르는 담배 냄새와 더러운 입 냄새를 풍기며 웅얼거렸다.

"우리는 네 누나가 어디서 자는지 알고 있어."

화장실 문이 소리도 거의 없이 살그머니 닫혔다. 바로 내 코앞에서.

023
세븐 핑거스의 초콜릿 바

1935년 9월 7일 – 이어서 씀

"아빠, 우리 이야기 좀 해요."

세븐 핑거스가 간 다음에 아빠에게 말했다.

"내일 하면 안 되니?"

"안 돼요."

어두운 그림자가 아빠의 얼굴에 가득 드리워져 있었다. 아빠는 이쑤시개 갑을 주머니 안쪽에 밀어 넣고 머리로 문 쪽을 가리켰다.

"산책하러 나갈까? 그럼 신선한 공기 덕 좀 볼 수 있겠지."

아빠와 나는 층계를 밟으며 부둣가 쪽으로 내려가 물가를 따라 낮게 늘어서 있는 용설란 길 주변을 걸었다. 늦은 오후에 종종 그렇듯이 바람이 세차게 불었다. 꼭 등 뒤에서 거인 손이 우리를 미는 것 같았다. 아빠는 단단히 결심한 사람처럼 완고한 표정으로, 저 건너 샌프란시스코가 바라다보이는 언덕 위의 장소로 걸어갔다. 우리는 언덕 중간의 툭 튀어나온 바위에 걸터앉았다.

난 아빠의 황갈색 눈을 들여다봤다.

"아빠, 에스더 P. 마리노프 학교가 우리 생각처럼 안전한 곳이 아니면 어쩌죠?"

"안전이라니?"

"만약에……."

난 발뒤꿈치로 돌멩이 하나를 굴리면서 들러붙어 있는 흙을 털어내려 애를 썼다.

"만약 나탈리 누나가 그곳에서 안전하지 않다면요?"

아빠는 내 말이 무슨 뜻인지 이해하려고 애쓰느라 눈을 찡그렸다.

"안전이라는 게 무슨 말이냐?"

"만약 누나한테 방문객이 있다면요?"

"방문객이라니? 맙소사. 무스, 지금 뭘 염두에 두고 하는 말이냐?"

난 발밑에서 떨어져 나온 돌멩이를 손에 쥐었다.

"105번 죄수가 걱정돼요."

"105?"

아빠가 되물을 때 강풍이 불어닥쳐 아빠의 교도관 모자가 벗겨졌다.

"정원사요. 여기에서 복역했잖아요. 파이퍼 말로는 몇 주 전에 그 사람이 터미널 아일랜드에서 풀려났대요."

"오, 그래, 양파. 그나저나 넌 왜 그 사람 걱정을 하는 거냐?"

"왜냐면요……."

내 목소리가 차츰 잦아들었다. 난 아빠에게 세븐 핑거스가 나탈리가 자는 곳을 안다고 했던 말을 알릴 참이었다. 그런데 이 섬일까? 에스더 P. 마리노프 학교일까? 어느 쪽이 더 안 좋지? 난 그것조차도 알 수 없었다.

"왜지?"

아빠가 재촉했다.

"모르겠어요. 전 그냥 105가 학교로 나탈리를 보러 오면 어쩌나……."

아빠가 날 뚫어지게 쳐다봤다.

"도대체 넌 어쩌다가 그 작자가 그런 행동을 할 거라고 생각하게 되었니?"

"꿈을 꿨어요. 악몽을요."

아빠는 커다란 공기 덩어리를 입 밖으로 내몰며 긴 숨을 내쉬었다.

"제발, 무스. 잠깐이었지만 난 네 말이 진짜인 줄 알았다."

"그 치가 누나를 찾아낼 수 있을까요?"

"얘야, 그 작자가 왜 그러고 싶어할 거라는 거니? 네 누나는 돈도 없고 그건 우리도 마찬가지다. 그래, 죄수들이 네 누나를 유괴한다고 하자. 하지만 그런다고 그들한테 무슨 덕 볼일이 있겠니? 네 누나는 그 어디보다 그 학교에 있는 것이 안전하단다."

"그럼 여기는요?"

"무스, 날 봐라."

아빠는 내가 당신의 눈을 마주 볼 때까지 기다렸다.

"진짜로 어떤 위험이 있는 곳이라면 난 결코 내 식구들을 데리고 이 섬에 오지 않았을 게다. 저 감방은 철통처럼 막혀 있는 곳이다. 그러니까 지나친 걱정은 그만해라. 올리 선생님은 네가 신경을 너무 쓰면 두드러기들이 도질 거라고 생각하시더라."

나는 매끄러운 돌멩이를 찾아내 물수제비를 뜬 다음 바닷물 속으로 빠져들게 했다.

"세븐 핑거스는 못 믿겠어요."

"좋다! 나도 네가 그 작자를 믿지 않길 바란다."

아빠가 고개를 끄덕였다.

"여기 있는 나만큼 그 작자를 좋아하지는 마라. 난 그놈의 도시 배관공들이 터무니없이 비싸게 수리비를 달라고 하지 않았으면 좋겠다. 하지만 말이다, 내가 보기에 우리 배관 문제는 좀처럼 좋아질 것 같지 않구나. 그 늙수그레한 세븐 핑거스가 초콜릿 바를 좀 지나치다 싶을 만큼 좋아한다는 생각만 드니……"

아빠는 새 이쑤시개를 꺼내려고 주머니에 손을 넣었다.

가끔씩 우리의 삶이 하나를 뽑아내면 전체가 와르르 무너져버리는 이쑤시개들로 이뤄진 것 같은 기분이 들 때가 있다.

"네가 이 모든 것을 찬찬히 생각하고 있다니 좋다. 삶이 이따금 널 한 방 먹이는 경우에도 반드시 혼자서 그 이유를 생각해내야 한다. 다른 사람들이 너에게 뭐라고 하든 그 말을 전부 받아들일 수는 없지."

아빠는 계속 말했다.

"언젠가 나탈리가 어렸을 때, 어떤 의사가 나탈리 병이 전염된다고 하더구나. 집 안에서 우리랑 계속 같이 있게 놔두면 병이 옮는다면서 애리조나 주에 있는 어느 목장으로 보내 다른 사람들에게 옮기지 않게 검역해야 한다고 했지."

"넌 정말 건강했다. 내가 아들한테 바라는 모든 것을 갖고 있었고."

아빠가 한숨을 내쉬고는 입술을 꽉 다물었다.

"나는 안에서부터 시작해 머리 쪽까지 네 누나를 집어삼킨, 어둠처럼 알 수 없는 이런 끔찍스러운 병을 너마저 겪게 할 수 없었다. 그렇다고 짐승처럼 내 딸을 보내버릴 수도 없었지. 그날 이후 나는 여기저기 돌아다니며 어떻게 해결해야 할지 생각해봤지만, 직감적으로 이미 내가 그 답을 알고 있다는 느낌이 들었다. 난 그 의사가 말한 식으로 나탈리를 떠나보내지 않을

224

생각이었단다. 전염이 되는 거라면, 우리도 이미 같은 병에 걸렸을 테니까. 그 다음 주에 우리는 나탈리의 병이 전염된다는 증거가 없다고, 절대 그런 일이 없다고 말해준 다른 의사를 찾아갔다."

"넌 좋은 머리를 가졌지."

아빠는 주먹으로 내 머리를 톡톡 두드렸다.

"난 네 걱정은 하지 않는다."

"그럼 나탈리 누나는요? 누나는 걱정되죠?"

난 작은 소리로 물었다.

아빠는 만 건너편의 샌프란시스코를 바라다봤다. 그곳의 거리는 반듯반 듯하고 질서 있었다.

"나탈리의 삶은 예상대로 풀리지 않겠지. 하지만 너나 나와 같이 세상을 볼 수 없다는 이유만으로 그 애가 우리처럼 하루하루를 즐기지 못한다는 건 아니다. 인생이 어찌 될지 누가 알겠니, 무스, 누가 알겠어?"

024
교도소장 딸과의 거래

1935년 9월 7일, 토요일 – 이어서 씀

제일 중요한 걸 맨 먼저 해야 한다. 그러니까 아빠와 마타만 아저씨가 근신에서 벗어나도록 해야 한다. 그래야 무슨 일이 일어나도 두 분이 자동 해고되지는 않을 것이다. 이 말은 파이퍼에게 이야기할 필요가 있다는 뜻이다. 아직까지 난 파이퍼가 범인이라고 생각하지 않지만, 모두 그렇게 믿고 있다.

지미를 파이퍼에게 데려갈까 생각했지만, 그러지 않기로 결심했다. 우리가 자신을 집단으로 괴롭힌다는 기분이 들지 않도록 하는 게 더 나을 듯싶었다.

또 다른 이유도 있는데, 이건 순전히 그 애가 새 야구공처럼 보드라운 피부와 귀를 어떻게 머리카락 밖으로 내놓는지와 관계가 있는 것이다.

교도소장 집으로 올라가는 동안, 따뜻한 바람이 불어 뒤 머리카락들이 얼굴 쪽으로 쓸려와 두 배나 힘들게 오르막길을 걷는데 엄마가 내게 내려오라는 손짓을 했다. 엄마는 모자를 쓰고 장갑을 꼈으며 악보 가방을 겨드랑이에 끼고 있었다.

"여기저기 널 찾아 헤맸다, 무스."

엄마가 말했다.

"몇 시간만 나탈리 좀 봐줄래? 좀 전에 시내에 사는 한 가족한테서 전화를 받았는데, 오늘 나를 만나 면접을 보고 싶다는구나. 교통비 일체를 포함한 네 건의 교습인데, 요즘 같아서는 괜찮은 강습비란다."

"지금요? 막 파이퍼네로 가려던 길인데요."

엄마의 얼굴에 먹구름이 끼었다.

"나도 서둘러 가봐야 하는데, 어쩌지. 그 집을 찾으려면 시간이 걸릴 텐데."

"나탈리를 데리고 가도 돼요?"

난 엄마가 뭐라고 말할지 몰라서, 엄마의 얼굴을 똑바로 쳐다보지 않고 물었다.

"교도소장 집에 말이니?"

엄마의 목소리는 믿지 못하겠다는 투였다.

"전에도 같이 간 적이 있어요."

난 엄마를 살살 구슬렸다.

"음, 하지만 윌리엄스 부인 상태가 별로라 엄마 생각엔 좋은 때가 아닌 것 같구나. 게다가 너도 알다시피 네 아빠는 여전히 근신 중이시잖니, 무스."

정확히 왜 내가 그 집에 가봐야 하는지에 대해 엄마한테 말할까도 생각해봤다. 난 엄마에게 이 일이 애들의 시시한 일이 아니란 걸 알려주고 싶었다. 하지만 엄마가 이 일은 아빠 일이지, 내가 상관할 바가 아니라고 말할까봐 걱정이 되었다.

"엄마, 중요한 일이에요."

엄마는 다시 깊이 숨을 들이쉬고 물었다.

"왜?"

"아빠가 괜찮다고 하면요?"

이거야말로 도박이다. 가끔 엄마는 내가 엄마의 의견만으로 충분하지 않다는 듯이 아빠와 의논하겠다고 말하면 발끈하곤 했다.

"글쎄다, 네 아빠가 뭐라고 말해줄 수 있을까."

엄마는 굽 높은 신발을 신고 전기 제품 가게 쪽으로 서둘러 가며 대답했다.

지금까지는 그럭저럭 괜찮게 풀린다고 생각할 즈음, 엄마가 가게 문을 열고 머리를 들이밀었다.

"여보! 개인 교습 네 건을 할 기회가 생겨서 난 오후에 도시로 나가 면접을 봐야 해요. 그런데 무스가 나탈리를 교도소장 집으로 데리고 간다는데, 당신 생각은 어때요?"

아빠는 발판사다리에 서서 못, 나사, 볼트 따위를 사이즈별로 정리해두는, 본래는 청량 음료수 병이 담겨 있던 나무 상자를 내리고 있었다. 그런 다음 한 상자 속에 손을 넣고 더듬거렸다.

"거기 무슨 볼일라도 있는 거니? 얼마나 걸리겠니?"

"파이퍼한테 말할 게 있어요. 오래는 안 걸릴 거예요. 아마 한 시간쯤."

"네 누나 잘 봐야 한다."

"물론이죠."

"잘해낼 수 있지, 무스?"

아빠는 손 안에 든 윙너트를 쩔렁거렸다.

"잘할 수 있어요."

난 아빠에게 대답했다.

아빠는 엄마에게 고개를 끄덕였지만, 눈을 맞추지는 않았다.

"헬렌, 일주일 내내 나탈리를 집 안에만 가둬둘 수는 없지 않겠소?"

엄마가 아랫입술을 쭉 내밀었다.

"사디 씨도 다른 아이들과 밖에 나가 어울리지 못하게 한다면 경고를 할 거요."

아빠는 내처 말했다.

"당신도 나만큼 잘 알고 있지 않소."

엄마는 내키지 않았지만 허락의 의미로 내게 고개를 살짝 끄덕였다. 그런 다음 엄마는 나와 나탈리가 구불구불한 길을 걸어가는 모습을 지켜봤다. 늘 그랬듯이 엄마가 나탈리를 걱정하고 있다는 건 알겠는데, 엄마의 눈에는 뭔가 다른 것이 또 있었다. 지금껏 보지 못했던 낯선 그 무엇이. 지금 엄마는 나까지 걱정하고 있는 것이다.

멀리서 승선을 알리는 호각 소리와 함께 하급 교도관이 마지막으로 승선하라고 외치는 소리가 들려왔다. 그리고 한 손으로는 악보 가방을 꽉 잡고 다른 한 손으로는 모자를 쥔 채, 뛰다시피 부두로 내려가는 엄마의 하이힐 소리가 또각또각 들렸다.

나탈리는 강풍에 나뭇잎 하나가 떨어져 뺨에 스치는 것도 모르고 일정한 보폭으로 걸었다. 나탈리는 자신만의 고치에서 나와 움직이고 있었지만, 어디를 가든지 늘 고치를 가지고 다닌다. 오늘은 나탈리가 나를 따라오지 않고, 오히려 나를 앞서 가거나 나란히 걸었는데, 우리 둘 다 거센 돌풍에 같이 몸을 맡긴 채로 떠다니는 것만 같았다. 난 파이퍼네에 들를 것이라고 설명해주었다. 그런 다음, 얌전히 있어주면 레몬 케이크를 구워주겠다고 말했다.

내 말을 무시하는 것처럼 보였지만, 이내 나탈리가 거의 혼잣말처럼 중얼거리는 소리가 들렸다.

"굽지 않는다."

웃음이 났다. 나탈리는 내가 요리를 할 줄 모르는 걸 알고 있다. 한번은 나탈리에게 주려고 알파벳 과자를 구워봤는데 말굽에 편자로 써도 될 만큼 딱딱했다.

교도소장의 저택에 도착해 내가 벨을 여러 번 누르고 나서야 어깨 위에 몰리를 얹은 외팔이 윌리가 문을 열어주었다.

"무스구나."

윌리가 소리쳤다.

나탈리는 신발을 바라보던 고개를 들고 어깨 위의 쥐를 쳐다봤다.

"쥐."

흥분감이 실린 목소리로 나탈리가 속삭였다.

"들여보내."

뒤쪽에서 버디의 목소리가 들리자, 외팔이 윌리가 한쪽으로 비켜주었다. 버디와 파이퍼는 거실에서 체스를 두고 있었다. 탁자 위의 유리잔, 빈 접시, 구겨진 냅킨들의 숫자로 보건대 마라톤 시합인 것 같았다. 파이퍼는 체스판을 열심히 들여다보았다. 망아지의 꼬랑지처럼 뒤에서 하나로 묶은 곳에서 비어져 나온 잔머리가 너무 많아서 매듭 속에 남아 있는 머리칼은 별로 없을 듯싶었다. 마치 옷을 입은 채로 잠들었던 것처럼 보였다. 지금 알카트라즈에서는 FBI 최고 우두머리의 방문을 준비하느라 섬의 한쪽 끝에서 다른 쪽 끝까지 박박 문지르고 광을 내는 중이다. 오늘 아침만 해도 나는 교도소장이 처들리 부교도소장을 호되게 꾸짖는 소리를 들었다. 블랙 마리아의 흰 줄이 있는 타이어가 새것처럼 깨끗하지 않고 화단에는 죽어버린 식물들이 있다는 이유였다. 그런데 어째서 교도소장 본인의 집은 이처럼 어수선할까?

외팔이 월리가 부엌 식탁 자기 의자 쪽으로 돌아가 앉았는데, 앞에는 숫자들이 잔뜩 적힌 긴 목록이 놓여 있었다. 이어서 월리는 눈으로는 숫자 목록을 훑어보면서 분주히 두 손을 놀리며 구두들에 광을 냈다. 아마도 교도소장의 것들이리라.

"쥐."

나탈리가 말했다.

"몰리."

외팔이 월리가 중얼거렸다.

나탈리는 마치 자신이 외팔이 월리의 감독이라도 되는 양, 외팔이 월리의 어깨 위에 앉아 있는 몰리에게서 눈을 떼지 않았다. 나는 나탈리와 파이퍼를 둘 다 볼 수 있는 부엌과 거실 사이에 있었다.

내가 여기 있다는 걸 파이퍼도 알았지만, 그 앤 날 무시했다.

"이야기 좀 할 수 있어?"

내가 물었을 때 부엌에서 딸랑, 하고 종소리가 한 번 났다. 그러자 버디 보이가 신발 속에 발을 밀어 넣고 셔츠 주머니 속에서 넥타이를 꺼내 자신의 머리 위로 휙 넘기고는 울대뼈 아래 쪽의 매듭을 흔들며 부엌으로 갔다.

파이퍼가 그 모습을 쳐다보았다. 두 눈이 움푹 들어가 보였다.

"가."

파이퍼가 말했다.

"파이퍼, 정말 너랑 할 이야기가 있어."

내가 말했다.

파이퍼가 나를 노려봤다.

"아니, 너랑은 없어."

나는 다가가서 근처의 의자에 앉은 뒤, 계속 나탈리를 지켜볼 수 있도록 좀 더 당겨 앉았다. 나탈리와 쥐는 뭔가 공통되는 중요한 것을 막 발견하기라도 한 것처럼 얼어붙은 듯 꼼짝하지 않았다.

파이퍼는 손바닥으로 얼굴 쪽의 잔머리들을 치우고, 발을 꼼지락거리며 종소리가 난 방향을 쳐다봤다.

"부탁이야, 파이퍼, 제발. 중요한 일이야."

내가 말할 때 나탈리가 몰리에게 손을 내밀었다. 그러자 몰리가 나탈리의 손바닥 위로 잽싸게 움직였고 외팔이 윌리가 목록을 보다 말고 고개를 들어올렸다. 그런 다음, 윌리는 다시 몰리를 받아들일 준비가 된 듯 몰리 위쪽에서 자신의 손을 돌렸다. 한편 나탈리는 몰리에게 바짝 얼굴을 갖다 대고 급히 뭐라고 중얼거렸다.

"윌리한테 그 쥐 줘."

내가 나탈리에게 말했다.

"이름이 몰리야."

나탈리가 웅얼거렸다.

"몰리 돌려줘."

나는 말을 하며 파이퍼 쪽을 신경 썼다.

파이퍼는 끝없이 흥미롭다는 듯 계속 체스판을 들여다보고 있었다.

"이러지 말고 우리 밖에 나가서 이야기하면 안 될까?"

내가 물었다.

"무슨 이야기를 하고 싶은 건데?"

"개인적인 거야."

나는 엄지로 문을 가리켰다.

"난 바빠."

파이퍼는 감기라도 걸린 듯한 탁한 목소리로 대답했다.

"그럼 언제 괜찮아?"

내가 물어볼 때 버디 보이가 다시 부엌에서 나왔다.

"엄마는 괜찮아?"

파이퍼가 작은 목소리로 물었다.

"괜찮아. 걱정 마, 우리 귀여운 파이퍼. 엄마는 괜찮으시니까."

버디 보이가 파이퍼에게 따뜻한 미소를 지어 보였다.

파이퍼는 그 말을 듣고는 기분이 많이 나아졌다.

나는 다시 관심을 끌어보려고 노력했지만, 파이퍼는 날 무시해버렸다. 오늘은 분명 말할 기분이 아닌 듯했고, 게다가 집 안 분위기도 으스스한 것이 이곳을 벗어나고 싶었다.

"나가자, 누나. 몰리 돌려줘."

나탈리에게 말했다. 나탈리는 한 손가락으로 쥐의 머리와 등허리 아래쪽을, 다시 머리와 등허리 아래쪽을 정확히 같은 순서대로 여러 차례 쓰다듬었다.

"나탈리 누나, 제발."

나는 나탈리를 듣기 좋은 소리로 구슬렸다.

하지만 나탈리는 몰리를 쓰다듬는 데 온 신경을 집중하고 있었다.

그때 외팔이 윌리가 숫자를 보던 고개를 들고, 유연하게 쥐의 몸통 쪽으로 자신의 손을 내밀어 한 번의 매끄러운 동작으로 몰리를 셔츠 주머니 속에 집어넣었다.

어라! 나탈리가 이 일을 어떻게 받아들일지 알 수 없었다. 언젠가 나탈리는 자신의 단추들을 엉망으로 만든 남자의 얼굴을 후려친 적이 있다. 남자는 다치지 않았지만, 엄마는 몹시 당황했었다. 엄마는 그 자리에서 남자에게 20달러를 건네며 고발하지 말아달라고 사정사정했다.

"자, 그만 가자, 나탈리 누나."

나도 나탈리를 붙잡아 여기서 벗어날 수 있기를 바라는 마음으로 간절하게 부탁했다.

"우리는 내일도 몰리를 볼 수 있어."

"내일. 우리는 몰리를 내일 볼 수 있다."

나탈리가 중얼거렸다.

"그래, 누나."

내가 맞장구쳤다.

그러자 나탈리의 머릿속에서 회로 스위치가 켜진 듯, 얼굴 표정에서 긴장감이 누그러지고 평상시 높이대로 어깨를 편하게 내려뜨리더니, 내 뒤를 느릿느릿 따라왔다.

현관문을 열고 나탈리와 내가 밖으로 나와 문을 닫으려고 하는데, 어느새 파이퍼가 우리를 따라 살며시 빠져나왔다.

"너, 나한테 할 말 있다고 하지 않았니?"

파이퍼는 마치 내가 거절한 사람이라도 되는 양, 천진난만하게 물었다.

"그래."

내가 계단에 앉으면서 대답했다. 그러자 파이퍼는 등을 자기 집에 기댔고, 나탈리는 자신의 행동이 끝없이 흥미롭기라도 하다는 듯 한쪽 발을 동동 굴렀다.

나는 숨을 깊이 들이마셨다.

"어떻게 이야기해야 할지 모르겠는데…… 혹시 너 우리 아빠와 마타만 아저씨가 근신을 당하게 된 일과 관계가 있니?"

파이퍼는 귀를 긁적거렸다.

"누가 궁금해하는 거지?"

"내가 알고 싶은 거야."

파이퍼는 공허한 표정으로 교도소 쪽을 쳐다보며 대답했다.

"어쩌면."

"어쩌면? 파이퍼, 너 관계가 있다는 거야, 없다는 거야?"

나는 파이퍼의 답을 기다렸지만 그 애는 계속 교도소만 쳐다봤다.

"사람들한테 네가 그런 거짓말을 했을 리 없다고 말했어."

내 목소리는 시큼하다 못해 쓰고 떨떠름했다.

말을 하면서도 나는 이 애한테 이런 말을 꺼내는 것이 황당하고 터무니없다는 것을 알고 있었다. 파이퍼는 바라던 것을 얻기 위해서라면 항상 거짓말을 지어내고, 사람들은 그 애가 그러도록 내버려둔다. 만일 엄마와 마타만 아주머니가 아빠와 마타만 아저씨의 근신에 대해 파이퍼가 책임을 져야 한다고 생각한다면, 어째서 그 애를 추궁하지 않는 걸까? 파이퍼가 교도소장 딸이기 때문이다. 그게 이유다.

"네가 틀렸어. 테레사는 그렇게 생각할 만하고 물론 너도 그랬겠지만, 넌 내 편을 들어주지 않았어. 넌 그저 테레사를 화나게 할까봐 걱정했잖아."

파이퍼는 콧방귀를 뀌고 말을 이었다.

"아무도 가련하고 어린 무스한테는 화를 내지 않지. 그러니 넌 그때그때마다 그냥 사람들이 널 사랑하고 있는지 확인이나 하면 되잖아."

"난 너처럼 적을 만들고 싶지 않아. 그게 네 말뜻인지는 모르겠지만 말이야."

파이퍼는 어깨를 으쓱했다.

"알 게 뭐야. 따분하다."

"따분하다고? 이유도 없이 우리 아빠와 마타만 아저씨가 근신을 받게 해놓고 고작 한다는 말이, 따분하다고?"

"그래서 넌 내가 뭘 어떻게 해주길 바라는데?"

"사실을 알려줘."

파이퍼가 눈알을 굴렸다.

"왜 내가 그래야 하지?"

파이퍼는 진짜로 그래야 하는 이유를 모르겠다는 듯이 물었다.

"그렇게 하는 게 올바른 거니까."

"넌 진짜로 내가 그걸 신경이나 쓸 거라고 생각하는 거니?"

나는 여태껏 파이퍼만큼 짜증 나는 사람을 만나본 적이 없다. 이 애를 보면 혈관 속에서 방금 전에 화약이 폭발한 것 같은 느낌이 든다.

"이렇게 하면 어떨까? 내가 이 일을 말끔히 정리해주는 대가로 네가 내게 빚을 지는 건 어때?"

파이퍼가 제안이랍시고 했다.

"너희 아버지한테 사실대로 말할 거란 뜻이니?"

"물론 아니지. 난 아빠한테 아저씨들이 마시는 게 술인지 알았다고 말할 거야. 맥주처럼 맑은 황금색이었는데, 알고 보니 사과주스였다고."

"전에는 왜 너희 아빠한테 설명하려고 하지 않았니?"

파이퍼의 녹색 눈은 선명하고 예리하게 빛났다.

"그동안 벌어진 일이 너무너무 무서웠거든."

파이퍼는 감정이 섞인 떨리는 목소리로 말했다.

"난 너한테 말할 용기가 나질 않았어."

그러면서 파이퍼는 자기 눈가에 손을 갖다 댔다.

정말 대단한 연기력이다! 어쩌자고 이런 애를 좋아할 수 있는지! 내 자신이 역겨웠다.

그런데 지금도 난 그 애 입술과, 팔의 곡선과, 빛나는 머리카락을 쳐다보고 있다. 오늘은 구질구질한데도 파이퍼는 여전히 아름다웠다.

"하지만 내 말대로 넌 내게 빚을 지는 거야."

"내가 너한테 무슨 빚을 지는데?"

"아직 결정은 안 했어."

그러더니 내게 한 걸음 다가와, 기댄 몸을 아래로 낮춰 내 얼굴을 정면에서 바라보았다. 숨을 쉬자 파우더의 단 냄새가 딸려 왔다. 그 애의 입술이 내 뺨에 닿았고 내 안의 움푹 팬 깊숙한 곳에 있는 모든 것들까지 어루만졌다.

"파이퍼, 뭐 좀 물어봐도 돼?"

내가 속삭였다.

"너 좀 더 착해질 수는 없니?"

"지금?"

파이퍼는 좀 전에 자신의 입술을 갖다 댄 내 뺨의 바로 그곳을 매우 부드럽게 어루만졌다. 그 애의 강렬한 단 냄새에 압도된 내 몸 이곳저곳에 뜨거운 땀방울이 맺히는 것만 같았다.

"아니."

나는 손을 뻗어 부드럽고 다정하게 그 애의 턱을 만지며 대답했다.

"앞으로 계속."

나는 입술로 그 애의 입술을 더듬더듬 찾으며 속삭였다. 이래도 되는 건지 알 수는 없었지만 불현듯 떠오른 스카우트도, 그 애가 해준 충고들도 신경 쓰이지 않았다. 난 그저 내 식대로 할 생각이었다.

"테레사."

나탈리가 속삭였을 때, 난 깜짝 놀랐다. 나탈리를 완전히 잊어버리고 있었다. 나탈리는 우리 곁에서 목마를 타는 것처럼 두 다리를 벌리고 앞뒤로 몸을 흔들고 있었다. 이윽고 테레사와 지미가 우리 쪽을 향해 언덕 위로 달려오는 것이 보였다. 얼굴로 피가 모여드는 것을 느낄 수 있었지만, 난 등을 돌린 채였다. 그러니까 그 애들은 보지 못했을 것이다.

또 테레사라니, 난 여전히 믿기지 않았다. 아무래도 그 애는 있지 말아야 할 곳에 있는 재주가 있나보다.

"무스, 우린 네가 필요해!"

지미가 외쳤다.

"무스, 우린 네가 필요해!"

따라 하는 파이퍼의 목소리는 시큰둥했다. 그런 다음, 파이퍼는 날 쳐다보더니 몸을 돌려 집 안으로 들어갔다. 파이퍼의 등 뒤에서 문이 세게 닫혔다.

"무스 뽀뽀."

나탈리가 중얼거렸다.

"무스가 뽀뽀한다."

얼굴이 뜨겁게 화끈거리며 방금 전에 머리통을 오븐 안으로 처넣었던 것처럼 느껴졌다. 하지만 지미와 테레사는 너무 화가 나서 나탈리가 하는 말은 듣지도 않았다.

"무스한테 알려줘, 오빠."

테레사가 재촉했다.

"입 닥쳐, 테레사."

지미가 말했는데, 두 볼이 벌겋게 달아올라 있었다. 그러고는 콧등에 안경이 제대로 얹혀 있는 걸 모르는 듯, 안경 한쪽을 똑바로 하더니, 다른 쪽도 마저 매만졌다.

"나한테 뭘 알려주려고?"

지미는 땅바닥을 발로 찼다.

"내가 망쳐놨어."

작은 소리로 말하는 지미의 얼굴이 새빨갰다.

"내가 그걸 던졌잖아? 분명히 던졌는데……."

"뭘 던졌는데?"

"창살 벌리는 연장 말이야. 근데 자넷이 갖고 있어."

테레사가 불쑥 말을 내뱉었다.

"자넷이 그걸 자기 회전목마에 썼어. 알록달록한 조랑말들이 죄다 달려 있는 회전목마 말이야. 꼭대기에다가는 텐트 덮개 대신 냄비 받침대를 덮었고."

"어떻게 그걸 찾아냈대?"

"분명 바닷물에 쓸려 해변으로 떠밀려 온 걸 비치백 안에 주워 담아 집으로 가져가서 회전목마에 썼을 거야."

지미는 여태 날 쳐다보지 않았다.

"자넷은 그게 뭔지 모를까?"

지미와 테레사가 동시에 머리를 흔들었다.

"하지만 트릭슬 아저씨는 뭔지 알 거야…… 우리 정말 큰일 난 거네."

내가 말했다.

"자넷이 이발소 기둥처럼 그걸 장식해뒀어."

지미가 설명했다.

"바로 아저씨 코앞에 있는데 아직까지 눈치채지 못했을까?"

"빤히 잘 보이는 데 숨겨져 있다니."

지미가 작은 소리로 웅얼댔다.

"뭔가를 숨겨두려면 그렇게 하는 게 최선이라고 아빠가 말했어. 우리 그만 여기서 벗어나자."

"그래."

지미가 내 말에 동의했다.

"나탈리 누나! 가자!"

난 큰 소리로 나탈리를 불렀다.

025
갇혀 있는 나쁜 녀석들

1935년 9월 7일, 토요일에서 9월 8일, 일요일까지

나탈리는 다리를 끌면서도 다른 때보다는 빠르게 걸었다. 구불구불한 길을 내려가는 그 모습을 바라보았을 때, 따라오기 위해 최선을 다하는 모습에 고마운 마음이 한가득 북받쳐 올랐다. 나탈리는 나름의 이상한 방식으로 최선을 다하고 있었다. 정말 그랬다.

나는 나탈리가 키스의 의미가 뭐라고 생각할지 궁금했다. 물론 한순간 나탈리가 자신만의 세상에 빠져버리길 바랐지만, 그래주지는 않았다. 그렇다고 나탈리가 일부러 우리 옆에 서 있었다거나 쳐다보거나 뭔가를 했다는 것은 아니다. 심지어 파이퍼는 나탈리를 언급하지도 않았고, 설령 나탈리가 쳐다보고 있었더라도 그렇게 했을 것이다.

트릭슬 씨 집으로 가는 동안 이 모든 생각들이 내 머릿속에 밀려들었다. 64동에서 가장 큰 집의 문 앞에 허둥지둥 도착하고 나서야 우리가 이곳에 오게 된, 적당히 둘러댈 만한 이유가 필요하다는 생각이 떠올랐다.

"넌 자넷을 만나러 온 거야."

문을 두드리면서 내가 테레사에게 일러주었다.

"내가? 내가 왜?"

테레사가 쏘아보았다.

"그러지 말고, 테레사."

지미가 살살 달랬다.

"넌 5분 동안 자넷한테 상냥하게 굴 수 있잖아. 그러는 동안 우리는 창살 벌리는 연장을 찾아야 해."

"그걸 내가 어떻게 해야 하는 건데?"

테레사가 두 손을 엉덩이에 갖다 대고 물었다.

"자넷이 나한테 그 연장을 거저 넘겨주진 않을 거란 말이야."

나는 다시 현관문을 두드렸다. 아직까지 아무런 대답이 없었다.

테레사는 나를 쳐다보았다. 입술을 어찌나 꽉 다물었던지 턱에 주름이 질 정도였다.

"오빠들은 나탈리 언니를 안으로 데려갈 수 없어."

테레사가 속삭였다.

"왜?"

"왜냐하면,"

테레사가 웅얼거렸다. 지미에게 구원의 눈빛을 보냈다.

"어찌 되었든 집에 사람이 없잖아."

지미가 분명하게 말했다.

"안으로 들어갈 거야?"

테레사는 눈살을 찌푸리며 물었다.

지미와 나는 서로의 얼굴을 쳐다봤다.

"그럴 수는 없어. 그랬다간 도둑질이 되지 않을까?"

테레사가 알고 싶어했다.

나는 문고리를 돌려봤다.

"어쨌든 잠겨 있어."

알카트라즈에서는 절대로 문을 잠그지 않는다. 부모님들은 나쁜 녀석들은 모두 갇혀 있기 때문에 이곳이 샌프란시스코보다 더 안전하다고 했다. 그래서 우리도 마음대로 서로의 집을 드나드는 데 익숙하다.

물론 다비 트릭슬 아저씨의 집에는 드나들지 않는다. 그러니까 우리는 아저씨가 집 문을 잠가두는지도 전혀 눈치채지 못했다.

"이제 뭘 하지?"

지미가 물었다.

"자넷이 집에 올 때까지 기다려야지."

내가 대답했다.

"자넷은 해변에서 그걸 발견했을 텐데, 그게 왜 우리 잘못이야? 아무도 그게 왜 거기 있었는지 알 턱이 없잖아."

지미가 논리적으로 말했다.

"그래, 하지만 위험해. 만일 세븐 핑거스가 그걸 손에 넣으려 했다면……."

나는 설명을 하려고 했다.

"계속 말해봐."

지미가 으르렁거렸다.

"내가 바보처럼 던졌기 때문이라는 거겠지. 스카우트가 던졌다면 이런 일은 절대 일어나지 않았을 테고."

"스카우트는 기념품으로 가지려고 했거나 아니면 다른 것과 맞바꾸자고 했을 거야."

나는 뒤돌아 우리 아파트로 가는 계단으로 내려가며 지미에게 해명했다.

"진짜 네 생각은 그게 아니잖아."

지미가 툴툴거렸다.

"지미, 내가 이 일로 화가 난 거 같아? 내가 화난 것처럼 보여?"

비록 이렇게 물었지만, 이렇게 말하면서 나는 정말로 화가 나기 시작하는 걸 느낄 수 있었다.

"그래."

"여기서 내가 뭐라고 말하길 바라는데? 내가 알 수 있게 말해줘봐."

나는 지미에게 요구했다.

"넌 왜 가끔 사실대로 말하지 않냐?"

"무슨 이야기를 하는 거야? 난 항상 네게 사실대로 말했어."

"아니, 넌 아니야. 넌 내가 듣고 싶어할 거라고 생각하는 말만 했어. 그건 다른 사람들한테도 마찬가지야."

나는 손안에 아무것도 쥐고 있지 않다는 것을 보여줄 때처럼 두 손바닥을 펼쳤다.

"난 화나지 않았어. 알았지, 지미?"

"넌 화났어. 내가 망쳐버려서 넌 화가 난 거야. 그리고 넌 내가 야구를 못하니까 당황스러운 거고."

"자, 들어봐. 난 난처하지 않아. 하지만, 그래, 난 네가 야구를 좋아했으면 해. 그런데 그게 뭐가 문제라는 거야?"

지미는 길고 낮게 휘파람을 불었다.

"난 너는 다를 거라고 생각했어. 그런데 다른 사람들과 마찬가지야."

그렇게 말하고 지미는 발을 돌려 자기네 집으로 걸어갔다.

테레사는 입을 헤벌린 채로 조용히 있었다. 게다가 검은 눈동자는 물안 경처럼 커져 있었다.

"지미 오빠는 나 말고는 아무한테도 화내지 않아. 한 번도 그런 적 없었 어."

테레사가 말했다.

저녁 내내 나는 트릭슬 씨네 집을 확인했지만, 자넷의 식구들은 집에 돌 아오지 않았다. 해가 지고 나서야 내일까지 기다려야 한다는 걸 알게 되었 다. 밤이 늦은 시각에 자넷을 만나러 꼭 가야 하는 그럴싸한 이유를 생각해 낼 수가 없었다. 어떤 이유로도 트릭슬 아저씨의 의심을 받지 않을 수는 없 을 테니까. 내일 가장 먼저 그 일을 처리할 셈이다. 일단 찾아가서 자넷에게 말을 꺼낼 것이다. 지미가 훨씬 좋은 회전목마를 만들어줄 거라고 말할 생 각이다. 지미가 자넷이 만든 것을 가져가 모델로 쓰고 싶어한다고도 말할 생각이다. 그런 다음 그걸 받으면 지미네로 가서 창살을 벌리는 연장을 다 른 것과 바꿔치기하고 그건 영원히 없애버릴 것이다.

* * *

아침에 일어났을 때, 64동 건물의 목조 부분은 페인트칠이 진행 중이었 고, 여분의 부두 장비들은 눈에 띄지 않게 끌어내졌고, 64동으로 올라가는 층계는 비질이 되어 있었고, 창문들은 닦여 있었고, 부두 탑의 지붕은 박박 문질러져 있었고, 새똥은 제거되어 있었다. 콕스 호 또한 새로 페인트칠을 한 겹 더했고, 놋쇠 붙박이 물품들은 나탈리가 좋아하는 단추들처럼 반짝 반짝 윤이 났고, 죄수들은 도로를 물청소하고 있었다.

내가 매점에 들어갔을 때 토마토소스 깡통들을 완벽한 피라미드 형태로 쌓아올리고 있는 비 아줌마가 보였다.

"자넷은요?"

"몬테레이에 있는 그 애 사촌 집에 데려다주었다. 말이 있는 곳이지."

비 아줌마는 이 정도면 모든 것이 설명되었다는 듯 말했지만, 이것이 내가 아줌마한테 알아낸 전부였다. 아줌마는 잡담을 나눌 상황이 아니었다. 어제 갔었는데, 배달할 것이 또 있었다. 그 뿐 아니라 새 식료품들을 꺼내놓아야 하는 데다 파티 준비며 머리 손질까지 해줘야 한다고 말했다. FBI 우두머리인 후버와 연방수사관 네스의 방문이 모든 어른들의 관심과 행동을 징발해버린 것 같았다.

오후에는 파이퍼와 애니가 비 트릭슬 아줌마 집에서 머리를 하고 돌아가는 길에 우리 집 문을 두드렸다.

"할 말이 있어."

애니가 말했다. 그 애의 머리는 곱슬곱슬하게 파마한 머리칼들이 바라는 것과는 완전히 반대쪽에 핀으로 찔러져 있었다. 심지어 야구 바지를 입은 모습은 영 편안해 보이질 않았다. 파이퍼도 똑같은 머리 모양이었지만, 그 스타일은 그 애의 모습을 매력적으로 돋보이게 했다.

우리는 내 방으로 들어가 문을 닫았다. 비 트릭슬 아줌마가 이 애들 머리에 바른 파마약 냄새가 코를 찔러 방이 작고 불편한 느낌이 들었다.

애니는 나무상자에, 파이퍼는 내 침대에 앉았지만, 나는 뭘 어떻게 해야 할지 모른 채로 서 있었다.

"난 파티에 갈 거야."

파이퍼가 내게 알려주었다.

"물론 넌 가겠지. 너 공연 있잖아."

내가 대답했다.

"응, 본래는 그런 다음에 거길 떠날 계획이었는데, 그러지 않으려고. 스카페이스가 보고 싶거든."

파이퍼는 오늘따라 더욱 그 애다운 모습이었다. 잘됐다고 생각되면서도 다른 한편으로는 나쁜 일이기도 했다.

"그리고 너도 나랑 같이 있게 될 거야."

파이퍼는 마치 손가락으로 쏠 것처럼 나를 겨눴다.

"난 안 가."

"넌 내게 빚졌고 왜 그런지도 알고 있을 텐데."

그 애의 손가락은 정확히 목표물을 겨냥했다.

"너희 뭐야?"

애니가 알고 싶어했다.

"난 너랑 같이 갈 수 없어. 나탈리를 봐야 해."

내 말에 파이퍼는 미소를 지었다.

"이미 카코니 아주머니가 그 일을 하게끔 손봐놨어."

"우리 부모님은 찬성하시지 않을걸."

"벌써 하셨어."

파이퍼는 고소해하며 말했다.

"우리 아빠가 너희 부모님께 말했어. 그분들은 우리 아빠 말은 거절 못하잖아."

"잠깐. 너희 아빠한테 스카페이스를 만나고 싶으니 허락해달라고 말했다고?"

"아니, 어리석긴. 아빠한테 네가 우리 공연을 보면 좋겠다고 말했어."

"그게 스카페이스랑 무슨 상관이 있는데?"

"우리 아빠가 아는 범위 내에서는 아무것도 없지. 우리는 숨어서 볼 거니까. 알 카포네가 웨이터를 할 거래. 게다가 공연도 할 거야. 그건 버디가 알려줬어."

"난 문제 일으키기 싫어. 우리 아빠가 근신 중이야."

난 파이퍼를 노려보며 말을 이었다.

"내가 잡히면 우리 식구는 이 섬에서 쫓겨날 거야."

"그럼 우리 거래는 끝이야."

"넌 정이라곤 없는 애야, 알아?"

내가 파이퍼에게 말했다.

"무슨 거래?"

애니가 꼬치꼬치 물었다.

"넌 상관할 거 없어."

파이퍼가 잽싸게 받아치며 머리를 긁었다.

"잘 들어."

그러면서 내 쪽으로 몸을 돌렸다.

"내가 남자애였다면 틀림없이 우리 아빠는 날 그 식탁에 앉아 있게 했을 거야."

"그게 뭐랑 무슨 상관이 있는 건데?"

내가 물었다.

"넌 아는 게 뭐니?"

파이퍼가 코웃음을 쳤다.

"넌 포기하는 편이 낫겠어. 자, 들어봐. 난 너희 아빠를 근신 처분 받게 했어. 그러니까 해고하게 할 수도 있다는 거지."

애니의 입이 쩍 벌어졌다.

"애니도 이젠 알아버린 것 같은데."

내가 파이퍼에게 말했다.

"그게 뭐, 어쩔 건데?"

파이퍼가 애니에게 몸을 돌렸다.

"넌 파이퍼가 원하는 대로 해야겠다. 방법이 없어."

애니는 머리 스타일만큼이나 자신한테 어울리지 않는 나긋나긋한 목소리로 대답했다. 파이퍼는 의기양양하게 미소 지었다.

"들었지, 무스? 애니까지도 내 말에 찬성하잖아."

026
알 카포네는 웨이터!

1935년 9월 8일, 일요일

아침에 교도소장은 밖으로 나와 모든 게 정확하게 정리되었는지 살펴보았다. 교도소장이 에나멜가죽처럼 광이 반질반질 나도록 해둔 블랙 마리아는 J. 에드거 후버와 엘리엇 네스를 태우고 언덕 위로 올라가 여러 장소들을 둘러볼 수 있도록 준비되어 있었다. 부두는 말끔하게 박박 닦여 있었고, 그 아래쪽은 뻣뻣한 솔로 문질러 청소되어 있었다. 이끼와 썩은 조류에서 났던 악취들은 그새 깨끗한 빨래에서 나는 향기와 아이보리 비누의 좋은 냄새로 바뀌어 있었다. 교도소장의 행동을 보면 누구라도 후버와 네스가 왕족이라는 생각을 할 것이다. 아빠는 30분 동안 엄마가 샌프란시스코에서 사 온 특수 크림으로 모자에 달린 배지에 광을 낸 다음, 신발을 닦기 시작했다.

"멋진데요."

내가 아빠에게 말했다.

"하지만 알 카포네가 닦은 것보다는 덜 멋져요."

250

아빠가 코웃음을 쳤다.

"그 사람 비결이 뭘까? 난 추측도 못 하겠는데."

아빠가 말했다.

엄마는 양복점에서 죄수들이 만들어준 장미 빛깔의 새 원피스를 입을 생각이었다.

"정말 그 사람들 솜씨 훌륭하지 않니, 무스? 너한테도 기회를 줄 걸 그랬다는 생각이 들었지만 말이다. 여보, 당신 무스가 바느질을 좋아하는 거 몰랐죠?"

"안 좋아해요, 엄마. 그만해요."

"내가 듣기론 그게 아니던걸. 애니 엄마 말로는 네가 바느질 솜씨가 있다던데."

"아줌마는 그런 말 안 했어요."

"아니, 했단다. 네가 사람들한테 보여주기 싫어할 뿐, 숨은 재주가 있다고 생각하시던걸."

엄마들이란 가끔 황당하다. 맹세컨대 엄마들 모두가 그렇다. 그렇지만 나탈리가 에스터 P. 마리노프 학교에 입학하기 전까지 우리 엄마가 나를 이런 식으로 놀린 적은 없었다. 모든 건 변한다더니, 진짜 그렇다.

엄마는 더 이상 나를 놀려대지 않고, 트릭슬 아줌마네로 가서 반나절 동안 머리 손질을 했다. 내가 그걸 아는 건, 자넷이 아직도 돌아오지 않았는지 알아보려고 최소한 세 번은 그 집 현관문을 두드려봤기 때문이다. 난 이 섬에서 창살 늘리는 연장을 다시는 못 보게 치워버려야 한다. 하지만 자넷이 집에 올 때까지 뭘 어떻게 해야 할지 생각해낼 수가 없었다.

나탈리만이 이 모든 야단법석을 의식하지 않는 듯했다. 나탈리는 누가 자신과 단추 체스를 둘 수 있을지에 관심이 많았다. 테레사가 어떻게 나탈리가 이 게임을 좋아하리라는 걸 알아냈는지 모르겠지만, 그 애가 맞았다. 나탈리는 상대가 누구든 매번 이긴다. 사실 나탈리에게는 우리 중 누구보다 자기 자신이 더 나은 게임 상대이지만, 나탈리는 우리랑 두고 싶어했고 우리가 게임을 건성으로 하면 화를 낸다.

땅거미가 내려앉자, 완전히 새것처럼 말끔해진 블랙 마리아가 후버 씨와 네스 씨를 교도관 클럽으로 태워 가기 위해 대기했고, 섬의 한쪽 끝에서 다른 쪽 끝까지 흥분으로 들떠 웅웅거렸다.

"애니와 파이퍼가 노래를 끝내면, 카코니 아줌마는 손이 부족할 정도로 바빠질 테니까 넌 곧장 여기로 돌아와야 한다, 알았지?"

아빠가 모자를 반듯하게 매만지면서 내게 말했다.

"네."

나는 아빠를 쳐다보며 대답하면서도 무슨 일이 벌어지고 있는지 설명할 수 있으면 좋겠다고 생각했다.

나탈리와 나한테 마지막 날들이 왔다. 그리고 난 항상 아빠의 미움만 받는 것 같았다. 마타만 아저씨를 근신에서 벗어나게 해드려, 무엇이든 모두 내가 잘못했다는 지미의 생각을 바로잡아주고 싶었다.

지미는 해야 할 일을 알고 있다. 오후에 우리는 문제 해결을 위해 모든 걸 철저하게 논의했다. 내가 파이퍼 옆에 붙어 있을 동안 지미와 테레사는 카코니 아줌마를 도와 나탈리를 지켜볼 것이다.

"넌 나탈리가 버럭 짜증을 부리거나 엉뚱한 짓을 못 하게 해야 돼, 알지?"

내가 지미에게 물었다. 사실 나탈리가 짜증 부리지 않게 막을 방법은 없다. 우리 둘 다 그걸 알고 있다.

"테레사가 계속 나탈리랑 놀 거야. 그리고 만일 문제가 생길 것 같으면 돌멩이를 한 더미 가지고 올라와서 내 돌멩이 기계를 위해 그것들을 분류하라고 할 거야."

지미가 내게 말했다.

"좋아, 그럼 난 가볼게. 너도 괜찮은 거, 맞지?"

나는 다시 물었다.

갑자기 몸을 곧추 세운 나탈리는 움직임이 뻣뻣했다.

"나탈리 누나, 누나한테 말한 거 아니야. 누나는 그냥 테레사랑 여기 있어."

나탈리는 내 말을 알아들은 것같이 보였다. 작은 미소가 쏜살같이 입술 양 옆으로 확 퍼졌다. 테레사의 얼굴 가득 즐거움이 넘쳐흘렀다.

"봤어, 무스 오빠? 봤어? 언니가 나랑 여기 있고 싶대."

내가 마타만 아줌마네 집에 들어갔을 때 이미 아줌마는 없었다. 아줌마는 우리 부모님과 함께 교도관 클럽에 가신 뒤였고, 마타만 아저씨는 부두 감시 탑에서 근무 중이었다. 한편 카코니 아줌마는 자리를 잡고 앉아 교도소장의 새로 태어날 아이에게 입힐 겉옷을 실로 뜨고 있었고, 나탈리는 지구본을 빙빙 돌렸으며, 테레사는 마룻바닥에 누워 나탈리가 불러주는 나라를 그리려고 손에 연필을 쥔 채 준비하고 있었다. 이건 테레사가 방금 만들어낸 새로운 게임으로 둘은 한창 그 재미에 빠져 있었다.

모두 만족해서 내가 더 걱정할 필요는 없었다.

교도관 클럽에 도착했을 때 그곳은 완전히 달라져 있었다. 의자들은 파란 휘장이 드리워진 주 공연 무대를 마주 보게 놓여 있었다. 파이퍼와 애니는 긴 벨벳 치마에 주름이 많이 잡힌 하얀 블라우스와 굽 높은 구두를 신었다. 파이퍼는 우아하고 성숙해 보였다. 애니는 도미노 패처럼 마지못해 차려입은 듯, 바보처럼 보였다. 애니의 얼굴은 트릭슬 아줌마가 매만져준 머리 때문에 더욱 네모져 보였다.

애니는 피아노 앞에 앉아 시작 신호를 기다렸다. 애니는 피아노를 잘 쳤고 노래도 썩 잘 불렀다. 하지만 파이퍼가 입을 열었을 때는 끔찍했다. 파이퍼는 예뻤지만 노랫소리는 깡통 따개 소음처럼 들렸다. 엄마는 이를 갈며 파이퍼가 음정을 잡으려고 노력할 때마다 자신의 손을 꼬집었다. 파이퍼가 놓친 건 단순히 높은 음뿐만이 아니었다.

끝나고 나서 애니와 파이퍼는 우리 엄마만 제외하고 모두가 쳐주는 길게 울려 퍼지는 박수 소리에 고개를 숙여 인사했다. 나는 앞문 쪽 밖으로 나가서 그 애들을 기다렸다. 어떻게 해야 그 애들의 공연이 진짜로 좋았다고 연기할 수 있는지 말고는 당장 아무것도 생각나지 않았다.

"우리 어땠어?"

마침내 애니와 함께 밖으로 나온 파이퍼가 사람들의 시선을 받아 발개진 표정에 들뜬 목소리로 물었다.

"멋졌어."

진심으로 웃으려 애쓰면서 그 애들에게 말해주었다.

"정말 멋졌어."

"무스, 오늘 밤 네 옷을 입혀준 사람이 누구야?"

애니는 내 양복 정장과 타이를 살피며 물었다.

엄마는 내 정장 외투에서 단추들이 모두 떨어져 나간 걸 알아보고 비누와 물로 내 입을 닦아내는 벌을 주려고 했지만, 나탈리의 단추 상자에서 그것들을 보고 나서는 비누를 치워버렸다.

"평상시 애 모습 같지 않지, 그치?"

파이퍼가 내 모습을 평가했다.

"조금도."

애니가 동의했다.

안쪽에서 교도관 클럽을 피아노 홀에서 식당으로 바꾸기 위해 탁자들을 안쪽으로 나르며 부산을 떠는 소리가 들려왔다.

"자, 우리 이제 가봐야 해."

나는 파이퍼에게 말하고, 우리 둘은 계단으로 내려갔다.

애니가 머뭇거렸다.

"조심해, 알았지?"

애니가 등 쪽이 불빛에 휩싸인 채 계단에 서서 작은 소리로 말했다.

교도관 클럽의 주 출입구는 2층에 있었지만, 우리는 아래층으로 내려가 우리가 '아이들 문'이라고 부르는 쪽으로 갔다. 아이들 문은 잠겨 있었지만, 파이퍼한테 열쇠가 있었다. 파이퍼는 주머니에서 열쇠를 꺼내 자물쇠를 땄다. 우리가 다시 안으로 들어갈 때에도 애니의 그림자는 여전히 계단 위에 드리워져 있었다.

교도관 클럽의 아래층에는 아무도 없었지만, 우리 머리 위는 그릇이 부딪치는 소리, 교도관이 지시를 내리는 소리, 바닥을 가로질러 황급하게 걷는 발소리 등으로 부산스러운 부엌이었다.

파이퍼가 방 안의 어두컴컴한 뒤편에 있는 찬장을 열자 안쪽에서 계단통이 나타났다. 교도관 클럽은 알카트라즈가 육군 교도소였던 시절에는 피엑스 건물이었다. 아주 일부이기는 하지만 아직도 이 건물에는 옛날 그대로 이용되는 장소들이 있다. 예전의 부엌은 여전히 부엌으로 쓰이지만, 이 뒤쪽의 통로는 위에서 널빤지로 가로막아놓았다.

널빤지는 허둥지둥 못질이 되어 있어 벌어진 틈을 통해 우리는 식료품 저장실을 들여다볼 수 있었고, 또한 열려 있는 저장실 문으로는 빳빳하게 풀을 먹인 새하얀 요리사 복장을 한 남자 하나가 빳빳한 버섯 모양 모자들이 놓인 접시를 나르며 부엌을 홱 지나가는 것을 보았다.

저 사람이 알 카포네일까? 나는 목을 길게 빼고 그를 보려 했지만, 이 장소에서는 그다지 잘 보이지 않았다. 이어서 검은 재킷에 흰 바지를 입은 남자가 빈 접시를 들고 부엌으로 들어왔다.

"다음엔 뭔가?"

그가 물었다.

"미트볼 칵테일입니다."

외팔이 윌리가 멀쩡한 손에 든 반짝이는 은쟁반의 균형을 다시 잡으며 쥐새끼 같은 목소리로 대답했다.

"체리를 가져와!"

누군가 고함을 지르자, 갑작스레 어두운 붙박이 밀실 안쪽으로 불빛이 쏟아져 들어왔다. 파이퍼가 내 손을 잡았다. 손톱이 내 손바닥을 파고들었다. 보미니 교도관이 우리 앞에서 몸을 숙이고 선반을 살폈다.

내가 숨을 참고 있는 동안, 보미니 아저씨는 오로지 마라스키노 체리가 든 병을 찾는 데에만 관심을 두었고, 결국 쉽게 찾아냈다. 나가면서 저장실 문을 꽉 닫아, 모든 것이 암흑으로 변했다.

"두 개가 필요해."

다른 누군가가 고함을 지르자 또다시 저장실 문이 활짝 열렸다. 이제는 음식을 나르기 위해 기다리고 있는, 한 무리의 서빙하는 사람들이 보였다. 모두 흰색의 요리사 복장이거나 고급 레스토랑의 웨이터처럼 만찬용 검정 재킷을 입고 있어서, 그들은 어느 누구도 죄수로 보이지 않았다. 뭔가가 내 코를 간질였다. 먼지거나 마늘 냄새다. 재채기를 하고 싶은 강한 충동이 내 입안 뒤쪽을 간질였다. 나는 목구멍으로 재채기를 잡아 가두려고 이를 갈았다. 그러고는 재채기를 삼켰을 때 보미니 아저씨의 손이 체리 병을 잡아

쥐었다. 아저씨는 서두르다가 우리를 보지 못했고, 이번에는 문을 활짝 열어둔 채 나갔다.

"85번, 이번에는 네 차례다!"

트릭슬 아저씨는 큰 소리로 외쳐댔다. 파이퍼가 내 손을 꼭 쥐고 있고, 잠시지만 우리가 북적거리는 웨이터들 속에서 알 카포네를 찾아내려 애쓰는 동안, 난 그 애 옆에 꼭 붙어 서 있는 게 좋았다. 비록 풀 먹인 셔츠가 배 둘레에서 비어져 나왔어도 검은 재킷과 하얀 바지의 웨이터 복장을 한 알 카포네는 말쑥했다. 그의 검은 머리칼은 이발사가 한 가닥을 놓치고 자르지 못한 것처럼 귀 주변에 조금 돌돌 감겨 있었다. 그가 접시를 쌓고 있을 때 얼굴에 난 상처를 볼 수 있었다.

"한 번에 한 장씩, 잘 쌓도록."

트릭슬 아저씨가 명령했다.

"소장님이 제일 먼저인가요?"

누군가가 물었다.

"후버 씨 먼저. 그런 다음 네스 씨. 두 분께 동시에 접대하는 건 어떨까요?"

보미니 아저씨가 제안했다.

그때 우리는 거의 우리를 향해 걸어오고 있는 것처럼 보이는 알 카포네의 모습을 전체적으로 볼 수 있었다. 그가 몸을 빙 돌렸기 때문에 삐뚤삐뚤한 상처는 우리가 있는 어두운 저장고 쪽에서는 완벽한 선으로 보였다. 그는 섬광처럼 빠르게 접시 위에 놓인 감자를 겨냥해 가래를 조금 내뱉은 뒤 다른 접시에도 똑같이 했다. 전에도 이런 짓을 100번은 족히 해본 것처럼 순조롭고 차분하게, 두 접시를 한쪽 손에 옮기더니 검지로 으깬 감자 위쪽을 마지막 장식을 하듯이 휘저었다.

"문제가 있나, 85번?"

처들리 부교도소장이 물었다.

"없습니다. 잘 잡고 있습니다."

알 카포네는 펼친 양쪽 손바닥에 얹어놓은 접시들의 균형을 잡으며 보고한 뒤 평생 웨이터로 일한 사람처럼 자신 있게 들고 나갔다.

"자, 가자."

파이퍼가 내 손을 잡아끌며 속삭였다.

우리는 버려진 1층 볼링장에 가려고 다시 최대한 조용히 하며 계단통으로 내려갔다. 내가 문으로 가자 파이퍼가 다른 쪽으로 나를 잡아당겼다.

"20분이야, 기억하지?"

내가 속삭였다.

"그리 오래 걸리지 않았어."

"걸렸어."

"우린 이걸 꼭 봐야 해."

파이퍼가 우겨댔다.

"아니."

내 안에서 모든 것들이 일제히 일어났다. 난 파이퍼가 이런 식으로 날 다루지 못하게 할 것이다.

"여기서 다툴 수는 없어."

파이퍼는 싱글 볼링 레인을 지나, 권투 글러브가 든 가방이 놓인 곳으로, 당구 큐대가 있는 곳으로 나를 홱홱 잡아끌며 앞쪽의 옥외 계단통으로 데리고 올라갔다.

"파이퍼. 난 안 된다고 말했어."

내가 팔을 뒤로 빼면서 말했다.

"넌 이 일이 나한테 얼마나 큰 의미가 있는지 이해 못 해."

파이퍼가 속삭였다.

"내 인생은 끝났어. 이게 전부야."

파이퍼의 이런 행동이 진짜인지 연기인지 알 수 없었지만, 어느 쪽이든 나는 문제에 걸려든 것이다.

"얼토당토않은 소리 하지 마."

내가 말했다.

"사실이야. 넌 몰라."

어찌나 내 팔목을 꽉 잡았던지 밧줄에 묶여 찰과상이 생겼을 때처럼 화끈거렸다.

"나하고…… 가지…… 않으면…… 바로 여기서 소리 질러버린다."

파이퍼의 협박에도 난 내 입장을 고수했다.

파이퍼는 크게 숨을 들이마시더니 속삭이듯이 낮게 비명을 지르기 시작했다.

"기다려."

내가 말했다.

우리는 서로를 쳐다봤다. 딱 3센티미터 정도 떨어져 있었지만 우주의 다른 쪽에서 보듯이.

"좋아, 알았어."

내가 양보했다. 달리 할 수 있는 것도 없었으니까.

중앙 계단은 영화가 막 시작된 극장 통로처럼 이상스럽게 조용했다. 꼭대기에서 파이퍼는 모든 사람들의 가장 좋은 외투가 가득 걸려 있는 커다란 정장 외투 옷장 안으로 자신과 나를 밀어 넣었다. 자수 꽃이 달린 보미니 아줌마의 스웨터와 칼라에 비버 털이 달린 비 트릭슬 아줌마의 외투와 엄마의 가장 좋은 흰 코트를 보았을 때 속이 답답하게 조여왔다.

아니, 난 여기서 잡히지 않을 것이다. 내가 주변을 빙 둘러보고 다시 파이퍼를 보았을 때, 파이퍼는 입을 벌리고 조용히 신음했다. 난 다시 고분고분하게 파이퍼 뒤를 따라갔다. 파이퍼가 날 조종하는 건 견딜 수 없고, 강요받지 않는다면 이런 짓은 결코 하지도 않았을 테지만, 여기에 있다보니 분명 어떤 스릴이 있다는 것 또한 인정할 수밖에 없다.

이 붙박이 밀실은 알카트라즈가 육군 기지였던 시절에는 우체국이었다. 코트 아래에 있는 우편물 투입구 사이로 저 건너 버클리의 반짝이는 불빛과 검은 수면 쪽을 향해 있는, 높다란 창문에 비친 교도관 클럽 건물의 불 밝힌 전체 풍경이 우리 눈에 들어왔다.

방 안은 바닥에 바닥과 같은 길이의 검정색 천이 깔려 있고, 풀을 빳빳하게 먹인 흰색의 짧은 식탁보를 덮은 테이블이 놓인 고급 레스토랑처럼 꾸며져 있었다. 각각의 테이블 위에는 크리스털 와인 잔, 물 잔, 디저트와 빵 접시 외에도 포크 세 개와 스푼 세 개가 사람 수대로 놓여 있었다. 윌리엄스 교도소장은 J. 에드거 후버 바로 오른쪽에 앉아 있었다. 후버 씨는 짙은 눈썹에 야비한 인상의 사내였다. 교도소장의 왼쪽에는 부드러운 얼굴에 가운데 가르마를 한 검은 머리의 젊은 남자가 있었는데, 그가 네스일 것이다.

엄마와 아빠도 트릭슬 아저씨와 아줌마, 처들리 부부와 함께 같은 테이블에 앉아 있었다.

"너희 엄마는?"

윌리엄스 부인의 자리가 없다는 것을 알고 내가 물었다.

"쉿, 조용."

파이퍼가 내게 경고했다.

사람들은 숨소리가 섞인 발랄한 파티용 목소리로 담소를 나누고 있었다. 무슨 이야기를 하는지 들을 수는 없었지만, 모두가 후버와 네스의 비위를 맞추고 있다는 것은 몸짓으로 알아챌 수 있었다. 비 트릭슬 아줌마는 오늘 또다시 매이 카포네와 똑같은 은백색으로 머리칼을 물들이고서 후버 씨를 쳐다보고 있었다. 심지어는 아빠도 네스 씨가 엄청나게 기발한 말이라도 한 것처럼 고개를 끄덕였다.

"자 봐. 알 카포네는 먼저 네스 씨에게 서빙할 거야."

파이퍼가 속삭였다.

알 카포네는 조용히 그러나 새 신발을 시험해보기라도 하듯 일부러 천천히 걸었다. 얼굴에는 트릭슬 교도관 아저씨를 기꺼이 따르겠다는 표정을 지으며. 그런 다음, 알 카포네는 네스 씨 앞에서 잠시 동안 손을 떨었는데, 그러다 접시를 네스 씨에게 엎어 머리통에 대고 문지르지나 않을지 궁금했다. 그러지는 않았다. 오히려 그는 식탁보를 매만지고 과장된 동작으로 접시를 내려놓고서, 한쪽 다리를 뒤로 빼고 다른 쪽 무릎을 굽혀 인사하는 것까지 모든 걸 잘해냈다. 그런 다음에는 살짝 소리 나게 구두 뒷굽을 부딪치고서 차렷 자세로 자신이 침을 뱉은 으깬 감자에 엘리엇 네스 연방수사관이 포크질을 하는 모습을 지켜보았다.

교도소장이 미소로 칭찬했다. 최상의 칭찬이 표정에 잘 드러났다.

"됐어. 봤으니까, 이제 여기서 나가자."

내가 속삭였지만, 파이퍼는 움직이지 않았다.

"쇼가 안 끝났어."

"넌 알 카포네를 보고 싶다고 했잖아. 봤으니까 그만 가자."

"안 돼."

파이퍼는 트릭슬 아저씨가 알 카포네를 다시 부엌으로 데려간 다음 외팔이 윌리가 병목에 하얀 받침을 두른 와인 병을 들고서 주빈 테이블에 나타날 때까지 있겠다며 우겨댔다. 윌리는 과시하듯 병을 살짝 틀면서 모든 잔을 채웠다. 그는 한쪽 팔이 없는 데다 검정 재킷 소매 한쪽은 움직일 때마다 속이 비어 축 늘어진 채 펄럭거렸음에도 불구하고 모든 걸 해냈다.

윌리가 트릭슬 아저씨를 쳐다보자, 아저씨는 고개를 끄덕였다. 그러고 나서 외팔이 윌리는 트릭슬 씨를 따라 부엌으로 들어가며 자신의 어깨 위에 눈에 보이지 않는 무엇인가를 멀쩡한 손으로 갖다놓았다.

"저건 소금이야."

파이퍼가 속삭였다.

"윌리는 일을 끝마치고 나면 어깨 위에다 소금을 뿌려."

"왜?"

"행운을 비는 거야. 그걸 잊어버리고 안 했던 밤에 한쪽 팔을 잃어버렸댔어."

트릭슬 아저씨는 꽤나 불만스러운 웃음거리라도 있는 듯 입술을 씰룩거렸다. 그러더니 앞쪽 연단으로 가서 와인 잔을 쨍그랑거리며 방 안을 향해 주목해줄 것을 요청했다.

"실례합니다만 지갑을 잃어버린 분이 있는 것 같습니다."

아저씨는 야단스럽게 지갑을 벌리고 신분증을 꺼냈다.

"여기 이름이 있군요. J. 에드거 후버 국장님이네요."

후버 씨는 집중하지 않고 있었다. 그는 우리 아빠와 낮은 목소리로 대화를 나누는 데 빠져 있었다.

"후버 국장님, 잃어버리신 것이?"

윌리엄스 교도소장은 얼굴에서 웃음기를 지우고 후버 씨 쪽으로 몸을 숙이며 물었다.

"뭐라고 하셨죠?"

후버 씨가 물었다.

"뭐 잃어버리신 것이 없는지 물었습니다."

교도소장이 대답했다.

후버 씨는 조끼와 정장 재킷과 바지 주머니를 손으로 두드렸다. 검정 눈동자도 손의 위치에 따라 움직였다.

외팔이 윌리가 빈 쟁반을 들고 돌아왔다. 그러자 트릭슬 아저씨가 접힌 냅킨을 허공을 향해 펼치더니 조심스럽게 쟁반 위에 덮고 그 한가운데에다 지갑을 올려놓았다. 외팔이 윌리는 쟁반을 들고 종종걸음으로 후버 씨에게 갔는데, 입술 모양이 좀 전보다 시무룩해져 있었다. 후버 씨가 지갑을 집어 들고 내용물을 확인하고서 치즈를 발견한 쥐새끼처럼 한 번에 재빠르게 조끼 주머니 안으로 밀어 넣었다.

"주머니를 알카트라즈에서 주웠다고 생각해보세요, 국장님."

윌리엄스 교도소장은 식빵 위에 두껍게 버터를 바르며, 후버 씨의 얼굴을 들여다보지 않으려고 조심하면서 말했다.

"오늘 오후에도 말씀드린 것처럼, 후버 국장님, 이곳 알카트라즈에는 이 나라를 통틀어 가장 영리한 범죄자들이 있습니다. 그러니까 제 생각엔 저희 경비력을 삭감하시는 건 그다지 좋은 안이 아닌 것 같습니다…… 정말 좋지 않은 생각입니다."

027
던지고, 받고, 던지고, 받고

1935년 9월 8일, 일요일 − 이어서 씀

나는 드디어 파이퍼를 그곳에서 데리고 나와, 계단으로 다시 내려가 지하실 볼링장 안으로 또 들어갔다.

"믿겨?"

파이퍼가 속삭였다.

"네스 씨가 알 카포네의 침을 먹었어. 알 카포네가 어떻게 트릭슬 씨 신발에 광을 내는지 알겠지? 바로 그게 비법이었어."

"침 뱉어 광내기랄까?"

파이퍼는 허파에서 바람 빠지듯 소리 없이 웃으며 물었다.

"윌리는 대단해. 손 움직이는 건 보이지도 않던데, 넌 봤니?"

보름달과 건물 입구의 불빛이 어스름한 바깥으로 나오며, 내가 작은 소리로 물었다. 차가운 밤공기가 살갗을 때려, 뜬금없이 멍청하게 파이퍼를 쳐다보며 생각했다. 어떻게 부두 경비 탑에서 근무하는 마타만 아저씨한테 들키지 않고 64동으로 돌아갈 수 있지? 어쩌자고 이 생각은 여태 안 했을까?

"어떻게 돌아가지?"

내가 물었다. 파이퍼는 이까짓 실수는 해도 된다고 하겠지만, 난 아니다.

"벽을 따라 궁둥이를 흔들며 내려가서 물속으로 걸어가면 되겠지."

파이퍼가 제안이랍시고 했다.

"마타만 아저씨가 우릴 총으로 쏴버릴 거야. 우리가 탈출하는 죄수라고 생각할 테니까."

"그럴지도 모르지만, 그렇지 않을 수도 있어."

파이퍼가 대답했다.

난 눈알을 굴렸다. 파이퍼는 어찌 된 애가 이런 일에 심드렁할 수 있는 지. 정말이지 잡히기라도 바라는 것만 같다.

"돌멩이를 엉뚱한 방향으로 던지는 거야. 그럼 마타만 아저씨가 그쪽을 향해 총구를 겨눌 테니까, 우리는 그때 뛰는 거야."

내가 제안했다.

"넌 물건만 던지면 모든 일이 다 해결되지, 그치?"

파이퍼가 작은 소리로 물었다.

"더 좋은 생각이라도 있어?"

파이퍼는 내 질문에 고개를 저었다.

"아니."

이마에 온통 땀방울이 맺혔다. 우리는 경비 탑을 쳐다봤다. 어쩌면 마타만 아저씨 모르게 아빠의 전기 제품 가게 뒤편으로 돌아갈 수 있을지도 모른다. 하지만 일단 64동 근처까지 가게 되면 눈에 띄지 않고 돌아가는 방법은 거의 없다고 볼 수 있다. 그렇다고 여기에 서서 아빠가 밖으로 나오기만 마냥 기다릴 수도 없는 노릇이다. 나탈리한테 돌아가봐야 한다.

첫 번째로 집어 던진 돌멩이는 아무 소리도 내지 않았다. 두 번째로 던진 돌멩이는 진흙 덩어리같이 반질거리고 컸는데, 바닥의 새똥들 위로 떨어지면서 귀뚱이들이 떨어져 나갔지만, 새로 청소한 길이라 먼지 더미가 날리지는 않았다.

어찌 되었는지 걱정할 새도 없이 우리는 냅다 뛰었다. 다리를 쭉쭉 벌리며 뛰어서 길 건너 아빠의 전기 제품 가게 뒤편으로 올라갔다. 이제야 탑에서 보이지 않는 안전한 곳에 있게 되었지만, 막상 또 어디로 가야 할지 생각나지 않았다.

이제 64동으로 가기 위해서는 마타만 아저씨가 볼 수 있는 반경 안으로 뛰어야만 한다. 눈에 띄지 않을 수 있는 방법은 없다. 내달려와 숨이 가빴다. 파이퍼도 마찬가지다. 지금 이 애 생각도 내 생각과 같을 것이다. 이제 우리는 죽은 거나 마찬가지다.

"여기에 올 이유가 있는 척을 해야 해."

파이퍼가 말했다.

"안 돼."

내가 대답했다.

"내게 맡겨."

그러면서 파이퍼는 전기 제품 가게에서 빤히 보이는 경비 탑의 둥근 유리 창 아래로 휙 지나 64동 쪽으로 가로질러 갔다.

금세 마타만 아저씨가 강렬한 불빛의 수색등으로 파이퍼를 비추는 바람에 나도 그만 종종걸음으로 파이퍼가 서 있는 곳으로 걸어나왔다.

"파이퍼? 무스?"

아저씨가 확성기를 입에 대고 외쳤다.

"그 아래에서 뭐 하는 거냐?"

"후버 씨를 위한 공연을 하고 막 돌아오는 길이에요, 마타만 아저씨."

파이퍼가 대답했다.

"좀 더 일찍 끝난 걸로 아는데."

마타만 아저씨가 고함을 질렀다.

"아니에요."

파이퍼가 대답했다.

"맞니, 무스?"

마타만 아저씨가 아래쪽을 향해 외쳤다.

죄책감에 몸이 달아오르면서 내 귀에도 들릴 정도의 크기로 심장이 쾅쾅 뛰었다.

"네, 맞습니다."

난 그만 힘없이 대답했다.

파이퍼는 보통 때처럼 자신 있는 태도로 당당하게 걸었다. 난 편안하게 64동 계단을 졸졸 뒤따라 내려갔다.

마타만 아주머니네 도착했을 때, 파이퍼가 큰 미소를 지으며 말했다.

"난 정말 잘하는 거 같아."

파이퍼는 양심의 가책도 느끼지 않는지 궁금해하고 있는데, 카코니 아줌마가 땀으로 뒤범벅된 붉게 달아오른 얼굴로 우리를 닦달했다.

"너희가 데려간 거니?"

아줌마가 화를 냈다.

"누구요? 누구를 데리고 가요?"

난 질문을 하면서도, 이미 답을 알 수 있었다. 배가 당기며 머리가 핑 도는 느낌이 들었다.

"도대체 무슨 일이 생긴 건지 모르겠구나, 무스."

아줌마는 입술을 떨기 시작했다.

"조금 전까지만 해도 나탈리가 있었는데, 금세 사라져버렸단다. 지미하고 테레사가 찾아보려고 밖으로 나갔어. 너라면 그 애가 어디로 갔을지 알 것 같은데, 암, 당연히 알고 있겠지."

아줌마는 손수건으로 이마를 닦았다.

"부모님을 모시고 오는 게 좋을 거 같아요."

내가 말했다.

"그러게, 무스…… 갈 필요까지는 없을 것 같은데, 갈 거니, 응? 그럼, 가보렴. 네 누나를 찾아봐라. 넌 찾을 수 있을 게다."

아줌마가 커다란 손을 내 등에 얹더니, 문밖으로 등짝을 떠밀었다.

"아줌마는 우리가 너희 엄마한테 알리는 게 싫은 거야."

발코니 아래로 뛰어 내려가는데, 파이퍼가 불쑥 내뱉었다.

난 나탈리가 어디로 갔을지 생각해내려 애를 썼다.

"그네 쪽을 찾아보자."

연병장 쪽 계단으로 오르며 내가 말했다.

부모님을 모셔 와야 할지 말아야 할지 헷갈렸다. 나탈리와 함께 있지 않았다고 알리고 싶지는 않지만 지금은 상황이 심각하다.

우리는 64동 모퉁이를 돌아서 가다가 지미와 테레사를 만났다. 둘은 조금 전까지 수천 킬로미터를 뛰어 온 사람들처럼 헉헉댔다.

"나탈리는?"

내 목소리가 갈라졌다.

지미는 옆구리가 아픈지 상체를 숙였다.

"64동 뒤, 차이나타운, 연병장을 다 뒤져봤는데, 없어."

"난 화장실에 있었어."

테레사가 흥분한 목소리로 설명했다.

"지미 오빠가 나탈리 언니를 보기로 했었잖아."

지미가 손바닥으로 머리통을 감쌌다.

"딱 2분 걸렸어. 야구공을 가지러 간 거야. 철책을 넘어갔거든."

지미는 불쌍한 목소리로 중얼거렸다.

"오빠는 공을 던지고 잡고 던지고 잡고 하는 것밖에 안 했잖아."

테레사는 정말로 지미에게 고래고래 소리를 질러댔다.

"입 좀 다물고, 테레사. 나탈리나 찾아보자."

파이퍼가 테레사에게 말했다.

"나탈리 누나는 어디로 갔을까?"

생각해내려 애를 썼지만, 두려움에 머릿속이 뒤죽박죽이었다.

"비밀 통로?"

파이퍼가 작은 소리로 물었다.

"거긴 몰라."

이 말을 하고 나서 어제 내가 나탈리에게 했던 말이 떠올랐다. '우리는 내일도 몰리를 볼 수 있어.'

"너희 집이야."

내가 파이퍼에게 말했다.

그러자 테레사가 조그만 자동 기계처럼 머리통을 끄덕였다.

"언니는 계속 몰리라는 쥐 이야기를 했어."

"왜 미리 그 이야기 안 해줬어?"

지미가 테레사에게 고함을 질러대자, 테레사가 떨면서 한숨을 내쉬었다.

"나한테 소리 지르지 마. 나도 그 생각이 안 났단 말이야."

이미 나는 계단을 뛰어 올라갔고, 파이퍼는 곧장 내 뒤를 따라왔다. 우리를 보는 게 쉽거나 또렷하지 않을 뿐이지 이 지점에서도 마타만 아저씨는 우리를 또 볼 수 있었다. 하지만 당장은 마타만 아저씨가 걱정되지 않았다. 그저 나탈리가 어디 있는지 찾아내고 싶을 뿐이다.

우리는 경비 탑 보초를 서는 마타만 아저씨가 볼 수 없는 곳으로 달아나려고 냅다 달려 파이퍼네로 가는 지름길로 갔다. 최소한 경비 아저씨들만이라도 없어야 할 텐데. 아, 하느님. 다행스럽게도 밤에는 경비가 없었다.

언덕 위로 달려온 우리는 헉헉대면서 파이퍼네 문간으로 올라갔다. 파이퍼가 문을 열고, 슬그머니 안으로 들어가더니 내 코앞에다 대고서 문을 닫았다.

"넌 잠깐 여기서 기다려."

숨죽인 파이퍼의 목소리가 집 안쪽에서 웅웅거렸다.

"야."

난 힘껏 문을 열어젖혔다.

"안 돼."

파이퍼는 문을 세게 닫고 잠갔다.

나는 문을 두드렸다.

"파이퍼!"

고함을 지르다 주변을 뱅 돌아 뒷문으로 뛰어간 다음, 온몸을 던졌다. 문이 쉽게 열리는 바람에 하마터면 부엌 바닥에 꼬꾸라질 뻔했다.

물약 같은 것이 든 주머니들과 알약 통들이 즐비한 커다란 부엌 안쪽으로 침대 하나가 옮겨져 있었다. 거기에는 윌리엄스 교도소장의 부인이 어마어마하게 불룩 튀어나온 배 위로 얇은 이불을 덮고 누워 있었다. 얼굴빛은 죽은 생선처럼 칙칙했고, 팍 익어버린 복숭아 냄새가 공기 중에 둥둥 떠다녔다. 옆에서는 올리 선생님의 누님이 물수건으로 부인의 이마를 닦아주고 있었다.

"무스?"

올리 선생님의 누님이 놀란 표정으로 날 올려다봤다.

"찾았어! 여기 있어."

파이퍼가 집 안의 반대편 쪽에서 외쳐댔다. 순간 온몸으로 안도감이 쫙 퍼졌다.

나는 뒷문을 박차고 나왔지만, 한발 늦어버렸다. 파이퍼는 벌써 집 안을 뛰어다니며 날 찾고 있었다. 그렇게 내가 뒷문으로 빠져나가는 것을 보고야 말았다.

"집 안으로는 들어오지 말랬잖아."

파이퍼가 가라앉은 목소리로 말할 때 어디선가 나탈리가 불쑥 나타났다.

"나탈리 누나."

난 나탈리를 만나 기쁜 마음으로 반겼지만, 안심이 되면서도 마음이 아팠다.

"내가 말했지!"

파이퍼가 소리를 질렀다.

"그래, 하지만……"

나는 복숭아 빛깔의 커다란 달빛이 환하게 얼굴을 비춰주고 있는 파이퍼를 노려보며 웅얼거렸다.

"그렇게 쳐다보지 마!"

파이퍼가 날 밀쳐냈다.

"어떻게 말이야?"

어떻게 쳐다봐야 할지 어리둥절해진 내가 중얼거렸다.

"그만해!"

파이퍼는 손톱으로 내 눈을 쏙 뽑아낼 태세였다.

"우리 엄마는 괜찮다고 버디가 말했어."

파이퍼의 목소리가 갈라졌다.

"그래."

난 낮은 목소리로 대답했다.

저 아래 파티장에서 멀리 떨어져 있는 이 위 세상은 조용했다. 어둠 속에서 귀뚜라미가 우는 소리와 저 멀리 배의 경적만이 흐릿하게 들려왔을 뿐이다. 파이퍼는 당장이라도 폭발할 것처럼 보였다.

"난 널 믿어."

난 내가 낼 수 있는 가장 부드러운 목소리로 속삭였다.

파이퍼가 나를 다시 밀쳐냈다.

"우리 엄마는."

"그래, 괜찮으시지."

나는 팔을 뻗어 차가운 밤공기를 맞았다.

파이퍼의 얼굴 아래로 눈물이 주르륵 떨어졌다.

"그렇게 쳐다보지 말라고 했잖아! 우리 엄마는 괜찮다고!"

파이퍼가 훌쩍거렸다.

"아기가 곧 나올 거야. 그러면 다 괜찮아질 거야."

파이퍼는 마치 벗어둔 드레스처럼 쓰러지더니, 훌쩍이며 숨이 넘어갈 듯 소리를 질렀다. "너도 말해봐."

"너희 엄마는 괜찮으셔, 파이퍼."

나탈리는 바닥에서 양쪽 발을 번갈아 떼며 몸을 흔들어댔다. 눈으로는 파이퍼 한 번, 땅 한 번, 다시 파이퍼 한 번, 땅 한 번 번갈아 쳐다봤다.

파이퍼의 눈이 무쇠판 위의 베이컨처럼 지글지글거렸다.

"넌 네가 다 안다고 생각하지만 그렇지 않아. 모두 널 싫어해, 무스."

"모두 널 싫어해, 무스."

나탈리는 파이퍼의 말을 따라 했다.

"나탈리는 아냐. 난 아냐."

나탈리는 자신의 가슴을 두드리면서 웅얼거렸다.

파이퍼는 그런 나탈리를 무시했다.

"지미가 그러는데, 야구를 좋아하지 않는다며 네가 바보 취급을 한다고 했어."

"난 그렇게 대한 적 없어."

"그럼 걔가 야구를 배우려고 왜 그렇게 애를 쓴다고 생각해?"

난 이를 박박 갈았다.

"애니가 그 앨 가르쳐주고 있어. 그리고 애니는…… 어쨌든 넌 여자애가 공을 잘 던진다는 것만 좋아한다고."

"내가 애니를 좋아하는 데에는 여러 가지 이유가 있어."

난 작은 소리로 대답했다.

"파이퍼, 넌 그냥 화가 났을 뿐이야. 나한테 분풀이하지 마."

"그래? 그럼 이유를 대봐. 애니를 좋아하는 이유를 한 가지만 대보라고."

"그 앤 착해. 똑똑해. 그 애는 믿을 수 있어."

"그 애가 야구를 못 했으면, 넌 그 애랑 친구로 지내지도 않았을걸."

"그렇지 않아."

"아냐, 그래. 스카우트는 항상 자기가 날 따라다닌다고 생각하는 네가 싫대."

"글쎄, 그 애가 널 따라다니는 건 사실이잖아."

"넌 아무것도 몰라, 아냐?"

파이퍼는 내게 욕을 퍼부어댔다.

"넌 너희 누나처럼 영락없는 바보 천치야. 너희 가족 유전이야."

그러면서 파이퍼는 나탈리를 쳐다보았다. 뺨 아래로 눈물이 흘러내렸다.

"바보 천치."

파이퍼가 나탈리 얼굴에 대고 고함을 질렀다.

"입 닥쳐!"

난 참을 수가 없었다. 아무도 나탈리한테 이 말만은 하지 않는다. 아무도. 그때 부엌에서 본 광경이 내 머릿속에 번쩍 떠올랐다. 푸석하고 핼쑥한 잿빛 얼굴. 달짝지근하게 푹 썩어가는 병자의 냄새.

"너희 엄마는 어디가 안 좋은 거니, 파이퍼?"

내가 작은 소리로 물었다.

"안 좋은 거 없어! 절대 없어!"

파이퍼가 고래고래 소리를 질러댔다. 하지만 점점 심하게 고함을 질러 대는 그 모습을 보면 볼수록 그 애 말은 믿기지가 않았다. 이윽고 파이퍼가 날 밀쳐냈다.

"봐도 모르겠냐, 이 바보 천치야? 아무 이상도 없는데!"

파이퍼는 몸을 홱 돌리고는 집 안으로 뛰어 들어갔다.

나탈리와 내가 64동으로 돌아왔을 때, 마타만 아주머니가 아파트 바깥에서 우리를 기다리고 있었다. 아줌마가 어디까지 아는지, 모르는 건 무엇인지 알 수 없었지만, 눈을 가늘게 뜨는 모양새며 발을 동동 구르는 모습으로 보아, 분명 화가 잔뜩 나 있는 것 같았다.

"곧장 자야 된다, 너희 둘 다."

아줌마는 차갑고 딱딱한 목소리로 말했다.

"30분 안에 확인하러 갈 거야. 그때는 코를 드르렁 골며 잠들어 있어야 한다. 내 말 알아듣겠지?"

"마타만 아저씨가 내일 아침 8시에 야간근무를 끝내고 오시면, 무스 넌 우리 집에 와서 무슨 일이 있었는지 알려야 한다. 너, 테레사, 지미는 설명해야 할 짓을 했으니까 말이다. 내 말 듣고 있지? 오늘 밤처럼 중요한 날에 허튼짓을 하다니…… 창피한 줄 알아!"

아주머니는 값진 보석 지갑을 내 앞에 대고 흔들었다.

"아줌마?"

나는 가려고 뒤돌아선 아주머니의 등에 대고 물었다.

"파이퍼 엄마는 괜찮은 거죠?"

아주머니는 걸음을 멈추고, 크게 한숨을 내쉬었다.

"나도 모른다, 무스. 정말 모르겠구나."

아주머니가 뒤도 돌아보지 않은 채 대답했다.

028
절반쯤 허튼수작

1935년 9월 9일, 월요일

아침에 눈을 떠보니, 나탈리는 내게 잠에서 깨어나는 주문이라도 거는 듯이 뚫어지게 내 눈을 쳐다보고 있었다.

"뭐 해?"

내가 물었다.

나탈리는 아무런 말도 하지 않았지만, 난 나탈리가 턱으로 가슴께를 파는 모습을 보고 불안해하고 있다는 걸 눈치챘다.

나는 나탈리가 어젯밤에 무슨 일이 벌어졌다고 생각하는지 궁금했다. 교도소장 집에 가면 안 된다는 것을 알고는 있었을까? 파이퍼가 내게 왜 소리를 질러댔는지 이해할까? 바보란 단어의 뜻을 알고 있을까? 파이퍼가 그토록 야비하지 않다면 훨씬 쉽게 동정심을 살 수 있었을 것이다.

나탈리는 갑자기 내 옆구리에 본드라도 붙인 것처럼 옆에 딱 들러붙어 있었다. 화장실에 가야 해서 나탈리의 코앞에서 문을 닫고 옷을 갈아입었다. 마치고 나왔을 때도 나탈리는 바깥에서 기다리고 있었다.

부엌에서 아빠가 어슬렁거리는 소리가 들렸다. 어젯밤 일에 대해 무얼 알고 계실지 궁금했다. 아빠가 나한테서 그 일을 알게 되면 차라리 좋으련만, 그 일에 대해서는 내가 하는 말은 아예 들을 필요가 없을지도 모른다. 어쩌면 마타만 아저씨와 아주머니는 그 일을 비밀에 부치고 싶을 것이다. 카코니 아주머니도 마찬가지다. 난 아주머니가 자기가 지켜보는 가운데 나탈리가 사라져버린 일을 우리 부모님이 모르시기를 차라리 더 바라실 거라고 믿는다.

"오늘 아침 계획은 뭐야?"

아빠를 보자, 나탈리가 물었다.

아빠와 나는 방금 전에 난로가 말을 꺼내기라도 한 듯 나탈리를 쳐다봤다. 아빠의 표정이 천천히 놀라움에서 기쁨으로 바뀌었다.

"아침밥을 챙겨 먹을 거란다."

아빠가 나탈리에게 말했다.

"우리 스위트피는?"

"무스, 무스랑 있을 거다."

나탈리가 웅얼거렸다.

"마타만 아주머니가 우리를 초대했어요."

내가 아빠에게 말했다.

"아침 식사에?"

아빠는 머리를 꼿꼿하게 쳐들더니 커피포트를 내려놓았다.

"음, 윌리엄스 사모님께 무슨 일이라도 있는 게냐?"

아빠가 어깨를 으쓱하더니, 다음 말을 이었다.

"도통 모르겠구나. 소장님은 좀처럼 속내를 드러내지 않으려고 하시니."

엄마가 부엌 안쪽으로 머리를 들이밀었다.

"파이퍼 엄마는…… 괜찮으신 거죠?"

내가 엄마에게 물었다.

엄마는 눈을 부비며 목욕 가운 끈을 조였다.

"모두 걱정하는데, 너 뭐 들은 거라도 있니?"

엄마가 한숨을 쉬며 말했다.

내가 도대체 거기서 무슨 짓을 했는지 설명해드리지 않고서 내가 본 걸 말할 수는 없는 노릇이었다. 설명할 수 있다면, 난 정말이지 설명할 수만 있다면 좋겠다고 생각했다.

마타만 아주머니네 집에서 우리는 아저씨를 먼저 보았다. 아저씨의 눈동자는 붉게 충혈되었고, 너무 피곤해 보통 때의 자세로 앉는 것도 힘이 드는지 두 다리를 의자 팔걸이 너머로 뻗고 계셨다. 아저씨는 경비 탑에서 교대 근무를 하고 나서도 추가 근무까지 했으니, 지쳐 나자빠지신 게 당연하다.

아저씨는 나를 보자마자 끙끙 앓는 소리를 냈는데, 그 소리를 들으니 몸이 움츠러들었다. 난 아저씨의 충혈된 눈을 마주 볼 수가 없었다.

나탈리는 어젯밤부터 두기 시작한 단추 체스판 쪽으로 가 앉더니, 간절한 눈빛으로 테레사를 올려다봤다. 하지만 테레사는 자기 아빠의 손을 붙잡고서 놓아주지 않았다. 나탈리는 내키지 않지만 혼자서 게임을 하는 데 적응해보려고 했다.

"아빠, 파이퍼 언니가 안 왔어요."

테레사가 아저씨의 팔을 잡아당겼다.

"언니가 올 때까지 시작하지 마세요."

"꼬마 아가씨 일에나 신경 써요."

아저씨는 테레사에게 말하고 나서 우리 모두를 쳐다봤다.

"도대체 어젯밤 무슨 일이 있었던 거냐?"

지미가 한발 앞으로 나섰다.

"파이퍼가 테레사한테 화가 나서 아빠와 무스 아빠를 곤경에 빠뜨린 거래요."

"난 아무 짓도 안 했어! 나 때문에 그런 게 아냐."

테레사가 소리 질렀다.

"그랬대요."

지미가 테레사를 노려봤다.

마타만 아저씨는 여전히 지친 채로 뻣뻣한 바지통을 끌어올리며 한쪽 발을 의자 가로대에 얹어놓았다.

"뭐라고?"

"파이퍼가 교도소장님한테 자기가 아빠와 플라내건 아저씨가 근무를 서기 직전에 술 마시는 걸 봤다고 말했대요."

부엌에서는 마타만 아주머니가 밀방망이를 쿵 소리가 나게 내려놓고, 앞치마를 벗어 똘똘 뭉쳐서 의자 위로 던진 다음 거실로 뛰어나왔다.

"자기가 알 카포네를 만나게끔 무스가 도와준다면, 아빠를 곤경에서 빠져나올 수 있게 해주겠다고 말했어요."

지미가 설명했다.

"그래서 무스가 파이퍼와 알 카포네를 염탐하러 간 거예요."

"그게 사실이냐?"

아저씨는 내게 직접 물었다.

"네, 아저씨. 우리는 알 카포네가 엘리엇 네스 씨의 으깬 감자에 침을 뱉는 걸 봤어요. 가래침을 찍 뱉어서 손가락으로 살살 펴 바르고는 슬쩍 휘저었어요. 제 눈으로 똑똑히 봤어요."

아저씨는 코밑수염을 잡아당겼고 테레사는 얼굴을 찌푸렸다.

"으."

테레사가 소리를 내며 인상을 찌푸렸다.

"나탈리는 너랑 가지 않았겠지. 그 안에 들어간 사람은 너와 파이퍼뿐이겠지?"

아저씨가 물었다.

"둘이 거기 가 있는 동안 카코니 아줌마가 나탈리 누나를 보살폈어요."

지미가 또다시 설명했다.

"그런데 나탈리 누나가 몰래 빠져나가서 교도소장님 집에 간 거래요."

"외팔이 윌리의 쥐새끼 몰리가 보고 싶었대요."

테레사가 덧붙였다.

아저씨가 테레사를 손가락으로 가리켰다.

"그럼, 넌? 그 지긋지긋하게 짜증 나는 파이퍼가 이 모든 일을 시작한 뒤로 넌 뭘 했니?"

테레사가 아랫입술을 빨았다.

"아무것도 안 했어요. 파이퍼 언니가 나쁘지, 난 아니에요."

지미가 코웃음을 쳤다.

"웃기지 마, 테레사."

지미는 자기 여동생을 노려본 다음 자기 아빠 쪽으로 머리를 돌렸다.

"테레사는 우리를 미행했어요, 아빠. 무스가 파이퍼를 좋아하는 걸 못 견뎌했어요."

피가 얼굴로 몰려들었다.

"난 파이퍼 안 좋아해."

"아냐, 좋아해."

테레사가 끼어들었다.

"테레사!

"테레사! 언제부터 그 일에 끼어든 거냐? 넌 나랑 이 일에 대해 따로 이야기해야겠다."

아저씨가 테레사에게 말했다.

테레사는 입꼬리를 축 늘어뜨렸다.

"그리고 너희 둘."

아저씨가 나와 지미를 가리켰다.

"어쩌자고 이 일을 내게 말하지 않았냐? 제발 좀……."

한숨을 내쉰 아저씨의 갈색 눈초리는 부드러웠다.

"언제부터 너희 마음대로 휘젓고 다닌 거냐?"

"아주 아주 사소한 거 하나 물어봐도 돼요?"

테레사는 더 높이 팔을 들어 올려야 할지 어쩔지 잘 모르겠는지 눈치를 보며 얼굴 근처까지만 손을 들어 올렸다.

"언제 파이퍼 언니한테 말할 거예요?"

"잘 들어라, 테레사. 난 이 일을 두 번 다시 말하지 않을 거다. 이 일은 네가 상관할 바가 아니다."

테레사의 어깨가 축 처졌다.

"제 일이면 말해주실 거예요?"

"테레사 마리아 마타만."

아저씨의 말소리가 빨라졌다.

"알겠어요, 알겠다고요."

테레사는 손을 내렸다.

"그래, 좋다. 난 이 얼토당토않은 뉴스가 이 방 너머로 퍼지는 건 싫다. 이해하겠니?"

아저씨는 우리 하나하나를 가리켰고, 우리는 고개를 끄덕였다.

"그리고 너희가 직접 일을 풀어보려고 했다는 이야기를 다시 듣게 된다면, 즉시 교도소장에게 갈 거다. 알겠니?"

마타만 아저씨는 방을 둘러보면서 우리 한 사람 한 사람한테 다시 한 번 다짐을 받았다.

우리 모두는 고개를 끄덕였다. 테레사까지도. 오직 나탈리만이 계속해서 자신을 상대로 체스를 두고 있었다. 침묵 속에서 우리가 고개를 끄덕이는 동안, 나탈리는 잠시 고개를 들어 우리를 쳐다보더니 다시 숙였다.

마타만 아저씨 집에서 돌아오는 길에 나탈리는 한쪽 발을 땅에 끌고 동시에 손으로는 벽을 내내 만지며, 무의미한 노래까지 흥얼대면서 평소보다 더 천천히 걸었다.

"무슨 일이야, 누나?"

내가 물었다.

"사람들은 무스를 싫어한다."

나탈리가 말했다. 나는 우리 집 문을 활짝 열고 나탈리가 집 안으로 들어갈 때까지 기다렸다.

"그래, 하지만 괜찮아. 가벼운 꾸지람만 들었잖아. 실제로 벌을 받지도 않았고."

나탈리는 자신의 가슴을 쓸어내렸다.

"아무도 나탈리한테는 화 안 났다. 나탈리는 바보다."

"아냐, 누나. 내 말 잘 들어봐. 잘 들어봐."

나는 가슴이 위로 들릴 만큼 숨을 길게 들이마셨다.

"누나는 바보가 아냐. 파이퍼, 그 애가 바보지, 누나는 아냐."

"마타만 아저씨가 무스를 야단쳤다. 나탈리가 아니다. 나탈리는 멀리 갔다."

"그래, 누나는 그러지 말아야 했어. 누나는 교도소장 집에 가지 말았어야 했어."

내가 말했다.

"그럼 안에 들어가서 이야기할래?"

"왜?"

갑자기 나탈리는 나를 똑바로 쳐다보며 물었다.

"왜냐하면 교도소장 집에 가는 건 안전하지가 않고, 여기 발코니에서 이 이야기를 하면 사람들이 들을 수 있으니까."

"내일. 우리는 몰리를 내일 볼 수 있다. 무스가 말했다."

나탈리가 속삭였다.

"그래, 맞아. 내가 그렇게 말했지. 하지만 내가 틀렸어. 우리가 가고 싶다고 아무 때가 거기 가서는 안 돼. 우리가 할 수 없는 일이란 게 있어. 누나는 그 꼭대기까지 올라가거나⋯⋯."

나는 목소리를 낮췄다.

"105와 친구로 지내도 안 되는 거야."

"105."

나탈리가 중얼거렸다.

"그 작자가 찾아와, 누나?"

"방문객들이다, 나탈리. 엄마가 오셨다."

나탈리는 사디 씨의 말투로, 다만 조용하게 말했다.

"아빠도 찾아왔다."

나탈리가 말했다.

"엄마, 아빠는 찾아왔지만, 105는 찾아오지 않았지."

"105는 찾아오지 않았지."

나탈리는 내 말을 따라 했다.

그저 내가 한 말을 따라 한 건 아닐 것이다.

"그런데 어떻게 누나 가방 속에 그 물건들을 넣게 된 거야?"

"사디 선생님이 내 가방을 싸줬다."

나탈리가 대답했다.

"사디 선생님이 창살 벌리는 연장을 싸줬다고?"

나는 작은 소리로 물었다. 말이 나올 수도 없을 만큼 느닷없이 목구멍이 작아졌다.

나탈리는 대답하지 않았다. 현관 난간의 기둥 숫자를 세는 데 정신이 팔려 있었다.

"그만, 나탈리 누나!"

다시, 원점이다.

"누나, 제발. 그만 안으로 들어가자."

나는 부탁했다.

"엄마! 아빠!"

나는 문 안쪽에 대고 소리쳤지만, 고요하기만 했다. 집 안은 너무나도 조용했다. 부모님은 어디를 가셨나?

"나탈리 누나."

나는 다시 부탁했다. 지금처럼 어떤 장소에 넋을 놓고 꼼짝 않고 있을 때의 나탈리를 보면, 뭔가가 나를 매우 불안하게 만든다.

"무스 집. 나탈리 집 아니다."

나탈리가 말했다.

월요일이지만, 나탈리는 한 주 더 머물다 에스더 P. 마리노프 학교로 돌아갈 것이다. 가을 학기 전에 선생님들 휴가가 있단다.

"무스 가. 나탈리 있을 거야."

나탈리가 눈을 감고 빙빙 돌았다. 회전목마처럼 점점 빠르게 돌다, '쿵' 소리를 내며 발코니에 나자빠질 때까지.

"나탈리 누나, 여기는 안 돼, 응? 그냥 안으로 들어가자."

하지만 나탈리는 움직이지 않고, 그 자리에서 멈춰버린 공처럼 몸을 말았다.

"무스!"

확성기가 울렸다. 다비 아저씨가 아니라 자넷이었다.

"우리끼리 있을래, 자넷."

나는 자넷이 있는 아래쪽을 향해 외쳤지만, 내 말이 끝나기 무섭게 1층 층계참에서 다비 아저씨가 나타났다.

"무슨 일이냐?"

아저씨가 확성기에 대고 외쳐댔다. 64동 사람들 모두 들을 수 있을 만큼 크게 울렸다.

"아무것도 아니에요, 아저씨."

내가 대답했다.

"내 눈에 아무 일도 없는 것처럼 보이지 않는구나, 얘야."

처들리 아줌마가 창문을 열었다. 카코니 아줌마는 밖으로 나와 두 손을 커다란 엉덩이에 얹었다. 아줌마는 어젯밤 일로 여전히 지쳐 보였다. 비 아줌마의 하이힐 소리가 딸각딸각 계단에서 들려왔다.

"확실히 여느 때 같지 않은데, 네 누나는 지금 뭘 하는 거냐?"

다비 아저씨가 외쳐댔다.

"그만하고, 누나. 안으로 들어가자."

나는 나탈리를 일으켜 세우려 애썼지만, 움직이려고 하지 않았다.

"너희 어디에 있니?"

다비 아저씨의 목소리가 확성기에서 증폭되어 메아리쳤다.

"나탈리 누나."

난 작은 소리로 속삭였다.

"우리는 들어가서 접시를 세야 해. 안으로 들어가자."

믿기지도 않는 허튼소리지만, 이 정도밖에는 도저히 생각이 나지 않았다.

나탈리는 꼼짝도 하지 않고, 눈을 감아버렸다.

"나탈리 누나, 누나가 들어가서 확인해줘야 한다니까. 엄마가 교도소장 아기한테 줄 뭔가를 실로 뜨는데 누나 도움이 필요하대."

엄마는 뜨개질을 할 줄 모르는데, 나는 거짓말까지 했다.

여전히 나탈리는 움직이지 않았다.

곁눈질로 자넷이 마타만 아주머니네 문을 두드리는 걸 보았다.

"나와봐, 테레사! 지미! 무스가 도움이 필요해!"

자넷은 작은 확성기에 대고 외쳐댔다.

"자넷! 이리로 내려오거라!"

다비 아저씨도 외쳐댔지만, 너무 늦어버렸다. 자넷은 테레사와 지미를 끌고 나왔다. 지미는 나탈리를 한 번 쳐다보는 것만으로 무슨 일이 벌어졌는지 정확하게 이해했다.

"안으로 들어 나르자."

지미는 말을 하는 동시에 나탈리의 팔을 들어 올렸다. 테레사는 다리를 잡고, 나는 허리를 부여잡아 옮겼다. 불편하고 이상했지만, 멀지 않았다. 실제로 몇 발자국만 움직이면 됐다. 가까스로 우리 집 문턱 안쪽으로 나탈리를 옮겨놓고 나서 문을 닫았다.

도움을 준 게 자넷이란 사실이 믿기지 않았지만, 정말 그랬다.

"고마워."

나는 모두에게 고마움을 표시했다.

자넷의 얼굴이 환하게 빛났다.

"너, 나랑 놀래?"

자넷은 테레사에게 작은 목소리로 물었다.

테레사가 나를 쳐다보았다. 난 고개를 끄덕여주었다.

"좋아."

테레사가 대답하면서 지미와 자넷을 데리고 밖으로 나갔다. 나는 안도의 한숨을 내쉬고 그 애들이 나간 다음 문을 닫았다.

"휴우, 누나. 난 누나가 그러지 않았으면 좋겠어."

나는 감자 자루처럼 몸을 둥그렇게 구부리고 있는 누나에게 말했다.

다행히 나탈리는 조용히 있었다. 어쩌면 조용한 것이 훨씬 나쁠 수도 있겠다고 생각하고 있는데, 누군가 문을 두드렸다.

"무스, 들어가도 되겠냐?"

트릭슬 아저씨가 발판에 신발 바닥을 문지르고 내 대답은 듣지도 않은 채 안으로 들어왔다.

"어, 트릭슬 교도관님, 우리 부모님은 지금 집에 안 계시는데요."

내가 말을 꺼냈을 때는 이미 늦어버렸다. 아저씨는 우리 소파 쪽으로 곧장 걸어왔다.

"내가 이야기를 하고 싶은 건 너다. 네 누나는 어떠냐?"

아저씨가 여전히 몸을 말고 마룻바닥에 앉아 있는 누나를 쳐다봤다.

"괜찮습니다."

난 작은 소리로 대답했다.

"멀쩡하지 않은데, 무스. 네 눈으로 여길 봐라. 네 누나는 너한테 아무 반응도 안 하잖냐. 난 네가 그걸 알았으면 좋겠다."

"네, 아저씨."

나는 아저씨가 나가주길 바라면서 대답했다. 하지만 아저씨는 소파에 자리를 잡고 앉았다.

아저씨는 나탈리 쪽으로 얼굴을 쑥 내밀고 쳐다보았다.

"종종 식구들 중에 있을 수 있다. 넌 내가 어떤 건지 모를 거라고 생각하겠지만, 나도 알고 있다. 내게도 머리에 이상이 있는 남동생이 있었다. 하지만 우리 식구들은 옳은 일을 했다. 똑같은 사람들끼리 있도록 보내줬다. 그렇게 우린 새롭게 시작했다. 그 일로 그 애도 행복해졌어. 그렇게 해야 하는 거다. 새롭게 시작해야지."

아저씨는 내 반응을 기다렸다.

"네, 알겠어요."

결국 나는 웅얼거리듯 대답했다.

"네 누나 같은 여자애들은 보통 사람에 속하지 않아. 그러니까 저런 행동을 했다 안 했다 하는 거야."

아저씨가 머리채를 흔들었다.

"절반쯤 허튼수작으로 숨길 수 없는 거다. 내 말이 무슨 뜻인지 알겠냐?"

나는 아저씨가 발을 올려놓은 커피 탁자를 내려다보았다. 짜증스러워서 밖으로 끌어내고 싶었다.

"내가 말을 할 때는, 꼬마야, 날 보도록 해라."

"네, 알겠습니다."

난 작은 소리로 대답했다.

아저씨는 눈을 찡그리고 날 째려봤다.

"내가 해준 말을 잘 새겨듣고 배워야 한다."

속에서 분노가 끓어올라 곧 살갗을 찢고 터져버릴 것 같았다.

"트릭슬 교도관님?"

난 차분한 목소리로 말하려고 노력했다.

"남동생 분은 찾아가보시나요?"

"내가 말했을 텐데, 꼬마야."

아저씨는 내가 이해도 못 할 만큼 어리석다고 느낀 사람처럼 이번에는 더 큰 소리로 말했다.

"깨끗하게 끊어야지. 그 앤 그 애 삶이 있는 거고, 난 내 삶이 있는 거니까."

"그러니까 아저씨는 한 번도 안 찾아가본 거군요."

내가 웅얼거렸다.

"나쁜 것에서 겨우 벗어난 거다. 알겠니, 꼬마야?"

"누나는 나쁜 것이 아니에요."

난 다시 중얼거렸다.

"너나 네 부모는 너무 물러."

아저씨는 혀를 끌끌 찼다.

"난 네 아버지가 한심하구나. 여자들이란 이런 일을 올바로 보지 못하지. 여기에 생각할 능력을 갖고 있지 않다."

아저씨는 자신의 머리를 가리키며 말했다.

"하지만 네 아빠는 머저리들이 어디에 있어야 하는지 머리로 생각할 수 있어야지. 난 네 가족이 이 섬 전체를 위험에 빠뜨리게 내버려둘 수 없다. 네 가족들은 머리가 모자라기 때문이다. 듣고 있냐?"

"네, 듣고 있어요."

나는 작은 소리로 대답했다.

"하지만 우리 누나는 머리가 모자란 게 아니에요."

"너희 플라내건 사람들은 말이다,"

아저씨는 손수건에 침을 뱉은 다음 똘똘 뭉쳐 주머니 속에 쑤셔 넣었다.

"나무만 보고 숲은 볼 줄 몰라. 정말 한심한 노릇이지."

아저씨는 부드럽고도 비교적 점잖게 속삭였다.

"네가 불쌍하구나."

029
무스의 부드러운 점

엄마는 집에 돌아와 나탈리 옆에 머물렀다. 둘은 나탈리 방에 콕 박혀 있었다. 나탈리는 갈가리 흩어져버린 마음을 추스르는 듯 팔을 몸 아래로 밀어 넣고 침대에 누워 있었다. 발작이 나탈리를 지치게 했다. 발작은 엄마도 지치게 했다. 가끔은 아직도 엄마와 나탈리를 이어주는 탯줄이 있는 것처럼 보인다.

학교에서 돌아온 다음 나는 곧장 애니, 지미, 테레사와 함께 매점에 갔다. 지미는 별말이 없었다. 지미는 나탈리가 발작을 일으킬 때 나를 거들어주었지만, 아직도 후버 씨가 섬에 왔던 밤에 자신이 나탈리를 잘 지키지 못한 것에 마음을 썼다. 지미는 바닷물 속에 담가둔 통 두 개를 차지해버린 파리들을 살펴보러 부두로 내려갔다. 하지만 더 이상 그곳으로 나를 불러주지는 않았다.

지미가 가버리고 나서, 나는 테레사와 애니와 함께 비 아줌마를 도와 상자를 풀었다. 실제로는 그다지 할 일이 없었다.

오후 늦게, 마타만 아주머니, 카코니 아주머니, 애니네 엄마, 비 아주머니와 자넷이 매점으로 몰려들어 와, 빵을 굽는 통로 쪽을 청소했다. 물건 값이 너무 비싸다며 단 한 번도 매점에서 물건을 사지 않았던 카코니 아주머니도 버터와 계란을 샀다.

"무슨 일이에요, 엄마?"

지미가 물었다.

"비 아주머니가 일찍 문을 닫는다고 해서, 빵을 구우려고 왔지."

"왜 다들 빵을 구워요?"

테레사가 물었다.

"참견하지 말고, 너희 애들은 저리 나가 놀아라."

아줌마는 문 쪽을 향해 손가락을 꼼지락거렸다.

"너희 모두 밖으로 나가거라."

자넷이 나무 간판을 '오늘 장사 끝' 쪽으로 뒤집어놓았다. 그런 다음 테레사에게 흐릿하지만 우쭐대는 미소를 지어 보였다.

"우리는 카코니 아줌마네로 올라가자. 아이들은 귀가 밝잖아."

자넷이 테레사에게 속닥거렸다.

"저 애가 뭐라고 한 거?"

테레사가 내게 물었다.

테레사는 할로윈 호박처럼 커다란 미소를 지었다. 이윽고 애니, 지미, 나와 함께 차이나타운으로 가는 동안 깡충깡충 뛰다시피 했다. 지미가 나사를 죄고 있는 경첩을 풀자마자 우리는 재빨리 안으로 들어갔다.

"쉿. 조용. 위에 아줌마들이 있는 거 알잖아."

지미가 명령했다.

"으윽."

테레사가 얼굴에 붙은 거미줄을 떼어내면서 중얼댔다.

"조용히 하지 않을 거면 들어오지 마."

지미가 경고했다.

우리가 엿듣기에 가장 좋은 장소를 찾아 앉았을 때는 이미 아줌마들이 카코니 아줌마네 거실에 모여 있었다.

"그런 식으로 말씀하시면 안 되지요. 사모님은 나아질 거예요."

애니의 엄마가 말했다.

"자넷, 내가 시킨 대로 넌 침실에 가 있어라. 인형들을 갖고 놀아, 알겠지?"

비 트릭슬 아줌마가 자넷에게 말했다.

"신음 소리를 듣자마자 죽어가는 사람 목에서 나는 소리란 걸 대번에 알아챘다니까요. 사모님은 살날이 얼마 남지 않았어요."

트릭슬 아줌마는 한숨을 내쉬었다.

"이런 일이 닥친 꼴을 보지 않았다고 말할 수 있으면 좋겠네요. 제 말은요, 그러니까, 의사도 더는 가망이 없다고 말했대요."

"듣고 보니, 비, 이런 일은 흔한 거예요."

마타만 아주머니가 트릭슬 아주머니에게 말했다.

"글쎄요, 당신도 교도소장이 태어날 아기의 생명보다는 남자애를 원하지 않았노라고 말할 수야 없겠죠."

트릭슬 아줌마가 말했다.

"남자애라는 보장도 없잖아요."

카코니 아줌마가 한마디 했다.

"교도소장님한테 그렇게 말해보지그래요."

트릭슬 아주머니가 말했다.

"이미 군사학교며 요트 클럽 등에 가입까지 해놓았다고 하던데요."

"교도소장이 아니라 하느님이 알아서 주관하시는 거죠."

애니의 엄마가 주장했다.

"우리가 해야 할 일을 말해볼까요."

마타만 아주머니가 입장을 말했다.

"파이퍼. 이 애는, 제가 먼저 말씀드리자면 제가 좋아하는 아이는 아니에요. 하지만 지금은 당장 그 애 엄마가 서둘러 입원해야 할 만큼 아프니, 그 큰 집에서 완전히 혼자 지내야 하는 신세지요."

아줌마는 깊이 숨을 들이마셨다.

"그건 옳지 않아요. 누군가 그 애 집으로 올라가 함께 있어줘야죠."

"제가 갈게요."

카코니 아줌마가 제안했다.

"저는 우리 집에서처럼 교도소장 댁 부엌에서도 요리할 수 있어요."

"자, 여러분, 서두르지 말고 신중하게 생각해봐요. 파이퍼는 누구랑 가장 친하죠?"

트릭슬 아주머니가 물었다.

"무스죠."

마타만 아주머니가 대답했다.

"사실은 그렇지 않을 거예요. 둘은 서로 눈을 부라리던데. 그나저나 무스는 어디 있죠?"

"내가 놀라고 내보냈잖아요. 우리가 귀찮아서 내보냈잖아요."

애니네 엄마가 말했다.

"그 애가, 그렇지. 누군가 도움의 손길이 필요하다면 그런 일엔 무스가 적격이에요. 내가 기분이 축 처져 있던 어느 날, 그 애가 장미꽃을 주지 않앉더라면, 몰랐을 거예요. 장미꽃을 준 이유야 여전히 알 수 없지만."

"그 앤 좋은 사내애예요. 정말 그래요. 우리 애니는 그 앨 아주 많이 칭찬하더군요."

보미니 아주머니가 말했다.

"무스는 애니가 좋아할 만한 부드러운 점들을 갖췄잖아요."

트릭슬 아주머니가 대답했다.

애니의 엄마가 한숨을 쉬었다.

"그러게요. 여러분, 이제 그 이야기는 그만하죠. 어쨌거나 우리는 어려운 일을 맡게 되었네요."

"애니 언니."

테레사가 작은 소리로 불렀다.

"무스 오빠한테 반했어?"

하지만 애니는 거기에 없었다. 애니는 지미를 지나쳐 나가버렸다. 우리는 그 애가 차이나타운을 빠져나가는 시멘트 계단 위로 뛰어오르는 희미한 발소리를 들을 수 있었다.

애니가 날 좋아한다는 생각에 뺨이 달아올랐다. 나도 애니를 좋아하지만, 그런 식은 아니다. 알고 있지, 애니? 그 애는 발 달린 상자 같다. 하지만 그 애가 날 좋아한다는 생각을 하는 건 기분 좋다. 물론 그 애가 야구공 던지는 것에 아무런 영향이 없는 한 말이다.

잠시 후 내 이름이 다시 거론되는 바람에, 카코니 아줌마가 나에 대해 하는 이야기를 듣고 싶어서, 계속 애니에 대해 생각할 수 없었다.

"그럼, 전 나가서 무스를 찾아 거기에 보내도록 할게요. 파이퍼가 정신을 놓고 겁먹은 채 혼자 있도록 내버려둘 수는 없잖아요. 어린것이 불쌍하잖아요."

마타만 아주머니가 말했다.

"당신은 무스를 찾아보세요. 우린 계속해서 빵을 구울게요. 그런 다음 누가 불쌍한 그 애 엄마를 보러 갈지 생각해보자고요."

트릭슬 아줌마가 명령조로 말했다.

"최대한 빨리 여기서 나가, 무스."

지미가 속삭였다. 지미가 비켜섰다. 나는 문까지 도로 기어가 내 뒤를 따라오던 테레사와 함께 밖으로 나갔다. 차이나타운 계단을 한 번에 두 칸씩 밟고 올라간 뒤, 나는 연병장으로 가고 있는 마타만 아주머니를 만났다.

"여기 있었구나, 무스."

마타만 아주머니는 테레사를 붙잡으며 말했다.

"테레사, 너도 듣는 게 좋겠다."

테레사는 자기 엄마의 손을 잡고 꼭 쥐었다.

"교도소장 사모님이 아프셔서 시내에 있는 성 루가 병원으로 모셔 갔다. 어쩌면 아닐 수도 있겠지만…… 매우 아프시단다."

"어쩌면 뭐가 아닐 수도 있다는 거예요?"

테레사가 물었다.

"몰라도 된다."

마타만 아주머니가 대답했다.

"아기는요?"

내가 물었다.

아주머니는 크게 숨을 들이마셨다.

"아기에 대해서는 아직 모르겠구나."

아주머니의 목소리가 갈라졌다.

"난 알고 있어."

테레사가 작게 말했다.

"네가 뭘 알아?"

마타만 아주머니는 테레사의 떡이 진 검은 곱슬머리를 어루만졌다.

"이제는 아무 문제도 생기지 않을 거래."

테레사가 우겨댔다.

"누가?"

"파이퍼 언니가."

"테레사!"

아주머니가 재빨리 말을 꺼냈다.

"그 불쌍한 애는 엄마를 잃어버릴지도 모른단다. 너도 알아들을 만한 나이지 않니. 그 애가 당황했는지 어땠는지는 중요한 게 아니야."

"아니야, 엄마."

테레사가 작은 소리로 말했다.

"창피한 줄 알아야지."

마타만 아주머니는 아래턱을 꽉 다물었다. 검은 눈에는 불길이 타올랐다.

"그런 표정 짓지 말고, 꼬마 아가씨는 집에 가서 벌 받아야겠다."

집으로 향하는 테레사의 발걸음은 무거웠다.

아주머니는 한숨을 쉬었다.

"저 애는 하느님이 만드신 푸른 지구 위의 모든 피조물을 아끼는 넓은 마음을 가졌으면서도, 좀처럼 파이퍼한테는 친절한 마음을 가질 수 없나보다."

"자, 무스."

아주머니는 다시 내게 관심을 돌렸다.

"나도 네 엄마가 온통 나탈리한테 신경 쓰느라 바쁘다는 건 안다. 나도 곧 책임을 맡을 테니까, 넌 곧장 교도소장님 댁으로 가라. 파이퍼는 평소처럼, 그렇지, 친구가 필요하단다. 만일 너도 그 애를 용서할 수 없다면, 너도 마찬가지로 부끄러워해야 한다. 이 세상에 어느 날 널 실망시키지 않을 친구란 없단다. 네가 계속 유감을 갖고 있으면, 넌 아주 외로운 삶을 살아가게 될 거다."

"애니한테 부탁할게요. 이런 일은 여자애들이 더 잘하지 않을까요?"

내가 제안했다.

그러자 아주머니가 날 뚫어지게 쳐다봤다.

"이제 솔직해지자, 무스. 난 우리 둘 다 파이퍼가 널 더 보고 싶어한다는 걸 알고 있다고 생각한다."

난 아주머니의 눈을 쳐다볼 수가 없었다. 아주머니가 옳다고 인정하기는 싫었다.

"엄마가 저렇게 아픈 사람한테 뭐라고 말해야 하죠?"

내가 물었다.

아주머니는 입술을 꼭 다문 채 고개를 끄덕였다.

"무스, 네가 말해야 할 건 아니다. 지금 당장은 우리가 어떤 말을 해도 저 불쌍한 아이를 도와줄 수 없단다. 하지만 네가 올라가서 함께 있어주면, 그 거야말로 그 애가 기억하게 될 일이다. 우리는 그 애가 이 어려움을 충분히 극복하고도 남을 애라서 좋아한단다. 우리는 여기 알카트라즈의 식구들이고, 식구니까 그런 일을 하는 거란다. 자, 가봐라."

"네, 아줌마."

내가 대답했다.

"그리고, 무스. 그 앨 우리 집으로 데려오고 싶으면, 바로 그렇게 해라. 파이퍼는 환영이다. 진심이란다."

030
아들이 뭐 그리 특별해?

1935년 9월 10일, 화요일 – 이어서 씀

나는 되도록 천천히 걸으며 구불구불한 길을 올라갔지만, 바라지도 않았는데 벌써 여기까지 왔다. 난 느릿느릿 파이퍼네 현관문 앞 계단 위로 올라가 벨을 눌렀다. 외팔이 윌리가 어깨에 몰리를 얹은 채로 날 맞이했다. 그가 가슴에 성호를 긋는 동안 속이 빈 한쪽 소매가 바람에 펄럭였다.

나는 윌리를 따라서 어두운 거실로 들어갔다. 휘장이 야물게 드리워져 있었다. 어디에도 불빛이라곤 없었다. 아픈 사람의 냄새가 붕대나 썩은 과일의 악취처럼 여기저기에서 맡아졌다. 어쩌자고 외팔이 윌리는 이 냄새를 없애지 않는지 궁금했다. 남자들이란 심지어 두 팔이 있어도 청소는 못한다고 엄마가 말했지만 말이다.

파이퍼에게 무슨 말을 해야 할지 아직까지 생각해내지 못했다. 게다가 마타만 아주머니가 이 중대 임무를 수행할 사람으로 날 이곳에 파견한 것에 조금 짜증이 나 있었다. 왜 다들 나를 이런 일을 처리할 수 있는 사람으로 결정해버리는 걸까?

맹세컨대, 이놈의 친절 때문일 것이다.

"뭐야? 꺼져."

파이퍼의 목소리는 그 애가 몸을 옹송그리고 앉아 있는 그림자가 드리워진 층계통 쪽에서 들려왔다.

나는 주머니 속 깊숙한 곳의 동전을 매만지며 주먹을 쥐었다.

"나랑 같이 내려가서 매점 갈래? 청량음료 사줄게."

내가 제안했다.

"닫았잖아."

"그렇지."

"그런데 왜 그렇게 물었어?"

"비 트릭슬 아줌마가 다시 매점 문을 연댔어."

"닫혀 있으면 안 가."

"네가 오면 열어준댔어."

"오."

야단을 맞은 사람처럼 파이퍼는 아주 작은 소리로 말했다.

난 뭘 해야 할지, 무슨 말을 꺼내야 할지 몰랐다. 어쩌면 그냥 입을 열고 적당한 말이 튀어나오길 기대하면 될 것이다.

"파이퍼, 음…… 네 동생 이름은 뭐라고 지으신대?"

파이퍼는 두 눈을 감고 계단에 기댔다. 대답을 하지 않으려나 싶었는데, 잠시 뒤 눈꺼풀이 떨렸다.

"멍."

파이퍼가 작은 소리로 말했다.

"너희 부모님이 아기 이름을 멍으로 지을 거라고?"

"난 남자애라면 멍이라고 부를 거야."

"멍 윌리엄스. 중간 이름은 생각해봤어?"

내가 물었다.

"청이."

파이퍼가 답했다.

"멍―청이 윌리엄스?"

"그래, 멍청이 윌리엄스."

파이퍼가 미소를 지었는데, 그것이 내게는 마치 작은 승리의 표시처럼 느껴졌다.

그나저나 이제 무슨 말을 해야 하지?

"마타만 아주머니가 로키를 가졌을 때도 모든 게 잘되었잖아, 파이퍼."

난 고작 이 말밖에는 생각해낼 수가 없었다.

"아줌마는 우리 엄마처럼 이렇게 아프지 않았어."

"그래, 그건 아니었지."

난 져주었다.

"엄마가 아니라 멍청이가 죽어버렸으면 좋겠어."

파이퍼는 목이 메었다. 난 파이퍼를 끌어안았다. 어깨 위 어디에 손을 둬야 할지 마땅한 곳이 없다고 느껴졌다. 그런데 왜 영화에서 볼 때는 이렇게 마무리하는 동작이 자연스러워 보이는 거지?

"내가 기대하는 최선은, 최선은 말이야……."

파이퍼의 목소리가 갈라졌다.

"테레사 마타만처럼 작은 여자 아기야. 그 애는 꽤 못돼 먹었지만."

"그러지 마, 파이퍼. 테레사는 괜찮은 애야."

"그 앤 버릇이 없어."

"네가 테레사보다 훨씬 더 사악하게 굴 수도 있는 거잖아."

"그래."

파이퍼가 날 쳐다봤다.

"나도 결국 나탈리 언니처럼 되고 말지도 몰라."

"나탈리 누나처럼?"

나는 팔을 거두고 이를 갈았다. 어찌나 세게 갈았는지 입속에서 가루가 될 지경이었다.

"너 무슨 권한으로 그렇게 함부로 말하는 거야? 여기까지 와서 기껏 친절하게 대해주려고 노력하고 있는데, 넌 또 공격이야?"

파이퍼가 코웃음을 쳤다.

"넌 네 누나가 돌아가길 바란다는 말조차 못 하잖아."

"바라지 않으니까."

"아니, 넌 바라고 있어. 그건 너희 엄마도 마찬가지야."

"입 다물어!"

내가 고함을 질렀다.

"너도 알다시피, 넌 착한 척하지만 그만큼 착하지는 않아."

"난 척한 게 아니야."

난 가슴으로부터 올라오는 목소리를 쥐어짜 말했다.

파이퍼는 자기가 내게 얼마나 상처를 주었는지 따위는 알 바 없다는 양, 다른 쪽으로 시선을 돌렸다.

"우리 아빠는 아들을 원해. 아들이 뭐 그리 특별하다고?"

파이퍼의 목소리는 둔탁했다.

"우리가 좀 더 많은 일을 할 수 있잖아."

"애니도 너만큼 야구를 잘하잖아."

"아니, 안 그래."

"아냐, 그 앤 잘해. 그리고 그건 공평하지가 않아."

파이퍼가 말했다.

이번엔 내가 코웃음을 쳤다.

"많은 것들이 공평하지 않아. 넌 그걸 이제야 알았어?"

나탈리에 대한 파이퍼의 험담 때문에 여전히 화가 났지만, 내가 물었다.

"공평해야 해. 모든 건 공평해야만 해."

이렇게 말하는 파이퍼의 눈에서 눈물이 주르륵 흘러내렸다. 더 흐르지 않게 손으로는 눈물을 훔쳤다.

"자, 그만."

나는 이 어둑하고 조용한 집에서, 병든 냄새에서, 파이퍼에게서 빨리 벗어나고 싶었다. 하지만 파이퍼를 여기에 내버려두고 혼자 가면 마타만 아주머니가 날 귀찮게 할 것이다.

"마타만 아주머니네로 내려가자."

내가 제안했다.

"그분들은 날 안 좋아해."

"그분들이 널 좋아할 수야 없지. 네가 한 짓을 겪은 뒤라, 네 뻔뻔함을 싫어하는 건 당연하지만, 그분들은 그렇지 않아."

"가고 싶지 않아."

"그럼 어쩔 수 없지."

내가 말했다.

파이퍼가 뱁새눈으로 날 쳐다봤다. 설마 움직일 거라고는 생각하지 않았는데, 파이퍼는 자리에서 일어나 나를 따라 문밖으로 나왔다.

파이퍼와 내가 도착했을 때, 마타만 아저씨와 아주머니는 두 분 다 부엌에서 설거지를 하고 계셨다. 내가 먼저 문을 앞뒤로 흔들리게 열었다. 조금

거리를 두고 뒤에서 나를 따라오던 파이퍼는 절대로 마타만 아줌마네 아파트에는 들어 가고 싶지 않은 사람처럼 천천히, 아주 천천히 걸었다.

아주 잠시 동안 마타만 아주머니의 얼굴에 어두운 그림자가 스쳤지만, 이내 사라지자, 아주머니는 앞치마에 손을 닦고 현관 발판에다 신발 밑창을 마지못해 닦고 있는 파이퍼에게로 급하게 갔다.

아주머니는 파이퍼를 보듬어 안았다. 파이퍼는 한가운데가 타버린 통나무처럼 곧 무너져내릴 것처럼 보였다. 파이퍼는 기운을 차리려는 듯이 이 순간까지 아주머니한테 푹 안겨 있었다.

마타만 아주머니는 거의 보랏빛이 될 때까지 입술을 꽉 다물고 파이퍼를 짧은 팔로 부드럽게 안고서는 향긋한 빵 굽는 냄새가 나는 따뜻한 거실로 안내했다.

소파에 앉은 파이퍼는 새근거리며 울기 시작했고, 아주머니는 그러는 파이퍼를 안아주었다.

겨우 1, 2분 동안이지만, 흐느끼며 우는 소리는 한 번도 들어본 적이 없는 것이었다.

"자, 자."

아주머니는 파이퍼의 머리를 부드럽고 사랑스럽게 쓰다듬었다. 기를 쓰고 자신의 남편을 해고시키려 했던 계집애 파이퍼 윌리엄스를.

마타만 아저씨도 거실에 있었다. 아저씨를 보았을 때 다시 파이퍼의 얼굴 표정은 곧 무너져버릴 사람 같았다. 파이퍼는 마타만 아주머니의 허벅지 사이에 머리를 묻었다. 하지만 곧 그 애 안의 무엇인가가 고개를 들게 만들었다.

파이퍼는 자신의 팔을 꽉 잡고 몸을 웅크린 채 아저씨 쪽으로 눈길을 돌렸다.

"아저씨는 절대 술 안 드셨어요."

너무 슬퍼서 혀마저 입안 가득 부풀었는지, 아주 작은 소리로 파이퍼가 말했다.

"아저씨도 아셨을 거라고 생각해요."

"그래."

아저씨가 부드럽게 대답했다. 이번에는 파이퍼가 아저씨의 손을 잡았는데, 이로써 세 사람은 이제 자신들보다 더 큰 그 무엇 안에서 연결된 것 같았다.

파이퍼의 얼굴에서는 부두에 찰랑이는 바닷물처럼 눈물이 흘러내렸다.

"저……."

파이퍼는 다른 말을 꺼내려고 노력했지만, 가슴께가 심하게 들썩거려 아무 말도 꺼낼 수 없었다.

"죄송해요."

파이퍼가 마침내 사과를 했을 때 테레사가 들어가, 두 손을 엉덩이에 올리고, 금방이라도 뭔가를 말할 것처럼 굴었다.

"테레사."

마타만 아주머니는 파이퍼의 팔을 놓아주고 손을 뻗어 테레사를 잡았다.

"파이퍼는 사과를 했고, 우리는 용서를 했단다. 그렇죠?"

테레사는 자신을 향해 끄덕이는 것처럼 턱을 올렸다 내리며 따라 하라고 지시하는 자기 엄마를 쳐다보고 나서 아빠에게로 시선을 돌렸다. 항의를 하려고 입을 열었지만, 테레사도 부모님의 권위에 따라 고개를 움직였다. 부모님과 똑같은 박자에 맞춰서 고개를 끄덕였다.

파이퍼는 마타만 아주머니 옆에 몸을 말고 소파에 앉아 있었고, 마타만 아주머니의 또 다른 옆쪽에는 테레사가 앉아 있었다. 파이퍼가 아주머니의 허벅지에 머리를 대고 눕자 아주머니는 손으로 머리카락을 만져주었고, 파이퍼는 금세 잠에 빠졌다.

031
교도소장의 파티

1935년 9월 13일, 금요일

　이번 주는 섬에 긴장감이 돌았다. 아무도 파이퍼의 엄마에게 무슨 일이 생겼는지 몰랐고, 교도소장은 계속 병원에 있었다. 윌리엄스 교도소장이 없는 동안, 처들리 부교도소장이 대신 책임을 맡았다. 하지만 교도소장이 자리를 비운 적이 한 번도 없었기 때문에, 처들리 씨는 교도소장 없이 섬을 어떻게 운영해야 할지 몰랐다. 난 부엌에서 아빠와 엄마가 이 이야기를 나누는 것을 들었다.

　"어느 쪽 신발을 먼저 신어야 할지 결정을 못 한다고."

　아빠가 엄마에게 말했다.

　"책임을 맡아서는 안 되는 사람이 맡았으니, 아무 일도 일어나지 않기만 바라야지."

　다행히, 금요일인 오늘, 지미와 내가 학교에서 돌아왔을 때 교도소장이 부두에 내려와 있었다.

　"아들이다! 아들이야!"

교도소장은 계급에 관계없이 모두에게 담배를 나눠주며 떠들어댔다.

"나한테도 아들이 생겼다! 월터, 그 애 이름은 월터 윌리엄 윌리엄스야."

기쁨으로 가득 찬 목소리와, 즐거움으로 밝게 빛나는 커다란 얼굴은 완전히 딴사람처럼 보였다.

"파이퍼의 엄마는 어떻게 됐을까?"

지미가 작은 소리로 물었다.

"난들 알겠니."

내가 대답했다.

지미와 나는 마타만 아주머니네 집에 도착한 다음, 모든 걸 알게 되었다.

"아직 불안하지만, 파이퍼네 엄마는 무사할 것 같다는구나."

아주머니가 부엌에서 셀러리를 씻으며 우리에게 알려주었다.

"교도소장은 그 이야기는 쏙 빼놓고 안 하지, 그렇지?"

아주머니는 셀러리를 내려놓고 복수심이 일어나는지 칼을 내리쳤다.

"파이퍼 학교에 왔디, 무스?"

마타만 아주머니가 하던 일에서 눈을 떼지 않고 물었다.

난 고개를 끄덕였다.

"오늘 아침에 있었는데, 집에는 우리랑 같이 오지 않았어요."

"물론 내가 상관할 바는 아니다만,"

아주머니는 더 빠르게 셀러리를 다졌다.

"어쩌자고 교도소장은 갓난애를 집에 데려올 필요가 있다고 느낀 걸까? 자기 부인은 아직도 병원에 입원해 있는데 말이다."

깍뚝, 깍뚝, 깍뚝…….

"정말 이해가 안 되는구나. 혼자 아기를 낳았다고 생각하나본데."

"아기는 지금 어디 있어요?"

지미가 물었다.

"카코니 부인이 보고 있다. 하지만 오늘 아침 내내 교도소장은 그 갓난 쟁이를 데리고 섬 한쪽을 돌아다니더니 다른 쪽으로 데리고 내려오더구나."

아주머니가 머리를 흔들었다.

"파티를 연단다. 어째서 사모님이 집에 올 때까지 기다렸다 하지 않는지 난 정말 이해 못 하겠다."

마타만 아주머니는 칼을 들고 우리 쪽을 가리켰다.

"너희 그 소식은 못 들었지…… 너희 둘 다?"

"네."

우리가 대답했을 때, 아주머니는 셀러리를 마늘과 토마토소스 등의 냄새가 나는, 보글보글 끓고 있는 커다란 솥에 집어넣었다.

밖에서는 비 트릭슬 아주머니가 어른들을 위한 맥주와 어린이들을 위한 루트 비어 상자를 끌어내놓고 있는 모습이 보였다. 처들리 아주머니는 아코디언을 가지고 나와 연주하기 시작했다.

얼마 지나지 않아 보미니 아주머니와 아저씨도 64동 발코니에서 춤을 추었고, 심지어 우리 엄마까지 교도관 클럽으로 올라가 신이 나서 들뜬 교도소장의 요청에 따라 피아노를 쳤다. 팔 안에 아들을 안고서 교도소장은 카코니 부인이 젖병을 물리고 기저귀를 갈아야 한다며 갓난아기를 낚아채 갈 때까지 왈츠를 추며 교도관 클럽을 돌아다녔다.

파이퍼가 어디에서도 보이지 않는다는 걸 알아차린 건 마타만 아주머니였다.

"어쩌면 아직 시내에 있을 거야."

나는 애니, 테레사, 나탈리에게 음식 선반에 있는 카놀리와 과자, 브라우니, 케이크 등을 냅킨에 쓸어 담자고 제안했다.

"그 애 집으로 올라가봐라, 너희 모두."

마타만 아주머니가 오후 안개가 자욱한 바깥으로 우리를 떠밀며 말했다.

"외롭게 거기 혼자 있지 않게 해야 한다. 자, 모두 행군 명령을 들었지?"

난 이 생각에 화가 나지 않았다. 요즘 들어 파이퍼를 다루는 일은 맨손으로 검은 과부 거미를 잡는 것 같았지만, 교도관 클럽에서는 달리 할 일도 없었다. 우리를 언덕 위로 이동하게 해놓고 마타만 아주머니는 교도관 클럽 문 앞에 서 있었다. 나탈리는 벌써 우리를 앞질러 갔고, 난 서둘러 따라잡았다.

교도소장의 집은 어둡고 조용했다. 좋은 소식은 섬의 최상단까지는 아직 도착하지 않은 듯했다. 버디와 외팔이 윌리조차 보이지 않았지만, 부엌에서 일하는 소리가 들렸다. 현관문은 조금 열려 있었다.

"파이퍼!"

이름을 부르며 애니와 나, 테레사, 나탈리는 계단을 올라 파이퍼의 방으로 갔다. 파이퍼는 대답하지 않았다. 방문이 닫혀 있어 애니가 노크를 했다.

"뭐야?"

파이퍼가 고함을 질렀다.

"너한테 주려고 과자 가져왔어."

애니가 대답했다.

"배 안 고파."

파이퍼가 문을 열며 말했지만, 우리가 몰려 들어갈 때, 내 손에서 카놀리 하나를 낚아챘다. 그 순간, 난 파이퍼가 그걸 쓰레기통에 던지리라고 생각했다. 마타만 아주머니의 카놀리를 던지는 것은 내가 아는 한 성조기를 태우는 것이나 마찬가지다. 하지만 아니었다. 파이퍼는 그걸 입안에 쑤셔 넣고, 뒤편의 크림이 삐져나올 만큼 우걱우걱 먹었다.

"난 배 안 고파."

입안에 크림이 가득한 채로 파이퍼가 중얼거렸다.

테레사는 눈을 찡그리고 파이퍼를 쳐다봤다.

"언니네 엄마 무사하니까 이제는 좋아해야지."

"네까짓 게 뭘 안다고 그래?"

파이퍼가 손등으로 입을 닦으며 재빨리 말했다.

"우리 엄마가 그러는데 언니네 엄마가 나아졌대."

파이퍼가 고개를 끄덕였다.

"엄마는 나아졌지만, 난 엄마가 집에 돌아왔으면 좋겠어."

파이퍼가 인정했을 때 밖에서 지미의 소리가 들렸다.

"나가서 문 열어줘. 지미 오빠가 왔어."

테레사가 명령했다.

"네가 가서 열어주면 안 돼?"

애니가 우겨대자, 테레사가 얼굴을 찡그렸다.

"혼자서 저 아래로 내려가기 싫어."

"버디 보이! 지미 들어오게 해줘!"

파이퍼가 아래층에다 소리를 질렀다.

지미는 다시 한 번 노크를 했다.

"버디 보이!"

파이퍼가 다시 한 번 소리를 질렀다.

테레사가 벌떡 일어나 열려 있는 복도 창문 쪽으로 가서 머리를 내밀었다.

"지미 오빠가 아냐. 카코니 아줌마야."

"지미 같았는데."

파이퍼가 중얼거렸다.

카코니 아주머니는 집 안으로 들어와 계단을 올라오고 있었다.

"이게 너희 작은 집이란다, 월터 윌리엄스. 물론 작지는 않지. 방이 스물두 개니까. 이 섬에서 가장 좋은 집이지."

아주머니는 평상시보다 더 헉헉거렸다. 숨을 쉴 때마다 화물열차처럼 쉭쉭 쌕쌕 소리가 났다.

애니가 나를 찔렀다.

"자! 도와드리러 가야 되겠어. 계단 올라오는 게 힘드실 거야."

카코니 아주머니는 계단참에서 층계 난간에다 무거운 몸을 기대고 이마를 토닥였다. 그러면서 한쪽 발로는 조그만 담요를 덮은, 주름투성이에 바나나빵보다도 작고 붉은 얼굴의 아기가 들어 있는 파란 리본이 달린 바구니를 흔들고 있었다. 사람이 저토록 작을 수 있다니 믿기 어려웠다.

"도와드릴까요, 카코니 아줌마?"

내가 물었다.

"글쎄다, 너처럼 건장한 청년이 이 아기를 계단 위로 옮겨준다는 데 거절한다고 말할 수야 없지."

"네, 알겠습니다."

나는 바구니를 들었다. 뜻밖에도 가벼웠다. 아기 로키는 이 작은 순무 같은 갓난애보다는 다섯 배는 무거웠을 것이다. 애니는 카코니 부인이 천천히 계단 위를 오를 수 있도록 옆에 있어주었다.

"갓난아기를 돌보는 건 익숙하지가 않구나."

카코니 아줌마가 말했다.

"우리 도니가 저렇게 작았을 때가 몇 해 전이었는지, 정말 수많은 세월이 흘렀구나."

아주머니가 말할 때, 나는 파이퍼의 침대 위에 바구니를 내려놓았다.

우리는 모두 갓 태어난 강아지처럼 눈을 꼭 감고, 뜨개실로 짠 파란 비니를 머리에 쓰고 있는 조그마한 아이를 쳐다보았다.

"한 시간이나 흔들어줬단다. 이제는 나도 너희가 알고 있는 것처럼 젊지가 않은가보다."

아주머니가 한숨을 쉬었다.

"지금은 자는구나. 아기들이란 잠들어 있을 때 정말 귀엽지, 그렇지?"

"아기."

나탈리가 웅얼거렸다. 마치 한 번에 전체를 볼 수 없는 것처럼 아기를 여러 번 힐끔힐끔 곁눈질하면서.

"월터."

다시 중얼거렸다.

"멍."

파이퍼가 그르렁거리며 말했다.

"쟤 이름은 멍이야."

"오, 이제 착한 애야. 그런 말은 하지 마라. 난 안 들을 테니까. 안 듣고말고. 저 애도 점점 네 마음에 들 거야, 암, 그럴 게다."

카코니 아주머니는 아기의 비니를 펴주었다.

"엄마가 곧 집에 오실 텐데, 그런 말을 듣는다면 참지 못하실 거다."

파이퍼의 눈은 매우 지쳐 보였다.

"멍."

파이퍼가 작게 속삭였다.

카코니 부인은 파이퍼의 말을 무시해버렸다.

"그래, 정말 그러시겠지. 아기한테는 커다란 우유병도 주고 깨끗하고 좋은 기저귀도 갈아줬으니, 내가 잠깐 눈 좀 부치는 동안 아기 좀 보도록 해라, 꼬마 아가씨, 알았지?"

카코니 아줌마는 손수건으로 파이퍼를 가리키며 말했다.

"안개가 차올라 밤처럼 어둑어둑하구나. 야간근무를 하기 전에 고양이 잠이라도 자둬야지. 작은 악마들은 한밤중에도 여섯 번은 사람을 깨운다니까."

아주머니는 눈을 가늘게 뜨고 파이퍼를 쳐다봤다.

"안 하겠다고 말하지 마라. 잠자는 아기를 봐달라는 게 너한테 그리 어려운 주문은 아닐 게다. 암, 그렇고말고. 게다가 널 도와줄 친구들이 여기 방 안 가득 있잖니."

아주머니는 손가락을 파이퍼 얼굴에 대고 흔들고 나서 게슴츠레한 눈으로 휘청거리며 옆방으로 갔다.

아주머니가 커다란 침대에 올라가면서 끙끙 신음 소리를 내는 동안, 누구도 말을 안 했다. 몇 초 뒤 옆방에서 아주머니는 마치 뱃고동 소리처럼 커다랗게 코를 골았다.

파이퍼는 파란 비니를 쓴 아주 작은 아기를 쳐다봤다.

"멍을 여기서 내보내자."

파이퍼가 중얼댔다.

"자, 내 말 들어봐."

테레사는 카코니 아주머니 흉내를 내며 손가락을 파이퍼 얼굴에 대고 흔들었다.

"아기 돌보는 일이라면 내가 다 잘 알아."

그러면서 자신의 가슴을 두드렸다.

"내가 가르쳐줄게."

"테레사!"

애니가 쉰 듯이 낮은 목소리로 경고했다.

파이퍼는 가래 덩어리라도 뱉을 것처럼 보이더니, 테레사를 향해 침을 뱉었다.

테레사는 양손을 엉덩이 위로 가져갔다.

"언니네 엄마도 이제 괜찮다는데, 내가 계속 언니한테 친절하게 굴어야 하나?"

파이퍼는 침을 꿀꺽 삼키더니, 너무 지쳐 아무렇게나 꼬꾸라졌다.

"어라."

애니가 웅얼거리고서 입술을 삐죽거렸다. 이마에는 주름살이 잡혔다. 그러고 나서는 파이퍼의 머리를 쓰다듬었다.

"우리가 도와줄게, 응?"

애니는 우리를 향해 고개를 끄덕거렸고 우리는 모두 수긍했다.

"물론이지, 우리가 도울게."

내가 말했다.

"도움. 우리가 도울 거다. 아기."

나탈리도 거들었다.

애니는 미소를 지었다.

"좋았어, 나탈리 언니까지 돕겠다고 하네."

파이퍼의 감은 눈에서 눈물이 흘러나왔다. 파이퍼는 재빨리 얼굴에서 눈물을 훔쳤다.

"난 남동생이 싫어."

나탈리가 휴지를 꺼내 파이퍼의 손가락에 쥐여주자, 도리어 파이퍼는 더 심하게 울었다.

우리 모두 파이퍼를 쳐다봤다. 무슨 말을 해야 할지 아무도 몰랐다.

"남자 형제가 꼭 그렇게 나쁜 건 아니야."

테레사가 자신의 생각을 밝혔다.

"비록 기저귀를 갈아줄 때 찍 오줌을 싸지만, 그건 조심하면 돼."

테레사는 자신의 중요한 부분에다 수도관처럼 보이게끔 손가락을 갖다 댔다.

"남자애들은 개인 물총을 갖고 있어."

"우린 그런 것 없어."

내가 우겨댔다.

"어떻게 알아?"

"난 내 물건을 아니까. 거기에 대해서는 내 마음대로 할 수 있는 엄청난 권한이 있으니까. 알겠니?"

"아기였을 때는 아니잖아."

"무스! 파이퍼!"

다시 지미의 목소리가 들렸다. 이번엔 진짜 지미다.

"버디! 문!"

파이퍼가 다시 불렀다.

테라사는 갑자기 일어나서 창문을 확인했다. 안개가 마치 우리 주변을 코트로 단단히 여민 것처럼 짙고 어둡게 몰려와 있었다. 몇 시일까?

"경비원들은 지금쯤 교도소에 돌아가야 하지 않나?"

테레사가 물었다.

"4시 30분이면 돌아가."

파이퍼가 우리에게 알려주었다. 파이퍼는 이틀은 내리 자야 할 사람처럼 멍한 표정이었다.

애니가 손목시계를 쳐다봤다.

"내가 열어줄게."

내가 말하고 일어서는데, 나탈리도 함께 일어났다. 지금까지 나탈리는
아기의 이불을 여기저기에 꼼꼼히 덮어주고 다시 덮어주고 하는 재미에 푹
빠져 있었다. 아기에게는 부드럽게 대했다. 정말로 나긋나긋했다.

"여기 있어, 나탈리 누나. 금방 갔다 올게."

난 나탈리에게 부드럽게 말했다.

나탈리는 입술을 빨아댔다. 그때 불쑥 파이퍼가 일어났다.

"기다려봐, 무스. 나도 내려갈래."

테레사가 파이퍼를 향해 손가락을 흔들었다.

"안 돼. 언니는 아기를 봐야 돼."

"테레사."

애니가 경고했다.

"어디를 가든 아기는 데려가야 해, 언니. 아기들을 내버려둬서는 안 돼."

테레사는 턱을 내밀고 힘주어 말했다.

"넌 여기 있어. 네가 지켜봐."

파이퍼가 작은 소리로 대답했다.

"있지 않겠다면?"

테레사는 엉덩이 위에 손바닥을 찰싹 갖다 댔다. 목소리에서는 위엄이
넘쳤다.

"이건 훈련이야. 난 지금 언니를 훈련시키는 중이야. 나와 로키한테 있
었던 일 기억해? 그런 일이 멍한테도 일어나기를 바라는 거야?"

"테레사."

애니가 꾸짖었다.

"파이퍼 좀 내버려둬, 응?"

파이퍼는 테레사를 뚫어지게 쳐다보았는데, 금세 얼굴 표정이 지쳐 버렸다.

"좋아."

파이퍼는 속삭이며 아기를 쳐다봤다. 아기의 눈이 여전히 감겨 있자, 파이퍼는 불안한 듯 애니를 쳐다봤다.

"담요도?"

파이퍼가 속삭였다.

"응, 담요도 넣어 가져가야지."

애니가 설명해주었다.

파이퍼는 깊은 숨을 들이쉬고 나서, 아기를 바구니에서 들어 올리기 위해 담요 밑에 손을 넣고 꼬물거렸다.

"내가 해냈어."

파이퍼는 작은 미소를 지으며 속삭인 뒤, 축구공이라도 되는 것처럼 아기를 가슴에서 좀 떨어지게 안고는 문밖으로 데리고 나갔다.

"봐, 내가 해냈지."

테레사는 문 쪽으로 가는 나를 향해 자화자찬을 했다.

"나탈리 언니, 언니도 여기 더 있을 수 있겠어."

"나탈리 집. 나 집에 가고 싶다."

나탈리가 마룻바닥을 발가락으로 톡톡 차면서 말했다.

"나탈리 누나, 응. 여기에 꼭 있어."

내가 말했다.

"나탈리 집."

나탈리는 같은 말을 반복했다.

"좋아."

내가 양보했다. 오늘 나탈리는 지금까지 꽤 협조적이었기 때문에, 난 더 이상 밀어붙이고 싶지 않았다.

"지미를 데리고 올라온 다음, 나탈리 누나랑 집에 갈게."

난 애니와 테레사를 돌아보며 말했다.

"왜 혼자서 못 들어오는 거지? 지미 오빠, 올라와."

테레사가 파이퍼의 방을 빠져나가며 소리쳤다.

"야, 지미!"

나는 문을 열고 지금껏 봐온 9월 오후 중에서도 가장 깜깜한, 너무 깜깜해서 거의 칠흑 같은 바깥으로 나가며 외쳐댔다. 바로 뒤에는 파이퍼가 아주 작은 남동생을 안은 채 서 있었고, 나탈리가 뒤따라왔다.

"불을 켜, 불을 켜."

나탈리가 웅얼거렸다. 그러면서 재빨리 현관문 쪽 스위치를 앞뒤로, 앞뒤로 움직여봤지만, 어떤 등도 어둑한 바깥을 환하게 밝혀주지는 못했다.

"망가졌어, 나탈리 누나."

내가 말했다.

안개는 연기처럼 불어왔다. 좁은 알카트라즈 길 건너 겨우 3미터 앞에 있는 교도소 건물마저도 볼 수가 없었다. 바람마저 불어와 깡통이 구불구불한 가파른 길 아래로 굴렀다.

"지미!"

난 소리를 질렀다.

"여기 이 등들을 고치려면 우리 아빠가 와야겠어. 지미이이이!"

나탈리는 내 뒤에서 걸었다. 날 건드리지 않았지만, 가까이에, 그것도 아주 가까이에 서 있는 게 느껴졌다. 나탈리답다. 언제나 아주 가까이 있거나 아주 멀리 있는.

"지미는 여기 없어. 넌 다시 안으로 들어가. 난 나탈리 누나를 데리고 집에 갈게."

파이퍼에게 말하고 파이퍼네 창문 밑에서 방향을 바꾸려는 순간, 뭔지 모르지만 축축하고 차가운 것이 갑자기 내 목덜미에 바짝 닿으며 목구멍을 눌렀다.

"입 닥쳐, 안 그럼 죽어."

내 귀에 대고 어떤 낯선 목소리가 속삭였다.

032
모범수

1935년 9월 13일, 금요일 – 이어서 씀

"아무 말도 하지 마, 한마디도."

버디 보이가 느릿느릿하게 말했다.

버디뿐이었다.

난 조금 안도하며 한숨을 내쉬었다. 버디라면 뭔가 흉악한 일을 벌일 리 없었다. 버디는 우리를 좋아한다.

"살살 해."

외팔이 윌리의 짜증스러운 목소리가 들렸다.

내 기관지 주위를 조이고 있던 차가운 손에 힘이 조금 빠졌다. 난 크게 숨을 들이쉬며 뻣뻣한 목을 돌렸다. 그러자 팽팽한 밧줄처럼 손가락들이 내 숨통을 꽉 졸랐다. 내 등 뒤에서 커다란 형체가 서성이며 속닥거리고, 썩은 냄새와 세 개의 손가락이 느껴졌다. 세븐 핑거스는 교도관 제복에 광나는 검은 신발까지 완전히 갖추고 있었다.

버디 보이가 파이퍼의 등 뒤에서 한쪽 손을 비틀었다. 파이퍼는 다른 팔로 아기를 꼭 안고 있었다. 버디 보이는 총을 올려 파이퍼의 등에 갖다 댔다. 버디가? 우리 버디가?

버디 역시 교도관 복장을 하고 있었다. 앞쪽에서는 교도관 웃옷과 바지는 입었지만 재킷은 걸치지 않은 외팔이 윌리가 힘이 센 팔의 팔꿈치를 접어서 파이퍼를 꼼짝 못하게 꽉 잡고 있었다. 속셔츠 아래로는 손에 총이 들려 있었다. 파이퍼가 슬쩍 불안해하며 몸을 떨면서 머리를 밀어 넣는 바람에 윌리의 어깨에 앉아 있던 쥐새끼 몰리가 깜짝 놀랐다.

"그만해."

윌리가 끼익끽 듣기 싫은 목소리로 말했다.

"버디! 그년 움직이지 못하게 해."

"교도소장 딸년이 아이를 데려왔어."

세븐 핑거스의 목소리에 나는 소름이 돋았다.

나탈리가 온몸을 떨면서 자신의 목을 감고 있는 팔에서 벗어나기 위해 몸을 돌리려고 애쓰자, 등에 총을 들이밀었다.

"나탈리는 저거 싫다. 나는 저거 싫다."

나탈리가 말했다.

버디는 입술을 다물 수 없다는 듯 계속 웃었지만 두 눈은 철조망의 뾰족한 끝처럼 날카로웠다.

"뭐한다고 아기를 데려나온 거야?"

버디가 파이퍼에게 으르렁거렸다.

"목을 부러뜨려."

세븐 핑거스가 야구 선수 불 더햄처럼 내 귀에 대고 속닥거리듯이 숨을 내쉬었다.

"버디! 버디! 그러지 말라고 말해줘."

내가 간절하게 말했다.

외팔이 윌리는 여전히 움찔거리는 나탈리를 붙잡은 손아귀에 힘을 풀지 않은 채로 성호를 그으려 애썼다.

"저 갓난이한테는 무슨 짓이라도 할 수 있겠지."

외팔이 윌리가 중얼거렸다.

난 반짝이는 아이의 눈을 보았다. 아기가 울기 시작했다.

파이퍼는 미친 듯이 몸을 꿈틀거렸지만, 버디가 꽉 붙잡고 있었다.

"버디, 내 말 좀 들어봐, 버디."

파이퍼는 확신 있게 힘주어 말했다.

"이러지 마. 넌 커다란 무대에 설 사람이잖아, 기억 안 나? 넌 착한 사람 이야, 버디."

버디 보이가 파이퍼의 머리통을 후려쳤다.

"주둥이 닥쳐."

버디는 낮고 성이 난 목소리로 말했다.

"지금 우리를 보내주면, 내가 다 덮어줄 수 있어."

파이퍼의 목소리가 갈라졌다.

버디가 다시 파이퍼를 후려쳤다.

"주둥이 닥치라고 했지!"

난 그를 향해 돌진하려 했지만, 세븐 핑거스가 내 목을 팔로 꽉 비틀고 내 등에다 총구를 비벼댔다.

아기는 파이퍼의 두려움을 느낀 듯 이제는 고막을 찢을 듯이 날카롭게 울어댔다.

"제발, 버디. 우리는 친구잖아."

파이퍼가 구슬렸다.

"나한테 애를 넘겨. 내가 입 다물게 해주지."

세븐 핑거스가 씩씩거리며 말했다.

"아기를 죽일 순 없어. 버디! 13일은 안 돼."

외팔이 윌리가 씩씩거렸다.

그때 난 곁눈질로 뭔가를 보았다. 지미였다. 진짜 지미가 뒤쪽에서 올라오고 있었다. 지미의 시선을 주목할 필요가 있다. 하지만 어떻게? 돌멩이를 던질까 생각했지만, 세븐 핑거스의 팔이 내 목을 두르고 있어서 한 개도 집을 수가 없었다. 게다가, 그러다가는 세븐 핑거스가 지미를 보게 될 것이다. 세븐 핑거스보다 내가 먼저 뭔가를 해야 한다. 그러나 너무 늦어버렸다. 지미는 벌써 집 안으로 들어가버렸다.

애니와 테레사는 우리가 돌아오지 않으면 뭔가 의심스러워하지 않을까? 아닐 거다. 난 그저 나탈리를 집에 데려다주겠다고 말했지 않은가. 둘은 파이퍼도 나를 따라 64동으로 갔다고 생각할 것이다.

"애를 데려가. 어떻게 좀 해봐."

버디 보이가 외팔이 윌리에게 말했다. 버디는 팔로 나탈리를 감쌌고, 윌리가 손을 뻗었다. 나탈리가 사납게 몸을 꿈틀거리자, 버디 보이는 팔을 들어 올리고 좀 더 세게 파이퍼의 목을 조였다.

"다음 순서까지 고작 40분 남았군. 애 때문에 기회를 날려버릴 순 없지."

세븐 핑거스가 화난 소리로 낮게 말했다.

"버디! 버디!"

외팔이 윌리가 징얼거렸다.

"난 어린애 킬러가 아냐."

"좋아, 꺼져버려!"

버디 보이가 낮은 목소리로 말했다.

외팔이 윌리가 떠났다. 아기를 팔에 안고서도 몸을 땅에 낮게 붙이고는 뛰는 소리를 거의 내지 않았다.

내 머릿속에서 생각들이 천천히 사방으로 뻗어나갔지만, 아드레날린이 펌프질하며 온몸으로 퍼져 생각하는 게 점점 더 어려워졌다. 이건 게임이 아니다. 버디는 우리를 좋아하지 않는다. 좋아한 적도 없다. 그가 하기 나름 의 게임인 것이다.

버디는 나탈리를 죽일 수도 있다. 난 뭔가를 생각해내야 한다. 그러자 천 천히 생각이 떠올랐다. 버디는 지미의 목소리를 흉내 냈다. 그 소리에 넘어 가 우리는 밖으로 나와 여기 있게 되었지만 진짜 지미는 지금 안에 있다. 만 일 지미가 집 안에 있는 지금, 버디가 지미의 목소리를 흉내 내기만 한다면, 애들이 뭔가 이상한 일이 벌어지고 있다고 의심하지 않을까?

"난 여기 남지 않겠어."

세븐 핑거스가 말했다.

"윌리가 보트 열쇠를 갖고 있어. 갑자기 수영을 배우겠다고?"

버디 보이가 떠들어댔다.

"무엇 때문에 그가 돌아올 거라 생각하는데?"

세븐 핑거스가 낮은 소리로 말했다.

"아기를 어디로 데려간 거지?"

파이퍼가 작은 소리로 물었다.

아무도 대답하지 않았다.

"어디로…… 아기를…… 데…… 려…… 간…… 거냐고?"

파이퍼가 다시 물었다.

"입 닥쳐."

세븐 핑거스는 내 목을 쥔 손에 힘을 주었다.

"아기를 어떻게 하려고, 버디?"

세븐 핑거스가 내 목구멍을 꽉 조이고 있었기 때문에, 나는 거친 목소리로 물었다.

"지미 목소리를 낼 수 있지?"

버디 보이는 움찔했다.

"입 닥쳐."

버디가 지미 마타만의 목소리로 말했다.

하지만 이 정도 크기로는 그 애들이 들을 수 없다.

"음, 정확히 뭐라고 한 거야?"

내가 물었다.

버디는 다시 말하지 않으려는 듯, 앓는 소리를 냈다. 하지만 난 버디를 안다. 뽐내는 일이라면 어쩌지 못한다.

"무스! 파이퍼!"

이번에 버디는 외팔이 윌리로 보이는 어둡고 조용한 형체가 미끄러지며 되돌아오게 할 만큼 좀 더 힘이 들어간 목소리로 지미 흉내를 냈다. 난 애니와 지미 혹은 테레사를 찾을 수 있을지 보기 위해 창문으로 파이퍼의 방 안을 들여다보고 싶은 마음이 간절했지만, 그럴 엄두가 나지 않았다.

"가자."

윌리는 숨을 가쁘게 내쉬며 작게 말하고는 버디에게서 나탈리를 데려와 앞으로 가도록 등을 떠밀었다.

"지미, 지미 마타만."

나탈리가 웅얼거렸다.

"계속 가."

후끈한 담배 냄새가 나는 세븐 핑거스의 목소리가 내 귓구멍을 채웠다.

세븐 핑거스는 내 종아리를 걷어찼다.

"세 사람, 팔 다섯. 다섯, 팔 다섯."

나탈리가 웅얼거릴 때 바람이 울부짖기 시작했다.

"맞아, 나탈리 누나."

난 가능한 한 안심을 시킬 수 있는 목소리로 말했다. 나탈리가 화를 벌컥 내면, 놈들이 총을 쏠 테니까.

"세 사람, 팔 다섯, 총은 없다."

나탈리가 말했다.

세븐 핑거스가 내 목을 홱 잡아당겼다.

"저년 입…… 닥…… 치라고 해."

"쉿, 쉿, 산타 모니카 도서관에서처럼 해, 누나."

난 쩔쩔매며 작은 목소리로 말했다.

"영(0)."

나탈리가 중얼댔다. 세븐 핑거스가 내 기관지를 꽉 움켜쥐었다.

"저년 입 닥치게 하라고 했지."

"쉿."

버디 보이가 '쉿' 소리를 냈다. 세븐 핑거스는 우리가 연병장 옆의 조용한 통로를 내딛은 뒤, 64동 주위를 돌아갈 때 손에서 조금 힘을 뺐다.

우리는 원래대로라면 경비원들이 보초를 서고 있을 지역을 걸어갔다. 뻥 뚫린 곳을 숨어서 가지도 않았고, 살금살금 걷는 것도 아니었다. 우리는 빤히 드러나 보이는 곳에 숨은 거나 다름없었다.

난 어떤 일이 벌어지고 있는지 또렷하게 생각해보려고 노력했지만, 내 등에 닿는 총 때문에 생각이 여기저기로 미끄러지고 빠져나갔다.

버디 보이는 아이들 중 누군가 뛰어나오길 기대하면서 지미의 목소리를 흉내 냈다. 인질이 필요해서다. 나탈리와 아기는 그들에게 별 도움이 안 됐다. 그들에게 지금 가장 큰 문제는 시간이다. 4시 30분이 되면, 섬 전체가 그들이 도망치는 것을 알게 된다. 그나저나 지금은 몇 시일까?

알 수가 없었다. 어떻게 해야 시간을 끌 수 있을까?

이것 역시 알 수가 없었다.

안개가 너무 자욱해서 제대로 볼 수가 없었다. 사람들도 마찬가지로 우리를 보지 못했다. 놈들이 오늘을 택한 이유 가운데 하나는 탈출을 하기 위해서지만, 또 다른 이유는 파티가 열리고 있기 때문이다. 지금 죄수들을 생각하는 사람은 없을 것이다. 놈들도 그걸 안다.

죄수들은 셔츠로 총을 감아 우리 등을 겨누고 있다. 하지만 너무 바짝 붙어 걷고 있는 데다가 아래쪽으로 잡고 있어서 의심스러워 보이질 않는다. 세븐 핑거스는 트릭슬 아저씨가 늘 휘파람으로 부는 꺼벙한 노랫가락을 휘파람으로 불고 있고, 외팔이 윌리는 마타만 아저씨의 뻣뻣한 걸음을 흉내 내 걷고 있다. 버디는 입안에 이쑤시개를 물고 우리 아빠의 근사한 걸음걸이를 따라 하고 있다. 알카트라즈 사람들 모두에게는 두 가족이 산책을 하러 나온 것처럼 보일 것이다.

이놈이 우리 아빠가 아니라는 걸 알아보려면 얼마나 가까이 있어야 할까, 이 안개 속에서? 아주 가까이 있어야 할 것이다.

내 심장 박동 소리가 내 귀에도 크게 들려서 난 생각조차 제대로 할 수 없었다. 우리는 영리한 사람을 만나야 하는데, 영리한 사람들은 파티장에 있다.

그래도 여기서 벗어날 방법은 있을 것이다. 하급 교도관이 알아볼 것이다. 우리가 배에 올라타기도 전에 우리 이름을 부를 것이다. 하급 교도관은 알아볼 것이다.

"영."

"저년…… 입 닥치게…… 하라고…… 했지."

세븐 핑거스는 단어 사이마다 증오심을 담아서 씩씩거리며 말했다.

"몇 마디 하는 건 자연스러운 거잖아."

하도 높고 쨍쨍해서 내 목소리 같지가 않았다.

"주둥이 닥쳐."

버디 보이가 말했다. 하지만 이번엔 다소 조용히, 마치 내 의견에 찬성한다는 듯이 조용히 말했다.

내가 한 번 이긴 것이다. 그래서 아주 잠깐 동안 차분해졌다. 어쩌면 또 이길 수 있을 것이다. 하지만 뭘 해야 하나? 생각나는 것이라곤 나탈리의 셈밖엔 없는걸.

영. 영이 뭐지? 나탈리가 뭐라고 중얼거렸더라?

총.

총은 세 개. 놈들이 각자 하나씩 갖고 있다. 내 등에도 세븐 핑거스가 겨눈 총이 느껴진다. 외팔이 윌리마저도 나탈리의 목을 팔꿈치로 누르고 다른 손에 총을 쥐고 있다. 난 어두운 오후의 자욱한 안개 속에서 그것들 중 하나를 좀 더 잘 보려고 노력했다. 버디 보이가 파이퍼의 등에 총을 겨냥하고 있지만, 숨겨져 있다. 왜 숨긴 걸까? 누군가 스쳐 지나갈 때, 총을 보길 원하지 않기 때문이다. 맞지?

내가 볼 수 없는데, 나탈리는 어떻게 볼 수 있었지? 어떻게 총이 없다는 걸 알아낼 수 있었지?

나탈리는 모른다.

나탈리의 이 말은 받아들일 수 없다. 내가 돌았냐, 그 말을 믿게?

난 나탈리의 등을 겨눈 총을 좀 더 잘 보려고 노력했지만, 나탈리는 내 뒤에 있다.

"머리 앞으로!"

세븐 핑거스가 내 발뒤꿈치를 찼다.

아팠지만, 제대로 느껴지지도 않았다.

놈들이 어떻게 총을 세 자루나 구했지?

만일 총이 아니라면? 교도관들이 안 볼 때 목공소에서도 나무를 깎아 총 모양으로 만들 수 있을 것이다. 나무라면 금속 검색대를 울리지 않고서도 통과할 수 있다.

하지만 놈들한테는 열쇠가 있다. 열쇠 역시 금속이다. 그렇다면 어떻게 놈들이 검색대를 통과할 수 있었을까?

총은 없다. 0개다.

경비 탑이 우리 위쪽에 있다. 우리가 부두로 내려갈 때 가장 잘 보일 것이다. 놈들도 지금은 우리 목을 덜 죄고 있다. 마타만 아저씨가 놈들을 교도관이라고 생각한다면, 배에 타고 있는 우리에게 손을 흔들 것이다. 하지만 아저씨는 알 것이다. 당연히 그럴 것이다. 고개를 쳐들고 경비 탑을 바라보았지만, 제대로 볼 수가 없었다. 두껍게 낀 안개가 경비 탑 유리창들을 거의 완벽하게 가려버렸다.

우리는 배로 올라가고 있었다. 버디 보이가 손을 흔들었다. 완벽한 우리 아빠 흉내다. 구부린 팔, 입안의 이쑤시개 등등.

하급 교도관은 어디에 있는 거지? 하급 교도관은 언제나 여기 있었다. 마타만 아저씨, 제발 우릴 못 가게 해주세요.

마타만 아저씨는 우리를 막아주지 못했다. 아저씨가 어떻게 하겠는가? 우릴 볼 수도 없는데.

우리는 건널 판자를 건너기 시작했다. 배에 오르면서 보니, 외팔이 윌리한테 열쇠가 있었다. 버디 보이가 말한 그것이다. 윌리는 하급 교도관이 우리를 부를 때까지 기다리지 말아야 한다. 아무것도 기다리지 말아야 한다.

건널 판자가 흔들거렸다. 안개가 너무 짙어서 발밑의 물도 간신히 보였다. 난 세븐 핑거스와 버디 보이가 원하는 대로 조심히, 조용히 걸었다. 뭐든 시키는 대로 정확히 하는 난 모범수다.

잠자코 따라가는 편이 좀 더 안전하고, 놈들이 바라는 대로 하는 편이 쉽다. 두 걸음 앞으로 나갔다. 세 걸음, 네 걸음, 다섯 걸음. 내가 틀린 거라면, 우리는 죽는다.

하지만 나탈리는 틀리지 않는다. 셈에 관해서는 틀린 적이 없다. 한 번도. 왜 내가 놈들이 원하는 대로 하고 있는 거지?

"안 돼!"

나는 소리를 질렀다. 손을 들어 올렸다. 입을 열자, 가슴 가장 깊은 곳에서 소리가 터져나왔다.

"살려주세요!"

033
교도소장 집 바깥

1935년 9월 13일, 금요일 – 이어서 씀

나무가 쪼개지는 소리와 함께 무엇인가가 갈라졌다. 세상은 빙빙 돌고, 우리 발밑에서 배의 갑판이 미끄러졌다. 다리가 풀리면서, 날카로운 통증과 더불어 머리통이 찢어지는 것 같았다. 난 끝까지 정신을 차리려고 노력했다. 의식을 잃어버릴 수는 없었다. 멀리 가게 해서는 안 된다. 나탈리는 내가 필요하다. 파이퍼도 내가 필요하다.

밝은 스포트라이트가 우리를 비추고, 피가 터져 흘러내렸다. 따뜻한 피가 내 입안에서도 느껴졌다.

갑자기 여기저기서 떼를 지어 윙윙거리는 파리들로 허공이 시커멓게 변했다. 자넷 트릭슬의 목소리가 확성기를 통해 울려 퍼졌다.

"멈춰!"

"저놈들한텐 총이 없어."

난 될 수 있는 대로 크게 외쳤다.

두 번째 타격은 더 셌다. 이번엔 무릎이 풀렸다. 요란스레 울리는 경고음에 고막이 찢어질 지경이었다.

그러고 나서 보니 세븐 핑거스가 갑자기 사라져버렸다. 내 목을 꽉 죄던 손아귀에서 갑작스레 풀려나자 몸이 흔들렸다. 난 쓰러지지 않으려고 노력했다. 버디 보이, 외팔이 윌리, 세븐 핑거스는 배가 엔진 소리를 내며 출발하려고 할 때 우리 위를 뛰어넘어 흩어졌다.

안개 너머로 확성기를 든 자넷 트릭슬이 테레사와 함께 재잘거리며 달려오는 모습이 보였다. 무언가 바닥으로 떨어지는 소리가 들리더니, 돌멩이를 계속 던지고 있는 애니가 보였다. 세븐 핑거스는 울대뼈를 맞았고 버디는 등을 맞았다. 여기저기에 교도관들이 있었다. 평상시보다 많은 교도관들, 진짜 교도관들이. 경비 탑에서는 부두를 향해 소총을 쏘았다. 세븐 핑거스는 하급 교도관을 뛰어넘었다. 트릭슬 아저씨가 곤봉을 흔들며 쏜살같이 길 아래로 내려갔다. 그 다음으로 내가 아는 건 나탈리가 트릭슬 아저씨한테, "총 없다!"라고 외쳐댔다는 것이다.

트릭슬 아저씨는 믿어야 할지 말아야 할지 확신할 수 없다는 표정을 지으며 눈을 가느다랗게 뜨고 나탈리를 쳐다봤다.

"맞아요. 총이 아니었어요."

난 될 수 있는 대로 크게 소리를 질러댔고, 아저씨는 하급 교도관의 목을 양팔로 옆구리에 낀 채 죄고 있는 세븐 핑거스를 덮쳤다.

"이거 놔. 하느님 어머니! 제발 놔줘!"

하급 장교는 세븐 핑거스를 손발로 때리고 차면서 소리를 질러댔다.

세븐 핑거스가 놓아주자 다비 아저씨가 바닥에서 그와 굴렀다. 아저씨는 세븐 핑거스를 납작하게 눕혀놓고, 목을 꽉 움켜잡았다.

닻줄이 풀린 배는 버디 보이가 밧줄걸이를 잡아당기며 엔진을 사정없이 돌려대자 마구잡이로 흔들거렸다. 버디 보이와 외팔이 윌리는 선장실에 바리케이드를 쳤다. 배는 흔들리고, 선창은 흔들리는데, 보미니 아저씨가 선장실 위쪽에서 껑충 뛰어, 곤봉을 내리치자 유리잔들이 산산조각 났다. 버디 보이는 보미니 아저씨의 손을 움켜쥐고 곤봉을 빼앗으려고 팔을 비틀어 댔다. 경비 탑에서 날아온 총알들이 후두둑 떨어지면서 물속에서 작은 폭음들과 함께 뻥뻥 터졌다. 애니도 돌멩이를 계속 던졌다. 그때 버디 보이가 밖으로 나와, 머리통은 교도관 재킷 속에 집어넣은 채로 벌새가 그려진 손수건을 허공에 흔들었는데, 늘 미소 짓던 입술은 굳어 있었다.

외팔이가 갑자기 달아났다. 물속으로 뛰어들 생각인지 배의 측면을 향해 돌진했으나, 보미니 아저씨가 더 빨랐다. 아저씨는 그를 잡고 갑판에 세게 내동댕이쳤다. 외팔이는 기진맥진하더니 의식을 잃었다.

"자."

아빠가 말했다. 아빠는 나탈리의 어깨에 팔을 걸치고 나와 파이퍼의 등을 밀어 건널 판자를 다시 건넜다.

눈물이 나탈리의 뺨을 타고 흘러내렸다.

"총 없다."

나탈리가 웅얼거렸다.

아빠가 테레사, 자넷, 지미, 애니, 파이퍼 그리고 나를 매점으로 데려가는 동안, 어두운 하늘에서 한 줄기 불빛이 아빠의 얼굴을 환하게 비추었다. 파이퍼가 큰 소리로 말을 했지만, 뭐라고 하는지 발음이 불분명했다. 그러더니 우리 아빠를 꽉 잡고 말했다.

"내 동생이에요. 그 애를 찾아야 돼요."

"얘야, 이젠 괜찮다."

아빠가 두 팔로 파이퍼가 쓰러지지 않도록 잡으며, 모피처럼 부드러운 말투로 말했다.

"아저씨는 몰라요!"

파이퍼가 고함을 질렀다.

"그놈들이 내 동생을 데려갔어요!"

"뭐?"

아빠가 목을 내밀고 날 쳐다봤다.

"무스, 너 피가 나는구나!"

아빠는 내 옆으로 다가와 손가락으로 내 머리를 짚으며 샅샅이 살폈다. 그런 다음, 셔츠 소맷부리를 찢어서 피가 나는 부분을 두드렸다.

"올리 선생님한테 가야겠다."

"내 동생이요!"

파이퍼가 애걸복걸하면서 아빠의 재킷에 매달렸다.

"제발, 제발요. 내 동생이요."

아직도 확성기를 들고 있는 자넷 트릭슬은 잔뜩 흥분하여, 놀란 표정이었다. 자넷과 테레사는 손을 잡고 애니와 지미 옆에 꼭 붙어 있었다.

"난 괜찮아요, 아빠."

아빠한테 말했다.

"윌리가 아기를 데려갔어요."

"배로?"

"아뇨, 꼭대기로요."

내가 대답했다.

"아저씨가 도와주셔야만 해요."

파이퍼의 뺨 아래로 눈물이 줄줄 흘러내렸다.

아빠가 손가락으로 나를 가리켰다.

"정확히 마지막으로 아기를 본 장소가 어디지?"

"교도소장님 집 바깥이요."

"외팔이 윌리가 아기를 뺏었다."

나탈리가 턱으로 가슴을 누르며 말했다. 목소리가 울렸다.

"아기 하나. 외팔이 윌리. 하나."

"어디로 갔다고?"

아빠의 시선이 내게 고정되었다.

"어디로 간지 몰라요!"

파이퍼가 외쳤다.

아빠는 고개를 빠르게 끄덕거렸다.

"그곳으로 사람을 올려 보내자. 아기를 찾아보자."

아빠는 침착하게 말하며, 카코니 아주머니네 문밖에 있는 전화기로 눈
길을 던졌다.

"전 안 그랬어요, 아기가 그렇게 되길 바라지 않았어요."

파이퍼가 웅얼거렸다.

"물론 아니었겠지, 얘야. 당연히 아니었겠지."

아빠가 전화를 걸러 밖으로 뛰어나가며 파이퍼를 달랬다.

"플라내건 교도관이다. 윌리엄스 소장님 아기가 사라졌다. 섬 위쪽이
다. 알카트라즈 301호. 외팔이 윌리가 탈출 시도 중 아기를 데려갔다. 마지
막으로 본 장소는 윌리엄스 교도소장 댁 바깥이다."

"어느 쪽으로 갔다고?"

아빠가 문 안쪽으로 몸을 들이밀고 내게 물었다.

"교도소 건물 쪽이요."

내가 대답했다. 머리가 멍멍하고 욱신거렸다.

"교도소 건물 북쪽 방향이다."

아빠가 전화에 대고 보고했다.

"저도 데려가주세요. 제가 아기를 찾아야 해요."

아빠에게 달려간 파이퍼는 몸이 휘청거릴 정도로 힘껏 매달렸다.

아빠는 팔에 매달린 파이퍼의 손을 풀어보려고 애썼다.

"얘야, 내 생각에 너는……."

"안 돼요, 그 애가 아저씨 동생은 아니잖아요."

파이퍼가 고함을 질렀다.

"침착해야지."

아빠도 소리를 질렀다.

"저도 무스랑 갈래요."

파이퍼의 목소리도 아빠의 목소리만큼 거칠었다.

"우리 모두 가요."

애니가 제안했다.

"행동 제재 중이라고?"

아빠가 전화기에 대고 물었다.

"애니, 넌 꼼짝 말고 여기 있어. 알아들었지? 넌 여기를 책임져야 한다."

아빠는 명령을 하고, 다시 수화기에 대고 소리를 질렀다.

"트럭을 보내!"

우리 주변으로 사람들이 몰려들었다.

"모든 주민들은 각자 집 안에 있어주세요, 주민 여러분."

보미니 아저씨가 명령했다.

"테레사, 지미, 애니, 자넷. 너희들은 여기에 있는다. 내 말 알아들었나?"

아빠의 목소리가 엄했는데도, 난 거의 눈치를 채지 못했다.

아빠가 파이퍼를 쳐다봤다.

"너도 꼭대기로 올라가렴."

아빠가 말했다.

"무스, 난 네가 올리 선생님에게 머리를 보여드렸으면 좋겠구나. 나탈리, 아빠랑 가자. 네 엄마부터 찾으러 가야지."

아빠가 나탈리의 손을 꽉 쥐었다. 갑자기 꽉 쥐었지만, 나탈리는 참아냈다.

"넌 대단한 기병이다."

아빠가 나탈리에게 말하는데, 목소리가 갈라졌다.

"나탈리는 기병이다."

나탈리는 환한 표정을 지으며 따라 했다.

뿌연 안개 속에서 나타난 트럭의 운전석에 트릭슬 아저씨가 앉아 있었다. 우리가 몸을 숙여 자리에 올라타자, 아빠는 문을 닫고 발판 위에 올라탔다.

"이제 섬 전체를 뒤져서라도 아기를 찾아보자. 찾을 테니까, 걱정 마라."

아빠가 창문 옆에 앉은 파이퍼에게 말했다. 트럭은 가파른 언덕을 올라가기가 부담스러운지 덜덜거리며 요동쳤다.

꼭대기에 도착하자 교도소장이 나와 있었다. 교도소장은 뒤뚱거리며 트럭 문 쪽으로 달려들어, 떨리는 손으로 문을 연 뒤 파이퍼를 끌어안았다.

"아이쿠, 우리 딸. 내 귀여운 녀석."

소장은 목이 잠기는지, 간신히 말했다.

"아기요, 아빠."

파이퍼가 울부짖었다.

"아기요."

"아기."

나탈리가 턱으로 쇄골을 깊숙이 파며 말했다.

교도소장은 고개를 끄덕였다. 무슨 일이 벌어지고 있는지 잘 모르는 듯, 두 눈은 멍했다.

"찾아낼 거다."

교도소장은 이렇게 말했지만, 확신 있게 들리지 않았다.

교도소장은 파이퍼에게 팔을 두르고, 둘러싸고 있던 교도관들이 사방으로 흩어질 동안에도, 자신의 딸을 안전하게 보호하려고 계속 끌어안고 있었다. 수색 작업에는 내가 지금껏 알고 있던 숫자보다 더 많은 교도관들이 참여했다.

부산스러운 혼돈 속에서 경비 탑 서치라이트의 커다란 불빛이 스쳐 지나가고, 명령 소리가 확성기에서 들렸다. 그 와중에 나는 다시 어린애라도 된 것처럼, 그림자처럼 아빠의 뒤꽁무니에 찰싹 붙어 다녔다. 보미니 아저씨는 통행을 지휘하며 확성기로 교도소장의 명령을 전달했다. 올리 선생님이 뛰는 둥 마는 둥 교도소장의 집으로 달려왔다.

아빠가 내 쪽으로 몸을 돌렸다.

"올리 선생님이다. 너희 둘은 안으로 들어가거라."

주변을 살펴보았지만, 나뿐이었다.

034
보스

1935년 9월 13일, 금요일 – 이어서 씀

"나탈리 누나! 방금 전까지만 해도 여기 있었는데."

당황한 아빠에게 말할 때, 머리가 다시 빙빙 돌기 시작했다.

"넌 소장님 집으로 들어가라. 애초에 널 여기로 데리고 나오는 게 아니었구나."

"안 돼요!"

난 아빠에게 소리를 질렀다.

"도울 수 있어요! 나탈리 누나가 어디로 갔는지 알고 있단 말이에요."

아빠가 주저하며 머리를 끄덕였다.

"어디로 갔니?"

나는 내가 나탈리라고 상상하려고 노력했다. 나탈리는 이런 소동은 좋아하지 않는다. 그러니까 이런 소란이 없는 어딘가로 갔을 것이다.

머릿속에 번쩍 파이퍼의 방에 있던 나탈리가 떠올랐다. 얼마나 점잖고 조심스럽게 아기를 다루었던가!

"혹시 아기를 보러 가지 않았을까요?"

난 내 생각을 말했다.

"교도소 건물 뒤편 어딘가에 있을지 몰라요."

나는 외팔이 윌리가 아기를 데리고 가는 걸 봤던, 그 방향을 향했다. 더 이상은 떠오르지 않았지만, 난 아빠가 날 안으로 들여보내는 건 싫었다. 내가 최대한 빨리 달리자, 아빠가 번개 같은 속도로 내 뒤를 쫓아왔다.

난 어디로 가야 하는지 아는 사람처럼 뛰었다. 푸른색 옷을 입은 나탈리가 교도소 건물의 병원 입구로 번개처럼 사라지는 모습을 곁눈으로 보았다는 생각이 들었다. 나탈리였을까? 어떻게 안으로 들어갔지? 그래, 잘못 보았겠지. 달리는 속도를 늦추었다.

"나탈리가 안으로 들어갈 수 있는 방법은 없다."

아빠의 생각은 단호했다.

하지만 난 계속 걸었다.

"무스!"

아빠가 날 불렀지만, 난 이제 뒤 계단으로 뛰어 올라갔다.

"누나를 본 것 같아요."

"무스! 거기 서라!"

아빠가 외쳐댔다.

문은 열려 있었다. 복도 아래로 내려가, 바닥에 꿇아떨어진 경비원을 지나, 마룻바닥을 쿵쿵 울리며 온 힘을 다해 뛰었다. 푸른색 옷을 입은 나탈리가 복도에 서 있는 모습이 보였다.

"나탈리!"

아빠가 소리 질렀다.

파이퍼의 남동생, 아주 작은 아기는 여기 있었다. 알 카포네가 팔에 안고 있었다.

"아기."

나탈리가 카포네의 감방을 바라보며 말했다.

아, 이런. 알 카포네의 무지막지한 힘에 아기의 목이 부러진 거야!

하지만 아기는 잠들어 있었다. 눈을 감고, 알 카포네의 팔에 바싹 안긴 채로. 알 카포네는 부드럽게, 정말이지 부드럽게 아기를 살살 흔들어주었다.

나탈리는 알 카포네의 병동 감방 밖에 있었다. 알 카포네는 아기와 안에 있었다. 문은 열쇠로 잠겨 있었다. 어떻게 아기가 저 안에 들어갔을까?

아빠가 멈춰 섰다. 아빠는 알 카포네와 아기, 그리고 나탈리, 그런 다음 모두를 한 번에 쳐다봤다.

"뭐 잃어버렸어요, 보스?"

알 카포네가 낮은 소리로 물었다.

"아기를 다치게 하지 마."

아빠의 조용하지만 힘 있는 목소리가 흔들렸다. 그런 목소리라면 서반구 전체에도 명령을 내릴 수 있을 것이다.

"다치게 하지 않을 겁니다. 지금까지 한 시간 가까이 얼러주었는걸요."

"아기가 거길 어떻게 들어갔나?"

아빠가 물었다.

"몰리."

나탈리가 알 카포네의 침상 위에 앉아 있는 작은 쥐를 가리키며 속삭였다.

"나탈리는 저 쥐를 따라 들어왔죠."

알 카포네가 미소 지었다.

"영리한 따님을 두셨어요, 보스. 저 쥐가 먹을 걸 찾아보려고 밖으로 나갔을 겁니다. 하지만 다시 들어왔어요. 저·쥐는 절 좋아합니다. 하긴 모두 알 삼촌을 좋아하죠."

"아기는 그 안에 어떻게 들어갔지?"

아빠가 물었다.

알 카포네가 미소를 지었다. 교활한 미소였다.

"무스, 저 창살을 당겨봐라. 저기 저것."

알 카포네는 나를 향해 턱으로 창살을 가리켰다.

"살살 부드럽게 꺼내봐라. 그 옆의 것도."

나는 그가 말한 창살을 꽉 잡았다. 그 순간, 창살의 60센티미터쯤이 내 손으로 끌어당겨지는 듯한 탄성이 느껴졌다. 아빠가 그 옆의 창살을 잡아당겼고, 내가 마지막 창살을 잡아당기자 깨끗하게 사각형 모양이 드러났다. 딱 가슴 사이즈로, 사람 하나가 기어 들어갈 정도였다.

알 카포네가 고개를 끄덕였다.

"그겁니다, 보스."

그는 여전히 갓난아기를 어르며 일어났다. 알 카포네는 뚫린 창살 사이로 그 작은 아기를 아빠에게 건네주고, 아빠의 팔 아래로 늘어진 이불을 잘 덮어주었다.

"도대체 어떻게 된 거지?

아빠는 알 카포네보다 어색하게 아기를 안고서 중얼거렸다. 아기가 울기 시작했다.

"그냥 아기 좀 본 게 다입니다."

아기는 이제 몸부림을 치며 그 작은 머리를 비틀었다.

"좀 흔들어주시죠."

알 카포네가 침침한 불빛 속에서도 얼굴이 점점 붉어지고 있는 갓난아기를 쳐다보면서 말했다.

아빠는 그의 말을 무시했다.

"창살은 어떻게 잘라낸 거지?"

"아시다시피 여긴 연장이 없습니다."

"누구 짓인가?"

"전 아무것도 안 했습니다. 하지만 누군가 치실과 세제를 갖고 거기에 뭔가 하는 걸 본 것 같기도 하네요. 치실과 세제만 있으면 뭐든 잘라내는데, 알고 계셨나요?"

"본 것 같다니?"

아빠가 되물었을 때 아기는 계속해서 몸부림을 쳤다.

"오늘 밤 여기에서 많은 일이 있었습니다. 한 번 놓치기라도 하면, 눈을 어디에 둬야 할지 알기가 어려울 지경이었죠."

"너라면 그 이상으로 해내겠지."

알 카포네가 기침을 했다. 그러더니 아빠의 눈을 똑바로 쳐다봤다.

"딱 3년 남았습니다. 아들도 있고요. 그 애 엄마가 뭐라고 하겠습니까? 어리석은 짓을 하다가 여생을 감방에서 보내게 됐다고 하겠죠. 저도 들은 게 있어서 터무니없는 계획은 알고 있지만, 전 쥐새끼 같은 놈 아닙니다."

"그래봤자 별로 좋지 않을 걸세, 알."

알 카포네가 고개를 숙여 아빠가 안고 있는 아기를 보았다.

"저 친구는 나하고 있을 땐 잘 잤는데, 보스한테 가니 악을 쓰며 우는군요."

"누가 관련된 건가?"

"가까이에서 본 사람이 없습니다. 제 시력도 이제 좋지가 않아서요."

알 카포네가 아빠에게 말했다.

"도대체 무슨 일인가?"

트릭슬 아저씨의 부츠 소리가 복도를 쿵쿵 울렸다.

"진을 다 빼났네, 다비."

아빠가 아저씨한테 말했다.

"기병. 나는 기병이다."

나탈리가 트릭슬 아저씨한테 자랑스럽게 말했다.

트릭슬 아저씨가 가자미눈을 떴다.

"뭐라고 하는 거야?"

"우리 누나가 아기를 찾아냈어요."

내가 아저씨한테 말했다.

"말도 안 돼."

"분명히 쟤가 찾아냈네, 다비."

아빠는 나탈리를 향해 눈을 반짝이며 작은 소리로 말했다.

"나도 깜짝 놀랐지. 놈들이 총을 갖고 있지 않다고 나한테 말해준 사람도 우리 딸일세."

트릭슬 아저씨는 나탈리를 쳐다봤다. 알 카포네에게 시선을 돌리기 전까지 아저씨의 눈에는 놀라는 기색이 역력했다.

"창살을 잘랐나?"

트릭슬 아저씨가 물었다.

"그랬다네."

아빠가 대답했다.

"아기는 괜찮고?"

"그런 것 같네."

아빠가 대답했다.

"좀 흔들어주시죠? 저렇게 울어대는 걸 듣고 싶지 않으시다면 말입죠."

알 카포네가 말했다.

"무슨 일이지, 85번?"

트릭슬 아저씨가 물었다.

"별로 본 게 없습니다, 교도관님. 전 아기를 돌보느라 바빴습니다. 그뿐입니다."

트릭슬 아저씨가 눈을 크게 떴다.

"열쇠를 가져오겠네. 이 감방에 있도록 내버려둘 수는 없지."

"안 될 이유야 없죠. 그런데 제가 떠나려고 했다면, 여기에서 벌써 꽁지 빠지게 나갔을 거라는 생각은 안 드세요?"

알 카포네가 물었다.

아빠는 그의 말을 무시해버렸다.

"그렇지 않겠니, 무스?"

알 카포네는 나에게 고개를 끄덕였다.

"그 애한테 말 걸지 말게!"

아빠가 으르렁거렸다.

"아, 예, 보스. 착한 소년이에요, 무스는. 그럼 전 방해되지 않게 하죠. 됐나요?"

아빠에게 도전하는 알 카포네가 눈을 부라렸다.

트릭슬 아저씨가 열쇠를 가지고 돌아왔다. 덜커덩하는 소리가 나면서 문이 다시 열렸다.

"허튼수작은 오늘 밤 이걸로 충분하다, 85번. 독방에 넣어주지. 그곳이라면 네 시력에도 도움이 될 거야. 내가 네 일을 다 처리하고 나면, 멀쩡해져 있을 거다."

"독방이요?"

알 카포네가 두 손을 들었다.

"그건 공정하지 않습니다. 전 소장님 아기를 돌보았을 뿐인데, 오히려 즐거운 시간을 보내게 해주셔야 하는 거 아닙니까?"

우리가 밖으로 나오는 동안, 알 카포네가 소리를 질러댔다.

아빠가 고개를 설레설레 저었다.

"저런 녀석은 어떻게 해야 할지 아무도 모를 거다. 좋은 일도 하지만, 그러고 나면 그걸 기반으로 나쁜 짓을 하려고 하거든."

아빠가 파이퍼의 갓난쟁이 남동생에게 이불을 여며주며 말했다.

"자, 가자. 집에 데려다주마."

035
도깨비 감옥의 놀이터

1935년 9월 19일, 목요일

    탈옥 사건 후에는 곧장 들뜬 기분이 섬 전체를 뒤덮었다. 윌리엄스 교도소장에서부터 다비 트릭슬 아저씨까지 모두가 일곱 명의 아이들 스스로 해낸 일들에 놀랐다. 어느 누구도 그 이야기를 충분히 알지 못했기 때문에, 사람들은 우리에게 그때의 사건들을 우리의 이야기로 해달라고 자꾸 요구했다.

    우리 부모님은 말 그대로 나탈리와 내가 해낸 일 덕분에 자부심이 넘쳐났다. 무슨 일이 벌어지고 있는지 정확히 이해하지 못한 사람은 나탈리뿐이 아니었지만, 나탈리는 나도 모르는 것을 알아냈었다. 바로 이 사실이 우리에게 예전에 없던 희망을 주었다. 나탈리는 점점 더 좋아지고 있었다. 엄마의 생각처럼 극적으로 좋아진 것은 아니지만, 나탈리에게는 그러는 편이 더 좋았다.

    어떻게 세상에서 보안이 가장 철저한 감방에서 세 명의 죄수가 거의 탈출할 뻔했을까? 천천히 한 조각 한 조각 맞춰보자 윤곽이 드러났다. 매이가 섬에 배 열쇠를 손수건에 싸 와서 바닥에 떨어뜨렸다. 죄수 하나가 부두 청소를 하는 척하며 빗자루로 쓸어 담아 슬쩍 주머니에 넣었다. 열쇠는 앤젤 아일랜드의 어느 장교가 건넨 것이리라. 콕스 호는 군대 소유니까, 앤젤 아일랜드의 누군가는 그 열쇠를 갖고 있었을 것이다.

알 카포네가 병동 감방 동료인 세븐 핑거스를 도왔지만, 자신은 탈출하려고 하지 않았다. 그는 영악하기 때문에 탈출이 좋은 계획이 아니란 걸 알았을 것이다. 알 카포네는 자신의 구형 기간을 늘린 권한을 갖고 있는 교도관이나, 탈출하는 일을 돕지 않으면 자신을 죽일 수도 있는 동료 죄수들과의 마찰을 원하지 않았다. 알 카포네는 부인인 매이에게 배를 타면서 열쇠를 갖고 오라고 시켰다. 밤마다 밴조를 연주해서 세븐 핑거스가 치실로 창살을 톱질하는 소리가 안 들리게 해주었다. 그리고 자신은 뒤로 물러나 편하게 교도관들의 신발 닦는 일이나 하면서 교도관 신발 두 컬레를 자신의 감방 안에 확보해두었을 것이다. 버디 것 한 컬레, 세븐 핑거스 것 한 컬레를. 그래서 외팔이 윌리는 세 사이즈나 큰 신발을 신게 되었다.

매일 아침에 일어나서 사람들은 새로운 이야기를 듣게 되었다. 세븐 핑거스가 어떻게 교도소 밖으로 나왔는지는 여전히 알려지지 않았다. 아무도 그가 열쇠를 갖고 있다는 것을 몰랐다. 아빠는 앞으로도 그건 알아내지 못할 것이라고 말했다.

한동안 모든 것이 흥미진진했는데, 어느 날은 그렇지 않았다.

교도소장이 죄수들을 도운 내부인이 있다고 생각한다는 사실을 알게 된 날이다. 교도소장은 우리 중 누군가의 지원 없이는 탈출이 불가능하다고 말했다고 했다.

그런 뒤, 아빠, 처들리 부교도소장, 트릭슬 아저씨, 마타만 아저씨, 보미니 아저씨 및 그 밖의 비번인 다른 교도관 아저씨들이 교도소장의 집무실로 불려가 하루 종일하고도 한밤중까지 계속된 모임을 가졌다. 한 사람씩 차례로, 그리고 몇 사람씩 한꺼번에 섬에 있는 아저씨들은 죄다 교도소장에게 닦달을 당했다. 그 후 며칠 동안 몇 차례의 소집이 더 있었고, 매일 밤 아빠가 집으로 돌아왔을 때, 아빠의 이쑤시개 통은 비어 있었고, 입가의 고랑이 깊이 패며 칙칙하게 변해갔다.

아빠와 엄마는 안방 문을 닫고 아침이 될 때까지 속닥거렸다. 나는 나탈리의 방으로 들어가거나, 안방 문 앞에서 서 있거나, 심지어 비밀 통로로 몰래 기어들어 가기도 했지만, 목소리를 낮춰 중얼거리는 소리밖에는 듣지 못했다.

아무도 지금 무슨 일이 벌어지는지 몰랐다. 죄수들의 탈출 시도가 있던 다음 날 밤에 에스터 P. 마리노프 학교로 돌아갈 예정이었던 나탈리도 아직 우리와 함께 있다. 엄마한테 왜 나탈리가 학교로 돌아가지 않느냐고 물어볼 때마다, 엄마는 무슨 일이 벌어지는지 알아챌 수 있는 어떤 낌새도 주지 않으려고, 입술을 꽉 다문 채 미소를 지으면서 내 질문을 피했다.

마침내 내가 더 이상 참지 못하게 되었을 때, 아빠가 대화에 응해주었다. 나탈리를 이 대화에 참여시킬지 말지에 대한 약간의 의견 충돌이 있었지만, 결국 아빠는 나탈리도 참여하도록 결정을 내렸다. 나탈리가 가장 좋아하는 마룻바닥 한 곳에 앉아 책들을 넘겨 보는 것을 허락했다. 나탈리 입장에서는 전에 없던 우리 가족으로서의 한 자리를 차지한 셈이었다.

아빠가 서성거리더니, 커피 탁자에 놓인 이쑤시개 상자를 들어 부엌 식탁에 갖다놓고 돌아왔다.

난 엄마와 아빠를 번갈아 쳐다보면서 왜 두 분이 저리도 기분이 안 좋은지 궁금해했다.

"우리 이 섬에서 쫓겨나는 건 아니죠, 그렇죠?"

내가 물었다.

"그래."

대답을 하는 아빠의 눈빛이 조심스러웠다.

"교도소장님이 뭐라고 했어요?"

"뭐라고 할 수 있었겠니? 경비원이 그 집에서 일하고 있었는걸. 파티를 열어 들러리를 해줄 사람들을 모두 초대하자고 한 사람도 그란다. 비난받을 근거야 충분히 많지."

"나탈리 누나는요? 소장님이 누나한테 화났어요?"

"어떻게 네 누나한테 화를 낼 수 있었겠니? 네 누나가 아기를 찾아냈는데. 트릭슬 씨도 나탈리가 세븐 핑거스에게 무기가 없다고 걸 알려준 걸 고맙게 알아주더라. 물론, 그 사람답게 J. 에드거 후버한테도 종합 보고를 해야 한다며 열심히도 떠들어댔다만, 마타만 씨가 지금 자기 집 거실에 축제용 깃대로 사용된 창살 벌리는 연장이 있다고 말하는 바람에 멈췄단다."

"그건 자넷의 도깨비 회전목마 중앙 기둥이었는데요."

"나도 들었다. 자넷이 금속으로 된 창살 벌리는 연장에 달려 있는 걸 찾아냈다고 말하더란다. 그거야말로 돌멩이처럼 가라앉을 수 있지."

"트릭슬 아저씨가 죄수들의 탈출과 관련 있다고 생각하던가요?"

아빠가 어깨를 으쓱했다.

"그럴 가능성도 고려되었단다."

난 내가 얼마나 트릭슬 아저씨를 싫어하는지를 생각했다. 아저씨는 틈만 나면 나를 걸고넘어지기 위해 얼마나 기를 썼고, 또 나탈리한테는 얼마나 끔찍했던가! 게다가 자신의 남동생을 어떻게 대했는지 이야기할 때는 얼마나 역겨웠던가! 내가 입을 열면, 나탈리를 곤경에 빠뜨릴 것이다. 하지만 난 부모님으로부터, 다른 사람에게 그가 하지도 않은 일에 대한 책임을 떠넘기도록 교육받지 않았다. 설령 다비 트릭슬 아저씨처럼 멍청한 작자라 하더라도.

"그 연장은 나탈리 누나 가방에 있었어요."

내가 아빠에게 말했다.

"지미가 부두 바닷속으로 던져버렸는데, 멀리 제대로 던지질 못했어요. 자넷이 그걸 찾아내 자기 도깨비 조랑말들을 위해서 쓰기로 결심했고요. 자넷은 그게 뭔지도 몰랐던 거예요."

"나탈리가? 나탈리가 이 일에 관련되어 있다는 말이니?"

엄마는 목소리를 간신히 쥐어짜냈다.

아빠는 마치 이쑤시개 하나를 삼킨 것처럼 침을 꿀꺽 삼켰다.

"네."

나는 작은 소리로 대답했다.

"아래 서랍."

나탈리는 입고 있는 옷이 귀찮은지 잡아당기며 웅얼거렸다.

아빠는 나탈리를 무시하고, 나에게 시선을 고정시켰다.

"그게 어떻게 네 누나 가방에 들어갔을까?"

나는 고개를 저었다.

"모르겠어요."

아빠는 내 속마음을 들여다보려고 애쓰기라도 하듯 인상을 찡그렸다.

"모른다고?"

아빠와 나 사이에 질문이 매달려 있었다. 아빠는 분명 내가 더 알 거라고 생각하는 눈치였지만, 난 이미 사실대로 말했다. 어떻게 그 연장이 거기에 있게 되었는지는 나도 모른다.

"무스, 너 105에 대한 악몽을 꿨을 때 기억나니? 그때가 그 연장을 발견한 다음이었냐?"

"네."

난 내 방문에 비스듬히 놓인 야구방망이를 쳐다보며 대답했다.

"금속 탐지기가 울렸을 때냐? 그리고 담당자가 금속 단추 때문에 탐지기가 울렸다고 생각했던 때냐?"

"네."

아빠가 엄마를 쳐다봤다. 엄마는 아빠한테 계속하라는 표시로 살짝 고개를 끄덕였다.

"맞아떨어지는구나. 하지만 왜 네가 105를 의심했는지 난 그 부분이 이해가 안 된다."

"그냥 그랬어요."

"그냥 그랬다고?"

아빠의 목소리에 서슬 퍼런 기운이 감돌았다.

나는 카펫의 패턴을 들여다보았다.

"제 생각에 그 사람, 그러니까 105는, 음……."

나는 이 말을 하기에는 폐활량이 모자란 것처럼 가쁜 숨을 쉬었다.

"나탈리 누나를 좋아하는……."

내가 작게 중얼거리는 동안 나탈리의 손을 잡은 105에 대한 기억이 스쳐지나갔다.

엄마와 아빠는 서로를 쳐다보았다. 두 분의 얼굴은 땅거미의 어스름이 드리워져 칙칙했다. 엄마는 고개를 끄덕이며 아빠한테 계속하라는 신호를 보냈다.

아빠가 깊이 숨을 들이마셨다.

"네가 105를 걱정한 건 맞았다. 사디 선생도 며칠 전에 전화를 하셨다.

조니 제이라는 이름을 가진, 알카트라즈 105번, '양파'가 몇 주 동안 에스더 P. 마리노프 학교에서 정원사로 일했는데 사라져버렸다고 하더라. 분명히 추천서를 위조했을 테니, 거기 선생들도 그놈의 배경은 몰랐겠지. 그런데 녀석이 나탈리한테 쓴 편지가 발견되어 그제야 선생들이 알게 되었다더구나."

나는 크게 숨을 들이마셨다.

"편지요? 누나한테 편지를 썼대요?"

아빠가 아랫입술을 씹으며 대답했다.

"그래."

"어떤 편지요?"

아빠는 신음 소리를 내면서 창 너머로 경비 탑을 바라봤다.

"연애편지란다."

아빠가 작은 소리로 대답했다.

난 단추 상자에 집중하고 있는 나탈리를 쳐다봤다. 단추를 죄다 상자에서 꺼내 새로운 순서에 따라 다시 집어넣고 있었다.

"105가 편지에다 누나를 사랑한다고 썼대요?"

아빠는 혀를 끌끌 찼다.

"작별을 알리는 연애편지였다, 여보, 맞지? 포틀랜드 고향집으로 영영 갈 거라고 적혀 있었다고 하더라."

"이제 에스더 P. 마리노프 학교에는 그를 모르는 사람이 없단다."

엄마가 작은 소리로 말했다.

"학교 측에서는 그놈이 나탈리 근처에 얼씬거리지 못하게 할 거라는구나."

"그놈은 추천서에 대해 거짓말을 한 거다. 그거야 그 녀석만 탓할 수는 없지만. 이 나라 절반을 돌아다니며 직업을 얻으려 해도 꽤나 어려울 거다. 전과 기록이 있으면 불가능하지."

아빠가 고개를 저었다.

"그나저나 그 놈이 나탈리 가방 안에 연장을 넣었다고 입증하는 건 쉽지 않겠어."

"우리가 그걸 증명할 필요가 뭐가 있어요, 기소할 것도 아닌데."

엄마가 재빨리 말했다.

아빠가 이쑤시개를 두 쪽 냈다.

"당연히 기소해야지, 여보."

"내 눈에 흙이 들어간 다음에나 하세요."

엄마의 목소리는 어느새 시체처럼 싸늘했다.

"신문들이 이 사건을 다룰 거고, 그럼 무슨 일이 일어날 거라고 생각해요? 충분히 생각해봐요, 여보."

"알카트라즈 교도관의 정신 나간 딸이 탈출을 도왔다."

내가 말했다.

"하지만 죄수들은 결코 그 연장을 갖지 못했다. 나탈리는 죄수들이 탈출하도록 도와주지 않았다. 오히려 나탈리는 죄수들이 도망을 못 가게 도와주었다."

"나도 우리 딸이 한 일을 알지. 너도 네 누나가 뭘 했는지 알잖니."

엄마가 말했다.

"하지만 어떤 기자가 그걸 갖고 세상을 놀라게 할 만한 이야기를 만들고 싶어한다면요? 우리는 나탈리에게 사람들의 관심이 집중되도록 해서는 안돼요. 교도소장도 우릴 여기서 쫓아낼 거예요. 그로서도 별수 없을 테니까요."

아빠가 고개를 저었다.

"무스, 넌 왜 이 일에 대해 우리한테 말하지 않았냐?"

"우리가 저 애한테 말해주지 않은 것과 같은 이유겠죠, 여보."

엄마가 작은 소리로 대신 말했다.

"우리가 저 애를 보호해주었듯, 우리를 보호해주고 싶었던 거겠죠."

"우리에게 알렸어야 해."

아빠가 한숨을 쉬었다.

"누구라도 이 일은 홀로 처리할 수 없는 거요. 누구도 모든 걸 다 맡지는 못해. 그래서 서로가 필요한 거지."

"무스가 당신한테 말했다면요? 당신은 심장이 두근두근해서 소장한테 달려 올라갔을 거잖아요. 우린 아무런 대책 없이, 에스더 P. 마리노프 학교에 보낼 돈도 없이 이 섬에서 떠났겠죠. 당신은 무스가 이 모든 걸 몰랐을 거라 생각해요?"

엄마는 의자 끄트머리에 걸터앉아 있있다. 단어 하나하나 힘 있게 내뱉을 때마다 가슴이 들썩였다.

"그건 올바른 일이 아니오."

아빠가 우겼다.

"완벽한 세상이라면 당신이 옳겠죠."

엄마가 대꾸했다.

"헬렌, 자, 그만합시다. 여기서 벌어진 일들을 보라고. 모든 게 다 무너져내릴 지경이잖소."

"그놈의 연장 때문에 그런 게 아니잖아요. 그 창살 벌리는 연장은 고작 일곱 살짜리 계집애의 조랑말 인형들 지지대로 말고는 아무짝에도 쓸모없었잖아요."

엄마가 아빠한테 따졌다.

"그래. 하지만 다른 데 쓰일 수도 있었어. 우리가 운이 좋았을 뿐이지."

엄마가 의자에 몸을 기댔다. 동공이 갈색 눈동자만큼 커졌다.

"운이 좋았는지 몰라도 당신이 이야기했듯이 여기저기 비난할 것도 충분해요. 소장은 아주 깊이 구덩이를 파고 이 일을 묻어버릴 거예요. 그래야 트릭슬 씨가 그랬던 것처럼 소장도 광명을 찾겠죠. 여보, 당신 생각에는 소장이 J. 에드거 후버 씨한테 자신이 파티를 여는 동안 벌어진 모든 일을 이야기할 거 같아요? 그 상황에 정작 꼭대기에 있었던 건 애들뿐이었는데요? 당신은 이런 머리기사 제목을 상상할 수 있겠어요?"

"아이들, 탈출하는 죄수들을 잡다."

내가 말했다.

"아이들. 우리 아이들. 우리."

나탈리가 사디 씨와 연습할 때처럼 웅얼거렸다.

"헬렌, 우리는 이 일을 소장한테 알릴 필요가 있어."

아빠의 목소리는 침착하고도 대단히 확고했다.

"우린 그러지 않을 거예요."

엄마가 대답했다.

"여보."

아빠는 엄마를 뚫어질 듯 쳐다보았다.

"난 이런 식으로 살 수 없어. 교도소장한테 말이나 해보고 무슨 일이 일어날지 생각해봅시다. 어쩌면 당신이 옳을 수도 있겠지."

아빠가 한발 양보했다.

"언론이 부채질하지만 않는다면, 교도소장은 분명 없었던 일로 하려고 하겠지."

엄마는 아무 대답도 안 했다. 하지만 난 엄마가 아빠의 이 말에 할 말을 잃었다는 걸 알았다. 엄마의 침묵은 찬성을 의미한다.

"이제부터는 무슨 일이 일어나는지 알고 싶다, 알아들었지?"

아빠가 이쑤시개로 날 가리켰다.

"나탈리가 문제를 일으켰다. 나탈리. 내가 문제를 일으켰다."

나탈리가 중얼댔다.

"너 때문에 그런 게 아니다, 스위트피."

아빠가 나탈리에게 말했다.

"이 아빠는 네가 자랑스럽다는 걸 잊지 말거라."

"나는 기병이다."

나탈리가 웅얼거렸다.

"나는 나다."

아빠는 나탈리와 내가 함께 앉아 있는 쪽으로 걸어왔다. 그러더니 내 어깨를 어색하게 두드리고 나탈리의 머리를 부드럽게 쓰다듬었다.

"우리는 기병 가족이다. 그리고 여보, 늘 그랬듯이 우리는 이 일도 바르게 헤쳐나갈 거야."

036
바위섬의 아이들

1935년 9월 22일, 일요일

마침내 모든 게 안정되었다. 이렇게 된 것이 교도소장과 아빠가 대화를 나눴기 때문인지 아닌지 나로서는 정말 알 수 없었다. 어쨌든 갑작스럽게 우리 섬을 강타했던 공포는 사라졌고 모든 것이 예전으로 되돌아갔다. 거의 모든 것. 처들리 부교도소장은 좌천되었다. 교도소장도 결국 아빠를 포함해 다른 모든 사람들이 벌써부터 알고 있던 것을 깨닫고, 일에 매달리지 못했다.

하지만 내 생각에 가장 큰 변화는 우리 아이들 사이에서 일어났다. 죄수들이 탈출을 시도했을 때 벌어진 일들로 인해서 서로에 대한 우리의 생각들이 바뀌었다. 그 어두운 오후, 우리는 각자 중대한 기여를 했다. 자넷은 테레사가 섬 꼭대기에서 뛰어 내려오는 것을 보고 확성기를 들고 나왔다. 테레사는 벌새가 그려진 매이 카포네의 손수건이 중요하리라는 자신이 짐작이 옳았다는 것을 밝혀냈다. 지미는 상황을 눈치채고 들키지 않게 부두로 내려와 파리 떼를 풀어 딱 알맞은 때에 죄수들을 성가시게 했다. 나탈리는 세부적인 것에 대한 집중력으로 총이 가짜라는 걸 알아냈고 자신만의 독특한 방법으로 내게 그걸 알려주었다. 애니는 완벽하게 공을 던지는 자기의 팔을 제대로 활용했다. 파이퍼도 자신의 깊숙한 곳에 어쩌면 갓난쟁이 남동생을 사랑할 수 있는 마음이 있다는 걸 알아냈다.

그뿐만이 아니었다. 마타만 아주머니가 해주셨던 말…… 즉, 언젠가 모든 사람이 자신을 실망시킬지라도 용서해줘야 한다는 그 말대로 하면, 모든 걸 바꿀 수도 있을 것처럼 보였다.

오늘은 연병장에서 애니가 시구를 하고 난 뒤 우리는 모두 각자의 위치를 잡았다. 지미는 포수를 맡기로 했다. 여전히 목숨 보전을 할 만큼은 아니지만, 형편없기는커녕, 공을 꽤 잘 잡을 수 있을 만큼 배웠다. 테레사는 유격수, 나는 1루수를 맡았다. 자넷 트릭슬이 야구방망이를 잡고 타석에 서 있었고, 나탈리는 기계처럼 정확하게 볼 수 있는 심판을 맡아 스트라이크와 볼을 판정했다. 물론 애니는 잇따라 홈베이스 곳곳으로 완벽하게 공을 던졌다.

놀라울 것도 없지만, 파이퍼는 여기 없었다……. 절대 변하지 않는 것도 있는 법이다.

야구를 끝내고 지미와 애니와 함께 64동으로 다시 걸어가며, 내가 지미에게 파리를 모두 놓아준 건 안된 일이라고 말하자, 지미가 대답했다.

"넌 파리엔 관심도 없잖아."

"아니, 관심 있어."

내가 우겨댔다.

"그러려고 하는 거지. 아무튼 그건 다른 거야."

지미는 애니 쪽을 향해 고개를 끄덕였다.

"애니도 파리를 좋아하지 않았지만, 그 앤 처음부터 나한테 사실대로 말했어. 그렇게 사는 게 편한 거야. 이 섬은 척하면서 살기에는 너무 작거든."

지미의 말에 가시가 있는 걸 느끼고 난 정말 녀석이 잘못 생각하고 있다고 말하고 싶었지만, 지미가 틀린 건 아니었다.

"지미, 미안."

내가 사과했다.

지미는 어깨를 으쓱하고, 안경을 벗어 셔츠 끄트머리로 닦았다.

"우리는 모두 뭔가에 미안한 마음을 갖기 마련이잖아."

지미가 말했다.

"넌 뭐가 미안한데?"

난 희망을 갖고서 말했다. 난 홀로 구겨진 인생이 되기는 싫었다.

"스카우트한테 비밀 통로를 알려준 거."

"그래, 도대체 너 왜 그랬냐?"

지미가 다시 어깨를 으쓱하더니 안경을 더 세게 닦았다.

"난 네가 스카우트한테 말할 거라고 생각했어. 너보다 선수를 치고 싶었지. 그리고 나에 대한 스카우트의 생각을…… 알지?"

"아무짝에도 쓸모없는 여자애 위에 서겠다고?"

내가 물었다.

스카우트는 안경알을 닦았다.

"아무짝에도 쓸모없는 애와 아줌마, 어느 쪽이 더 나쁜 건지 모르겠네."

애니가 남자애들처럼 야구 바지를 추스르며 투덜거렸다.

"난 그저 그런 애라고 말했다."

내가 애니한테 말했다.

"그런다고 내 기분이 나아질 거 같아?"

애니가 재빨리 말했다.

"그런 말에 신경 안 써. 난 너한테 아양 떤 적 없다, 무스. 항상 널 굼벵이처럼 굼뜨다고 생각했지."

"그래, 고맙다."

나는 펠리컨들이 이상한 대열로 떼 지어 날아가는 부둣가 저 너머를 바라보며 말했다.

"뭘."

애니는 슬쩍 미소를 지었다.

"우리 엄마가 왜 그렇게 말했는지 모르겠어. 사실 그다지 다른 이야기는 아니지만."

"그만해, 애니. 너도 너희 엄마가 약간 엉뚱한 생각을 하는 거 알잖아. 자수도 그렇고……."

애니가 코웃음을 쳤다.

"무스, 무스, 무스. 내가 그 이야기를 시작하지 않게 해줘. 우리 엄마는 네가 자수를 좋아하는 줄 알아."

"저 녀석은 뭔가를 좋아할 때나 싫어할 때나 제대로 알 수가 없어."

지미가 툴툴거렸다.

난 지미가 이 일에 대해 아량을 좀 보여주었으면 했다.

애니는 큰 입술을 오므리고 뭔가를 생각하는지 눈치였다.

"그래서 우리가 무스를 좋아하는 거잖아, 아니야? 모두에게 잘하려고 노력하잖아."

애니는 날 홱 쳐다보고 지미를 보았다.

애니가 이 말을 해줘서 고마웠다. 난 그저 상냥할 뿐이다. 그런데 그게 뭐가 문제람? 하지만 잠시 뒤 세븐 핑거스의 팔에 목이 졸린 채 배에 올라타고, 외팔이 윌리는 나탈리를 건너게 하고, 버디가 파이퍼를 잡아당길 때가 떠올랐다. 사람들은 도움을 요청하는 소리를 질렀다며 내 행동이 영웅적이었다고 말하지만, 난 까딱하면 그냥 입 다물고 있으려 했던 나 자신을 안다.

그날 밤 난 겁이 났다. 내가 얼마나 살아남고 싶어했는지를 나는 보았다. 하지만 종종 문제를 일으켜야 하는 것이다. 가끔은 문제를 일으켜야 옳은 일도 할 수 있는 것이다.

인생은 복잡한 것이다. 누구나 교도소가 있는 섬이라고 하면, 창살과 규칙 따위들을 생각하는데, 확실히 그렇기는 하지만, 꼭 그런 것만도 아니다.

037
노란 원피스

나탈리는 오늘 에스더 P. 마리노프 학교로 돌아간다. 나탈리도 그 점에 대해 화를 내며 발작을 일으키지 않았다. 물론 엄마도 노란 원피스를 새것처럼 말끔하게 해놓는 데 신경을 썼다. 사디 씨가 나탈리가 잘할 때마다 단추를 달아준 노란 원피스를. 엄마는 부엌에서 함께 가져갈 레몬 케이크를 쌌다. 지난번처럼 트릭슬 아저씨가 부두 앞 바다에 대고 정확히 총을 쏘아 댈 경우를 대비해서다. 트릭슬 아저씨조차도 나탈리가 죄수들을 체포하는 데 도움이 됐다는 걸 인정하지만, 그렇다고 해서 나탈리를 많이 좋아하는 건 아니다. 내 생각인데, 마찬가지로 나탈리도 아저씨의 마음을 바꿀 수 있는 방법은 없을 것 같다. 아저씨의 마음은 돌덩이 같아서, 바뀌지도 않고 여기저기 닳지도 않는다.

나탈리는 혼자 실실 웃으며 두 손으로 노란 원피스에 달린 단추들을 죽 만졌다.

"사디 선생님이 저기에 단추를 단 건 좋은 생각이야. 장군들이 다는 배지 같아."

나는 나탈리 누나의 옷에 달린 소박한 단추 컬렉션을 살피며 말했다. 사디 씨가 어찌나 예술적으로 바느질을 해주었는지, 그것들은 본래부터 옷에 달려 있던 것처럼 보였다. 하지만 어떤 단추도 나탈리에게는 절대로 평범하지 않다. 마치 나와 야구 같다는 생각이 든다. 둘 사이에 비슷한 점은 없지만.

"오늘 누나가 잘 협조해주면 보나마나 사디 선생님이 새 단추를 주실 거야."

내가 나탈리에게 말했다.

나탈리는 머리카락이 두피에서 빠지길 바라기라도 하듯 힘차게 흔들었다.

"새 단추."

그러면서 나탈리는 평범한 흰색 단추를 손가락으로 가리켰다.

"그건 새 거 아냐. 누나는 2주 동안이나 사디 선생님을 못 봤잖아."

내가 말했다.

"사디 아냐."

"사디가 아니면, 엄마가 달아줬어?"

"엄마 아냐."

"그럼 아빠?"

난 희망에 들떠 소리를 질렀다. 아빠가 바느질하는 모습은 상상이 안 되는데, 하물며 단추를 달아주는 건?

"아빠 아냐."

나탈리는 계속 머리를 흔들어댔다.

"무스."

"내가 안 달았어, 누나. 내가 바느질을 좋아한다고 엄마가 농담한 거야."

"무스아냐."

나탈리가 동의했다.

"그럼 누가 했지?"

내가 물었다.

"잘했다."

나탈리가 대답하며 내게 종잇조각을 건넸다. 반으로 접힌 줄무늬 갈색 종이에는 내가 너무나도 잘 알아볼 수 있는 글씨체로 이렇게 씌어 있었다.

잘했다.

옮긴이 **김영욱**

대학에서 교육학과 영문학을 전공하고, 지금은 아동문학과 문화콘텐츠를 연구하며 학생들에게 강의하고 있다. 지은 책으로는 《신기한 베개》《그림책, 음악을 만나다》《그림책, 영화를 만나다》 등이 있으며, 옮긴 책으로는 《알 카포네의 수상한 빨래방》《첫사랑 진행중》《우리는 핀볼이 아니다》가 있다.

알 카포네의 수상한 구둣방

지은이 제니퍼 촐덴코
옮긴이 김영욱

1판 1쇄 인쇄 2010년 12월 23일
1판 1쇄 발행 2010년 12월 28일

펴낸이 김영곤
본부장 신정숙
개발팀장 김현미
기획 김현미 정혜원
영업 이희영 이호석 정원지 **마케팅** 민안기 김해나 오하나
디자인 씨디자인 **외부스태프** 교정교열 오경철

펴낸곳 (주)북이십일
출판등록 2000년 5월 6일 제10-1965호
주소 경기도 파주시 교하읍 문발리 파주출판문화정보산업단지 518-3 (우 413-756)
연락처 031-955-2723(마케팅) 031-955-2412(기획편집) 031-955-2177(팩스)
이메일 eulpaso@book21.co.kr **홈페이지** http://www.book21.com

값 11,000원
ISBN 978-89-5092-791-2 03840
    978-89-5092-568-0 (세트)

잘못 만들어진 책은 구입하신 서점에서 교환해 드립니다.